La cazadora de astros

ZOÉ VALDÉS

La cazadora de astros

PLAZA JANÉS

Primera edición en U.S.A.: octubre, 2007

Printed in Spain – Impreso en España

ISBN: 0-307-39182-7

Distributed by Random House, Inc.

BD 9 1 8 2 7

Pintar lentamente las rápidas apariciones…
No pintó el tiempo sino los instantes en que
el tiempo reposa…

OCTAVIO PAZ, *Apariciones y desapariciones
de Remedios Varo*, Nueva Delhi, 1965

Agradecimientos

Gracias a Janet A. Kaplan, Lourdes Andrade, Beatriz Varo, Walter Gruen, Isabel Castells, aun sin conocerlos personalmente, porque son los autores de los libros y catálogo razonado sobre la artista Remedios Varo que he consultado con más frecuencia, así como a otros autores, que citaré al final de la novela. Las cartas que aparecen en este libro corresponden a los originales escritos por sus autores.

Gracias a mi agente literario Anne-Marie Vallat, a la librería mexicana Gandhi y a la librería La Central de Barcelona. También a mis editores en Plaza & Janés David Trías, Nuria Tey y Riccardo Cavallero. Con cariño, a mi amigo Julio Ollero, por sus sabios consejos. A los pintores Jesús Selgas, José Franco, Gustavo Acosta, que con su pintura me inspiraron. A Gustavo Valdés, crítico certero. A Juan Abreu y Marta, por sus emanaciones. Y cómo olvidar a mis amigas mexicanas Dolores Ochoa y Sofía Mendoza Palomar, quienes con tanta amabilidad me enviaron, desde México, información sobre la pintora catalana.

Una entrevista inédita*

P. *¿Era usted surrealista antes de llegar a México?*
R. Sí.
¿Hay algo en el ambiente mexicano que tiende a estimular esta forma particular de arte?
Creo que pintaría de la misma forma en cualquier lugar del mundo, puesto que proviene de una manera particular de sentir.
¿De dónde vienen sus ideas? ¿Cómo llega usted al tema específico de cada cuadro?
De la misma manera que toman cuerpo otras ideas: de sugerencias, por asociaciones, de ideas, etcétera.
Cuando empieza un cuadro, ¿ya ha decidido usted qué forma va a tomar o es un proceso espontáneo en el que el tema se desarrolla automáticamente?
Sí, lo visualizo antes de comenzar a pintar y trato de ajustarlo a la imagen que me he formado.
¿Piensa usted que el surrealismo esté declinando?
No creo que pueda declinar en su esencia, ya que es un sentimiento inherente al hombre.

---

* Apuntes de puño y letra de Remedios de una entrevista (ignoro con quién). [Nota de Walter Gruen.] Tomado de *Remedios Varo. Carta, sueños y otros textos*, introducción y notas de Isabel Castells.

13

¿Es una forma de arte que tiene demanda general o es principalmente para coleccionistas?

Por el crecido número de obras dedicadas a esta forma de arte y por la cantidad de reproducciones que se editan, creo que es de interés general.

¿En qué piensa usted que el surrealismo ha contribuido al arte general?

En la misma medida que el psicoanálisis ha contribuido a explorar el subconsciente.

Favor de dar un resumen de su carrera. ¿Dónde nació?

Anglès. Gerona. (España.)

¿Dónde estudió arte?

En la Escuela de Bellas Artes de Madrid.

¿Cuándo empezó a interesarse en el surrealismo?

Tomé contacto con el grupo surrealista en 1937.

¿Es usted escritora así como pintora?

A veces escribo como si trazase un boceto.

¿Hay algunos contactos particulares o eventos que hayan influenciado su estilo de pintar?

Conscientemente, no. Sin embargo, no cabe duda que personas o acontecimientos han influido sobre mi modo de pintar de una forma no deliberada.

La cazadora de astros

Llegué aquí porque ansiaba contemplar el mar, este mar y no otro, un mar distinto; me habían hablado tanto de él... pero este mar es demasiado azul para mi gusto, de una intensidad suprema, y por eso apabullante, hiere las pupilas de sólo mirarlo, atemoriza de sólo palparlo. Sin embargo, la arena es fina y blanca; hundo mis dedos en la orilla caliente y presiento una sensación extraña, como si ya hubiera repetido esta acción en una época pasada, y recordara que estuve aquí hace muchos años, cuando en realidad es la primera vez que visito este lugar.

Acostada en la arena me adormilo, sueño con otros mares, con el de Santo Domingo, color verde esmeralda, plateado en invierno, igual que el de Cuba, y con el de Saint-Malo, en la Côte Eméraude —de ahí su nombre— en Francia. Con la obsesión de recobrar el olor, el sabor, la presencia indescriptible del mar cubano, he varado mi cuerpo a orillas de otras playas, me he sumergido en las profundidades de otros océanos, con la ansiedad de hallar la temperatura del oleaje que meció mi infancia, mi adolescencia, en la vastedad azul de Cojímar.

Yo soy una buscadora de mares, sonrío para mis adentros, y éste es el mayor del mundo, el océano Pacífico, que no lo es tanto (tan pacífico, quiero decir), debido a sus continuas tempestades. Es un mar hermoso, que cuenta algo, un mar narrativo, aunque espeso, hermético; de todas maneras valió la pena viajar desde París hasta Acapulco. Acabo de terminar un ensayo demasiado extenso y extenuante sobre la risa, y en verdad no lo he terminado tan divertida como calculaba. Entonces tomé un billete con la intención de encontrarme con quien más me hace reír en la vida, mi amigo Ramón Unzueta.

Y aquí estoy, frente a este mar aparentemente en calma, adornado en la orilla con rizos espumosos, plateados.

Descubro que no muy lejos se halla otra persona. Es una mujer. En la playa estamos sólo ella y yo. Es normal, son las seis de la mañana, apenas amanece. ¿A quién se le ocurriría pasear a estas horas? Por lo visto a ella y a mí. Yo no podía dormir, y he caminado durante horas con la intención de despejar mi mente, para buscar el origen de mi desvelo, aquí, a orillas del rumor del oleaje… y nada, nada nuevo, me he dado cuenta de que no consigo pegar ojo porque necesito regresar a París y ponerme de inmediato a escribir. Ansío sumergirme de nuevo en un trabajo diferente, en la escritura de algo verdaderamente distinto de lo que hice hasta ahora. Convivir con las dudas no facilita las cosas en materia de evolución hacia los recuerdos.

La mujer, de súbito, se detiene, pues hasta hace un rato daba nerviosos paseítos de un lado a otro, pisaba caracoles diminutos. Agarra los tirantes de su vestido escotado, que le desnudan los hombros, la espalda y el pecho hasta el entreseno. Es una mujer menuda, de senos pequeños. Ahora baila suavemente, tararea una canción que apenas consigo oír, la brisa —que no es muy fuerte— desvía y deslía sus palabras, creo que es una canción en francés: «*et le vent du nord…*». Su pelo rojizo sirve de túnica a la piel translúcida, luminosa. Ella sonríe y observa el trazo de sus pies descalzos en la arena. La resaca de una ola emborrona las huellas.

Pareciera que la mujer vuela, su rostro es afilado como el de un pájaro. Se aproxima hacia mí, consulto mi reloj de pulsera;

pienso que terminará por preguntarme la hora, pero sencillamente no sucede así. Se agacha a mi vera, quedamos frente a frente, porque yo me inclino; coloca sus manos encima de las mías, entierra mis manos en la arena mojada.

—Eres una catadora de océanos. Yo soy una cazadora de astros —murmura.

Sus pupilas relampaguean vivaces.

París, 14 de julio de 1986

Serían las ocho, terminamos temprano de cenar, en este caso él, porque yo no había probado bocado. Mi marido paró de engullir un trozo de pan mojado en la salsa que había quedado en su plato y además devoró mis sobras. Con una arcada disimulada, recogí su plato y el mío de la mesa y me dispuse a fregar la vajilla, en silencio.

—La cena te quedó malísima —me criticó ÉL, el Gran Intelectual que era mi esposo, mi dueño, mi patrón.

—¿Qué querías que hiciera con una lata de judías, dos huevos y arroz de hace una semana? —Suspiré.

—Además, ni suficiente pan pusiste. Si no te dedicaras a leer y a escribir la mierda de poesía que escribes, no te olvidarías de comprar bastante pan.

—No, no me olvidé. La *baguette* que compré esta tarde te la zampaste entera tú solo, ¿o es que para eso no tienes memoria?

—Cállate, aquí el que manda soy yo —se burló—. Yo soy el rey de la prosa, el intelectual de esta casa, no te atrevas a escribir nada más... Ya te lo advertí que no te hicieras la intelectual.

—Cuando me conociste yo ya escribía.

—Escribías, escribías —frió un huevo en saliva—, ¿a cuatro poemas miserables le llamas tú escribir?

Lo dejé por incorregible, me sequé las manos con el delantal, me lo quité, y me acomodé en el sofá color gris rata, encendí el televisor con la telecomando.

—Hubieras comprado dos *baguettes* —ironizó.

—¿Con qué dinero? Me diste el menudo justo para comprar una *baguette*.

—No soy millonario. Soy un pobre escritor cuyo salario, que recibo de la UNESCO, no me alcanza ni para comprar los libros que necesito para cultivarme. Ah, y apaga la televisión, ese aparato odioso me inhibe, impide que pueda concentrarme en mis reflexiones. —El aparato odioso él lo veía a escondidas, como cualquier adicto, enganchado a los peores programas.

Otra vez la hora del violín, la de los cabezazos contra el muro de los lamentos. Apagué la tele, no estaba para atiborrarme las orejas con su mierda. Me dirigí al cuarto de dormir; quería terminar de leer *El Mago* de John Fowles.

Detrás, sigiloso, me siguió él, los colmillos verdes y babosos. Al descubrirme con el libro en la mano montó en cólera, no había nada que le diera más rabia que verme leyendo o escribiendo arrinconada en la mesita de noche. Empezó a gritarme improperios, sumamente airado, fuera de sí. Como de costumbre me cubrí el rostro con el antebrazo, sabía que un acto que comenzaba de ese modo terminaba desdichadamente a escupitajos contra mi cabeza, a puñetazos contra mi cara, preferiblemente en los ojos, a patadas en el bajo vientre, y conmigo, que sangraba arrebujada en la alfombra, inconsciente. O encerrada en el baño durante una semana a pan y agua, como castigo.

Pero esta vez me ripió el vestido en el cuerpo, me arrastró por el pelo hasta el inodoro. Golpeó con mi cabeza fuertemente contra la taza; no perdí el conocimiento ni los dientes de milagro, pero me partió la ceja. La sangre cegó mi ojo derecho. No cuento esto para hacerme la víctima, aunque era realmente una víctima, pero cuando una lo es siente una vergüenza enorme de serlo; es la razón por la que nos callamos, por la que una desea sólo morir.

Después, como a un monigote, me condujo a empellones hacia el cuarto, me lanzó en la cama, se abrió la portañuela, sacó su picha pringosa de sebingo y me violó. No sentí nada, ni siquiera dolor. De todos modos, en los últimos años, no había casi nunca tenido orgasmos con él, la mayoría de las veces todo se reducía a continuas violaciones, digamos que más o menos consentidas. No era la primera vez que me violaban, no sólo físicamente. Culminó gozoso, guardó su sexo, subió la cremallera de la braigueta y se rió burlón buscándome la mirada. No se la rehuí; por el contrario, la fijé muy hondo con mis pupilas rabiosas.

Me erguí trabajosamente de la cama, tomé una aspirina y enseguida me duché. Puse una curita en la herida de la ceja, pero no bastó, no paraba de sangrar. En el botiquín sólo encontré la aspirina y esa tirita que no sirvió de gran cosa. Taponé el hueco con azúcar y un esparadrapo que no era ni eso, se trataba de una cinta adhesiva, gruesa y gomosa para sellar paquetes de correo, con la palabra «*fragile*» escrita encima. Me miré en el espejo, lucía horrible, pero a falta de un vendaje adecuado, no tuve otra solución.

Me vestí, recogí mi bolso y di un tirón a la puerta detrás de mí.

—¿Adónde carajo crees que vas? —voceó irritado.

—¡A ver los fuegos artificiales, a la Torre Eiffel! —Mi voz sonó entrecortada, iba llorando. No sé por qué lloraba, porque ya no me apenaba casi nada de lo que sucedía. Creo que lloraba por inercia. Me sequé las lágrimas con un gesto airado.

Las macetas con los geranios que yo había sembrado el día anterior volaron desde el sexto piso hacia el medio del patio interior. Me las lanzaba a la cabeza; de este modo tan espectacular se vengaba de mi fuga. Seguí de largo.

En Saint-Dominique, la calle cortada en dos por la lejana presencia de la Torre Eiffel, no había un alma. La gente se amontonaba en los bajos de la torre, aún el sol jugueteaba con los reflejos de los adornos en las vitrinas acristaladas. Miré el reloj: 21.30.

Eché una moneda en la ranura del teléfono instalado en la cabina que quedaba junto a la fuente que da al metro de La Tour Maubourg.

—Hola, soy yo.

—Esperaba ansioso tu llamada, mi vida.

—¿Puedes verme?

—Por supuesto, te necesito. Además, tú sabes que siempre puedo verte.

—No, siempre no. ¿Dónde?

—¿Aquí, en casa?

—Preferiría que nos encontráramos cerca de la mía, bajo la torre, así no me demoro para regresar.

—Te noto rara. ¿Pelearon de nuevo?

Empecé a llorar otra vez, apenas podía hablar. Me odié, estaba convirtiéndome en La mujer que llora, *La femme qui pleure,* como en los retratos con los que Picasso humillaba a Dora Maar.

—Voy enseguida. Nos vemos dentro de media hora en el carrusel.

Colgué el auricular, caminé como una autómata, pasé por delante de la casa donde vivió Antoine de Saint-Exupéry; me consolaba leer la placa que recordaba que ahí había vivido el autor de *El principito.* Atravesé los Campos de Marte, esperé en el sitio acordado. Se demoró más de lo previsto, una hora y cuarto. Mi principito, mi amante, el hombre al que yo creía que podía contarle todo, mi caballero salvador, el que yo esperaba que vendría en un santiamén, llegaba con retraso.

Abrió la portezuela del automóvil sin bajarse, para que yo entrara. Noté que había bebido, se le desviaba el ojo izquierdo hacia fuera. Entré y él condujo el auto lentamente.

Repitió mil veces la misma excusa, la tardanza se debía al embotellamiento que había a esa hora en los muelles.

Aparcó en una calle aledaña a los Campos de Marte.

—¿Qué te pasó en la ceja?

—Nada, tropecé y me caí contra el televisor.

—Rara caída, te has dado un tremendo mameyazo en el ojo, se te está hinchando.

Desvié la cabeza, lloré bajito, miré la acera a través de la ventanilla. Él tomó mi mentón y acercó su rostro al mío.

—No intentes esconderme lo que es tan evidente. Te pegó de nuevo. ¿Cuándo acabarás de decidirte a romper con él?

—No puedo dejarlo. Está loco. Se matará. Me aseguró que se matará si lo dejo.

—Ése no le tira ni un hollejo a un chino, es un cobarde, así que lo de matarse que se lo cuente a otro.

—¿Has bebido? —Detestaba que bebiera, detesto a los borrachos.

Asintió.

—Pasó una amiga mexicana por la casa y nos tomamos unos whiskycitos…

—¿Qué amiga mexicana? No me gusta que bebas. —Lo miré desconfiada.

Se echó a reír a carcajadas.

—Así que tu marido te pega una paliza de espanto, y tú me reprochas que yo beba; a eso le llamo yo tener gandinga. ¿Que qué amiga mexicana? Nadie que conozcas. No tiene importancia. Se llama Magda. Trabaja temporalmente para la UNESCO, a veces para nosotros.

—¿Trabaja para nosotros y no la conozco?

—Sólo ha visitado la oficina unas cuantas veces, y eso cuando has estado ausente… ¿Por qué, qué pasa? No me digas que estás celosa.

Me besó en los labios, largo rato.

—No, no lo estoy.

—Fue a casa a llevarme este libro sobre el surrealismo mexicano. Me dice que tiene otro en su casa.

Me mostró un libro en el asiento de atrás.

—¿Por qué está ahí el libro?

—Quería enseñártelo.

Esperó a que yo comentara algo más, pero no dije ni esta boca es mía. Porque era cierto, me había celado de la puñetera mexicana.

Volvió a atraerme hacia él, me besó enredando su lengua en la mía, mucho tiempo estuvimos en el ajetreo de la lengua; me dolía ya la nuca de estar besándolo en esa mala postura, doblada hacia él.

—Mira cómo me pones… —Me llevó la mano a su abultada portañuela—. ¿Por qué no vamos a mi casa?

—Es que… —señalé a la torre— quería ver los fuegos artificiales.

—Mira, creo que debes curarte mejor esa herida. Además, apuesto a que no has cenado bien. En casa tengo pizzas, helados, todo lo que sé que te gusta. Puedo, además, curarte *comme il faut*, con desinfectante, mercurocromo, vendas apropiadas… Y desde la terraza de la habitación podremos ver los fuegos de artificio.

En ese mismo instante el cielo empezó a chisporrotear en colores.

—Bueno, ya no, *trop tard* —murmuró desolado y extrajo la llave del auto.

—No, tienes razón, déjalo, vamos a tu casa. —Insinué que pusiera en marcha el motor.

Yo tenía veintiséis años, él cuarenta. Yo estaba casada desde hacía siete, por primera vez. Él se había divorciado tres veces, tenía tres hijos, y ansiaba tener un cuarto matrimonio conmigo. Ese sueño lo entretenía; imaginar que fundaba una nueva familia lo disipaba de tantas reuniones aburridas; se sentía muy solo, y como cualquier hombre soportaba mal la soledad. Mi marido renunciaba a preñarme, y me despreciaba, por vicio, por *hobby*. Me habría gustado tener tres hijos, míos, con cualquiera que los amara y me amara.

Tomé el libro que le había regalado la mexicana y lo hojeé mientras el aire a través de la ventanilla abierta refrescaba mi rostro. Me detuve ante una lámina; se titulaba *La huida* y era el cuadro de una mujer; la pintora, Remedios Varo, había aprendido a calcular el futuro a través del pincel, escribía desde el futuro, tejía una historia que ella jamás podría comprobar si un día hubiese podido existir.

La huida. Me impresionó que la pareja central huyera en una especie de cascajo de tela. En el cuadro ella conduce un vehículo aferrada al mango de un paraguas que se convierte en esa nave de forma oblicua. Mecidos en nubes amelcochadas se dirigen hacia unas rocas, al fondo, tal vez a esconderse en ellas cuando atraviesen la puerta gótica que da paso al interior de una caverna. «Como consecuencia de su trampa consigue fugarse con su amado y se encaminan en un vehículo, especial, a través de un desierto, hacia una gruta.» Así lo describió la propia autora. Es un cuadro que definía mis ansias de libertad.

México, 1963

Se lleva la mano al pecho, descendiéndola, poco a poco, hacia la zona epigástrica. Hace este gesto con sencilla discreción; no le agrada asustar a nadie con sus dolencias, mucho menos a su marido, quien ahora brinda con coñac y sonríe en honor de la pintura de su esposa, orgulloso de sus triunfos recientes.

Remedios Varo piensa en esa hincada en el centro del pecho con tanta concentración, que puede virar su cuerpo al revés, y viajar hacia la punzada, y tocarla con la yema del dedo, incluso detenerla, como se detienen los latidos del corazón anudado con un lazo color ocre oro.

Enciende un cigarrillo que extrae con la mano temblorosa del bolso. Un bolso muy original, puesto que se trata de la cabeza de su padre, disecada, claro está. El asa es muy fina, la barba es bastante larga y va en forma de correa de una oreja a la otra, la cremallera se encuentra debajo de la barbilla; constituye sin duda alguna un bolso incómodo.

Pinta sus labios con un coágulo de sangre de aquel dedo recién cortado perteneciente a la mano hallada por Benjamin Péret, uno de los padres del surrealismo y su segundo marido, en el basurero de un hospital, en una calle aledaña a la de su primera residencia mexicana. Los labios se le afinan aún más, pero la corona del labio superior se le infla en una ampolla seductora. Dan ganas de morderla y reventarla con un alfiler.

Observa sus manos. Últimamente no cesa de contemplarse las manos. Tan pequeñas, tan usadas y aún no se le han arrugado. Se untaba mantequilla entre los dedos, y masajeaba las falanges; también le agradaba frotar sus manos y el cabello con aceite de oliva.

Su primer marido, Gerardo Lizarraga, un inmenso artista, amaba sus manos más que cualquier otra parte de su cuerpo. También consiguió hechizar con las manos a su amante Esteban Francés, el artista incomprendido, y al genio de Victor Brauner, el pintor rumano, otro de sus amores, o el amor, así de sencillo. Jamás interesaron sus manos, más allá de ellas mismas, a Benjamin Péret, el marido que consiguió que ella amara a Francia y al surrealismo, porque él era el surrealismo. Tampoco le interesaron a Jean Nicolle, el aviador que le voló como un querubín en el centro del corazón.

Su mejor cadáver exquisito fueron sus manos, pergamino de sueños. Y sin embargo Péret argumentaba que sus manos eran sólo eso, manos que lo revolvían todo, gavetas, poemas, palabras, olores, paños calientes, serpentinas de carnaval, esqueletos, y lo peor, los recuerdos.

A Walter Gruen —su último esposo— lo excitaba sólo contemplarlas. No únicamente porque sus manos aún son jóvenes, sino porque además sostienen los objetos como si sostuvieran el universo.

—No parecieran mías, Walter. Que ya me pongo vieja. Vieja por dentro, lo que es peor.

Walter sonreía embebido ante el inicio del cuadro que ella había acabado hacía muy poco, titulado *Naturaleza muerta resucitando*. En el centro había una vela encendida —dijo que la representaba a ella misma—, y alrededor, volaban en la atmósfera, los platos y las frutas que deberían estar encima de la mesa. Daba la impresión de que el mantel levitara en rotación, guiado por fuerzas del más allá, energías ocultas.

Comentó también el otro día con su amiga Leonora Carrington, este asunto de que sus manos se negaban a envejecer, y ella, Leonora, como siempre tan azarosa, vaciló en contestar; al rato lo hizo con una carcajada, o con una cascada de sonidos y de cabellos revueltos al viento, y de caballos al trote dibujados en el aire con la yema del dedo embarrada en clara de huevo y polvo de lapislázuli. Remedios contempló el pelo negro azulado de Leonora; ondeaba en ralentí, entretejido con bolas de pelos de gatos. Una cabellera violácea, es la mezcla de la suya pelirroja y de la azulosa de Leonora.

—Es cosa de locos, repito, es cosa de dementes mirarse tanto las manos, querida Remedios.— Hizo un gesto rebuscado con la cabeza, ladeándola desconfiada, o más bien desconcertada.

Remedios hojea un cuaderno de tapas duras forradas con terciopelo rojo, recuerda y escribe, y vuelve a anotar sueños, y disgregaciones sobre diferentes partes de su cuerpo; sus manos son el tema recurrente. Nunca ha entendido esa rara manía de aferrarse al lápiz, o al pincel de punta fina; el dedo índice queda igual al pico de un tucán, suspendido en el aire, dispuesto a agredir, a herir.

«La noche de mantequilla que sale de la lechera anega los malecones de las estaciones de ferrocarril cuyos ojos barritan y se agrandan.»

Benjamin había escrito esto para ella, al menos eso le había confesado, igual era mentira, eso tenían los surrealistas, mentían todo el rato, a veces, de cuando en vez, salían a darse un paseo por los laberintos de la verdad; pero luego se sumergían en el mar gelatinoso del sueño, cuajado de mentiras en forma de medusas. Los surrealistas han sido los mayores reinventores de la vida. De todos modos, había olvidado la cantidad de años que lo había escrito. Pero hoy tenía la sensación de que lo había escrito para sus manos, o sea ayer.

—¡Remedios, Remedios! —Alguien vocea su nombre desde algún sitio, allí afuera, desde la calle—. ¡Remedios Varo! ¡Remedios la Bella!

Mañana, afirma, se prenderá una rueda de plata mexicana en la solapa y un girasol, e irá a la heladería de los chinos a saborear helados de anón aderezados con ojales y dedales, y alguna que otra agujeta de tejer. Desde niña su mente no ha cesado de tener disgregaciones extrañas, absurdas. «Surrealistas», subrayaría Esteban Francés, el amante que deliraba con coágulos y gelatinas.

Leonora, debe ser Leonora la que llama ahí afuera, es la única que le dice Remedios la Bella. De hecho le ha regalado el nombre a un escritor colombiano que ha creado un personaje inspirado en ella, al menos eso dice.

—Desconfío —le había susurrado Leonora semanas atrás.

—¿De qué, o de quién? —preguntó Remedios.

—De todo, de todos —suspiró su amiga—, ¿no me decías que tu abuela desconfiaba de cualquier cosa?

Su abuela cosía, bordaba, tejía, y ella la dibujaba, delineaba con cautela su bostezo, que terminaba salpicando de gotitas de saliva el bordado, gotitas que saltaban desde su garganta. A su abuela, una señora que bostezaba siempre de una manera febril, se le aguaban los ojos enrojecidos por el cansancio de tanto fijar la vista en la obra que nacía de las agujas. Su abuela la enseñó a coser, a bordar, y a tejer, con esmero, es decir a ella le debía lo principal, la iniciación en el movimiento. Y sí, no cesaba de aconsejarle que desconfiara de la gente que se le acercara con cara de que no han aplastado ni una cucaracha, esos podían ser los peores.

La anciana amaba los tejidos, adoraba acariciarlos, y también se contemplaba las manos con dedicación, extasiada en aquella geografía de cráteres, lava y silencios.

A doña Josefa Cejalvo le costó acostumbrarse a la melena rojiza de su nieta. Repetía que la asustaba porque creía que una ventolera podía desprendérsela del cráneo, «sí, como se lo vengo advirtiendo» —apuntaba—. «En cualquier instante, esas pelusas de color mercurio cromo tan ligeras e inestables como el azogue se irán a bolina.» No podía significar nada bueno que hubiera nacido una pelirroja en la familia, luego cambiaba de parecer, y dictaminaba que los pelirrojos traían buena suerte. También eso heredó de aquella severa señora, su atracción por la superstición.

«Voy a morir pronto —pensó Remedios, un segundo después de su nacimiento—. Moriré temprano, igual que mi primera hermana.» Ella también se llamaba Remedios, mejor dicho, ella se llamaba Remedios debido a su hermana, fallecida al nacer.

Ella también sucumbiría a la fatiga del pujo, luego su madre volvería a concebir a una tercera niña, a la que bautizaría con el mismo nombre, en honor de la primera y de la segunda, muertas ambas. Esa tercera Remedios continuaría con la costumbre de morirse y expiraría sin «remedio», nunca mejor dicho; pero su madre, empecinada, lo intentaría nuevamente, y así *de suite...*

Su memoria ha volado muy lejos.

Pide disculpas a los comensales, a su esposo, a una amiga, se siente fatigada, se observa en el espejo, tiene la mirada un poco vidriosa, argumenta que se retirará un rato a su habitación para despejar la mente, y ver si logra aliviar su estómago, se ha excedido con la comida o con el coñac. No, protesta amablemente, niega con los ojos bajos, no irá a dormir la siesta, aunque bien le vendría, pero a ella la siesta siempre la embotó, no es una devota de las siestas, como la mayoría de los españoles, lo que sucede es que ha perdido las fuerzas para seguir el hilo de la conversación; incluso le aburre escuchar lo que hablan los otros, le zumban los oídos.

Ya en su cuarto, se sienta en el borde de la cama, con un cofre dorado encima de los muslos, bordeado en lapislázuli, en forma de escarabajo. El lapislázuli es el azul que más le gusta, por eso casi todo lo que le regalan contiene polvo de esta piedra. Abre el cofre con cuidado, lo primero es la carta postal, una vista de la calle de la Industria, en Anglès, la calle en que nació, a la izquierda unos árboles sombrean la piedra de un edificio. Se dijo que tendría que pintar árboles más a menudo; amaba los árboles de copa ancha y florecida, preferentemente los flamboyanes rojos y azules, los de color violeta le agradaban menos.

Debajo encuentra esa foto donde solamente falta su padre, en 1916, en Algeciras. Su hermano mayor, Rodrigo, se halla detrás de ella; demasiado serio para su edad, pero Rodrigo siempre fue demasiado de todo. Remedios observa la cámara con melancolía, el labio de abajo desaparece en la protuberancia del labio superior, como en un puchero, en unas incipientes ganas de llorar. Doña Ignacia también mira de medio lado. Luis se parecía a ella, a Remedios; desde que nació no dejó de ser un bebé muy vivaracho, y en el retrato es el único que ha dirigido sus pupilas hacia un punto lejano del estudio del fotógrafo. La abuela, doña Josefa, posa junto a ella y su hermano, inclinada más bien hacia la niña, con un gesto solemne aunque tierno. Todos están vestidos de color oscuro, con tejidos prietos y pesados, salvo Luis que lleva una bata y una cofia blanca de bautismo. El enorme lazo anudado al cuello de la camisa de Rodrigo es de seda, igual que otro enorme lazo que pesa sobre la cabeza de Remedios.

Ella recuerda que le molestaba el lazo, le irritaban la pechera y los bordes de las mangas de encaje (parecía un barón rampante), y que a última hora le colgaron al cuello la cadena con la medalla de la virgen de los Remedios.

Sibila y Gurdjieff, sus dos gatos, contemplan la foto arre-

bujados a sus muslos. Los gatos son lo único misterioso de
cualquier especie, humana y animal.

    ¿Y si continuara aquella historia que había comenzado a es-
cribir y que sucedía en el futuro? En unos años que tal vez ella
no alcanzaría a vivir. La historia de una mujer que se tatuaba
una luna en la nuca.

Anglès, Gerona, 1908

El agua desangelada del río Ter rielaba lenta hacia un ombligo de tierra. En la casa numerada con el 5 de la calle Industria, en el pueblo de Anglès, uno de los más quiméricos del mundo, una mujer preñada sufría de contracciones, pujaba desde el día anterior, con raras pausas de descanso.

La madre de la embarazada arrancó la hoja del almanaque, era el 16 de diciembre de 1908.

—Tampoco nacerá hoy —se lamentó doña Josefa Cejalvo.

—Es temprano para saberlo, son las diez y cuarenta, aún queda tiempo para que se acabe el día —bromeó pesaroso el marido de la parturienta.

A las veintidós y cuarenta y cinco el reloj de péndulo de la sala le dio la razón: su esposa rebufó un pujo largo y hondo. El médico, asistido de la comadrona, batalló y hurgó en el hueco del sexo, ensanchado, rojo y espeso.

La vulva continuó agrandándose; a través de ella emergió una cabeza morada. De los pelos hirsutos del cráneo de la recién nacida colgaban coágulos de sangre.

La mujer se desmadejó y todos hicieron ademán de correr a su vera. El doctor detuvo a la madre y al marido con una mirada de reprimenda, la comadrona fue la única que pudo acercarse, y tomó a la criatura en brazos.

El galeno mojó un algodón en alcanfor y lo pasó por debajo de la nariz.

—Doña Ignacia, despierte, vuelva en sí, por favor, mire que ahora deberá pujar la placenta.

La mujer entreabrió los párpados y renovó fuerzas, pujó con un bramido, se le agriaron las lágrimas de tanto quejarse.

—¡Oh, qué belleza! —exclamó la comadrona mientras observaba la entrepierna de la recién parida.

—Jamás había visto una cosa tan hermosa. —El doctor mostró atónito la placenta, inmensa, maciza y abierta, que colgaba de la tripa.

Cortó de un tijeretazo y las miradas se dirigieron al interior de la bandeja de plata, hacia aquel amasijo musgoso.

—Bueno, bueno, ya basta —protestó el doctor—, ocupémonos de la criatura y de la madre.

—Eso, eso, claro —tartamudeó el padre—, aún no conocemos el sexo.

—Es niña. —La sequedad de la voz de la comadrona retumbó en la habitación.

—¿Hay algún problema? —balbuceó Ignacia extenuada—. No quiero perderla, doctor, no quiero que se muera.

El hombre se aproximó al rostro de la paciente.

—No sucederá nada, esta vez saldrá todo bien, no pasará como la vez anterior, se lo aseguro. La criatura está sana, vivirá. Tranquila, doña Ignacia.

—¿Y por qué razón encuentran que la placenta es hermosa en lugar de decirme algo de la niña? —jeremiquió Ignacia.

Rodrigo, el marido, intentó calmarla, la besó en la sien.

—Es una niña muy, muy despierta.

La comadrona terminó de limpiar la piel del bebé y se lo presentó a su progenitora.

Ignacia contó los dedos de las manos y de los pies; suspiró aliviada al corroborar que no había ningún defecto. Reparó en que su marido no se había equivocado, el cuerpecito se agitaba entre los brazos de la comadrona, y los ojos, aunque vidriosos, ya fijaban un punto del techo.

—Se llamará Remedios —musitó la madre— por nuestra pequeña malograda y por la virgen de los Remedios; de este modo recordaremos a la vez a su hermanita y a la virgen. La bautizaremos como María de los Remedios Alicia Rodriga Varo y Uranga.

Tenía cara de gato, maullaba igual que un felino. Se prendía al pezón de la madre con hambre instintiva y secular. Mordía, apretaba las encías con ardor hasta que el pezón sangraba y la sangre se mezclaba con la leche materna. La pequeña mano oprimía el seno, y tiraba de su ombligo seco.

El ombligo se cayó, era un trozo de postilla asqueroso. Su abuela se empeñó en sembrarlo junto al rosal del jardín, con luna llena. Igual hicieron cuando le recortaron las primeras uñitas. Doña Ignacia decidió desenterrarlo y comerse el ombligo de su hija, por superstición, por instinto.

—Parece un gatito amarillo —comentó Rodrigo, el hermano mayor.

Un día la comparaban con un pajarito, otro día con un gato, siempre con un animal diferente. Más tarde, al verla nadar, su padre diría que se movía y ondulaba igual que un delfín.

Dio sus primeros pasos en el patio, tomó un puñado de tierra, se lo comió. Ahí recibió la primera reprimenda, el primer regaño; ella hizo un puchero y lloró. Lloró toda la tarde, toda la noche, toda la vida.

Le agradó el sabor de la tierra, y más tarde untaba panes con tierra escondida de los adultos. Chupeteaba las naranjas sin pelar, se le hicieron unos cortes a los lados de la boca, boqueras, dijo el doctor. La curaron con unos palillos envueltos de algodón en la punta, mojados en azul de metileno. Su boca se puso azul. Empezaron a salirle unos dientes azules, y toda ella se volvió azul.

Los vecinos y amigos de la familia apuntaban a que la niña tenía una gran imaginación, algunos la celebraban, y otros se quejaban, argumentando que sería fatal para su futuro.

—Remedios será una gran artista —subrayaba el padre sin inquietarse demasiado.

—No es una belleza que digamos, es atractiva, una fea atractiva —comentó su abuela.

De niña recordaba cómo había tenido que nadar a través de un líquido viscoso, aceitoso, y que su cabeza bordeó una superficie cremosa, sebosa más bien, como si emergiera del interior de un queso untuoso. De este modo contaba su llegada al mundo y la gente se quedaba un largo rato muy seria, pero siempre había alguien que soltaba una carcajada; y entonces los demás le seguían y reían a mandíbula batiente de esa niña loca o bruja que sabía narrar, como pocos, su nacimiento.

París, 1986

—Magda, tocan a la puerta —avisó Malika.

—Debe ser quien tú sabes.

Se dirigió a la entrada. Era él, el cubano escritor; Magda ansiaba presentarlo a sus amistades. Lo besó en los labios. Desde la mesa los invitados presenciaron la cálida bienvenida.

—Queridos amigos, les presento a Pablo Gómez Montero, el escritor cubano del que tanto les he hablado. Bueno, creo que Álvaro y tú ya se conocen.

Pablo estrechó la mano de los presentes menos la de Álvaro, a quien palmeó en el hombro, sin siquiera dedicarle una frase.

—¿Cenaste, querido? —preguntó vehemente la anfitriona a Pablo.

—Claro que no, mi vida. No he cenado, he estado en una reunión muy importante del comité ejecutivo…

Los presentes asintieron, sabían de lo que hablaba. A Álvaro se le cerró el rostro a cal y canto. Así que él se zumbaba las largas y aburridísimas reuniones y este descarado que jamás en su puñetera vida había puesto sus malditos pies en los pasillos de la UNESCO, en la plaza de Fontenoy, justificándose con que escribía la obra maestra que daría el puntillazo y sería consagrado con el Nobel, ahora se bajaba con semejante patraña.

—Raro, yo estuve todo el santo día, la tarde y parte del anochecer, y no te vi.

—¿Qué es ese libro que tienes entre manos? —Pablo cambió el tema.

—Me lo prestó Magda. Es un catálogo muy completo de pintura mexicana, editado por ERA, iba a devolvérselo, pero le he pedido una prórroga.

Magda regresó de la cocina, con el delantal puesto:

—Ahí hay una pintora que adoro más que a Frida Kahlo. Es Remedios Varo, no es mexicana, pero como si lo fuera. Considero que es más mexicana que catalana, o mejor, que no le hace falta ser nada de nada, es pintora y basta. Observen este cuadro… —Extrajo de un estante el catálogo razonado dedicado a la pintora.

—*La cazadora de astros.* ¿No es sencillamente sublime?

—Existen dos palabras que detesto, querida: sublime y cerebro —protestó el Gran Intelectual.

—Perdón, cariño —se excusó ella avergonzada.

—No pasa nada.

—El cuadro es fantástico. Me recuerda a una joven amiga, casada con uno de estos villanos de moda. En fin, una muchacha que no cesa de soñar con la luna y con Federico García Lorca —se atrevió a comentar Álvaro.

Pablo se sobresaltó dudoso:

—¿Cómo carajo se llama esa amiga tuya?

—Se llama Sarah, pero no la conoces de nada.

—*À table, mon chéri!* —aspaventó la entregada Magda con un caldero repleto de chile con carne entre las manos—. Nosotros ya cenamos, pero esperaremos a que tú termines. Cena con calma, tomaremos el postre después, no hay apuro. Prueba el guacamole, está buenísimo.

Álvaro observó a su rival manejar los cubiertos de manera inadecuada, tosca; devoraba los alimentos como un animal. Daba asco verlo masticar con la boca abierta, mientras hablaba de una lámpara anaranjada, firmada Gallé, de la que se había enamorado. Se dio cuenta que llevaba la conversación por ese camino para conseguir que alguien le regalara la lámpara de marras.

—Iremos mañana a ver la lámpara, cariñito —consintió Magda, su querida.

Álvaro volteó su rostro hacia otro lado. ¿Cómo podía él haberse enamorado de una mujer casada con semejante cerdo? No comprendía a su amante, no entendía por qué se aferraba de tal manera a un matrimonio al que no le quedaba ningún indicio que denotara amor o deseo. Vicio quizás, ahí lo que existía era puro vicio. ¿Cómo podía él amar a una mujer viciosa al extremo de aguantar a un puerco como el que tenía delante?

—Son raras, ustedes, las mujeres —comentó en alta voz el cerdo; se dirigió a las comensales, incluida la anfitriona, clavándolas la mirada una a una—. Ya sé, no tienen idea de a qué me refiero. Me gustaría comprobar si realmente están todas pensando en lo que nosotros, los hombres aquí presentes, creemos que ustedes estarán pensando, según las conversaciones.

Todas rieron a carcajadas, luego se hizo el silencio. Debía ser más explícito, eso exigían los rostros atónitos, interrogantes:

—¿Se sienten tan relajadas esta noche como parece que lo están? —El puerco hizo sus malabares de seductor.

La mayoría asintió, menos una: Magda.

La miraron en espera de una respuesta.

—He tenido un día violento y, bueno, preparar esta cena había conseguido aliviarme. Es sólo... —sus ojos se fijaron en Pablo que masticaba sin reparar en sus palabras—... es sólo eso, estoy cansada, pero ya se me quitará.

Mientras masticaba con la boca cada vez más abierta, y se

limpiaba los dientes sonoramente con la punta de la lengua, Pablo comenzó a contar en forma mecánica la trama de la novela que estaba escribiendo. El punto principal era el esoterismo, las vidas ocultas de la historia de la civilización occidental, a través de la pintura, de la escultura, y un enredo de frases preconcebidas que pocos alcanzaron a entender. Magda pestañeó en varias ocasiones y cabeceó del sueño. Pablo, molesto, tiró el tenedor en el plato; ella dio un brinco.

—¡Oye, Magda, te estás durmiendo! Si no te interesa lo que digo, entonces me callo, o, mejor, me voy.

—Es que me levanto muy temprano, *mon chéri* —protestó la mexicana.

Ella le puso la mano en la espalda, eso bastó para calmar a la bestia. Él siguió hablando sin cesar, como si interesara a media humanidad con sus especulaciones telúricas; porque telúrica era su palabra predilecta.

Llevaba varias horas sentada en el quicio de la farmacia, frente al número 90 de la avenida del Maine, la casa alquilada por mi amante. Vigilaba la llegada de la Peugeot color azul celeste. Comencé a desesperarme, a ver a todos los autos del mismo color y de la misma forma.

Seguramente no había recibido mi mensaje, o quizás lo había olvidado.

La una de la madrugada. Todavía el cielo estaba claro porque era el día más largo del año, el 21 de junio. Era una noche blanca, a la Dostoievski, pero sin nevada, porque estábamos en verano. De súbito empezó a refrescar, enfrió, y una ventisca fría con trocitos de hielo levantó el siroco del Sahara que cubría levemente el asfalto, las vitrinas, los carros, de una fina arena; cosa rara, nunca se juntaba una granizada con el siroco del desierto. Pero todo era muy raro esa noche.

¿Qué hacía una mujer casada con el primer secretario de la misión de Cuba ante la UNESCO en París a la una de la madrugada, a varios kilómetros de su casa? Esperar a su amante, desde luego. Al agregado político de la misma misión, rival profesional de su esposo, crítico de arte, aunque ambos se demostraban una respetuosa amistad, con ánimos de aparentar educación protocolaria.

Le había mentido a mi marido diciéndole que me iría a dar una vuelta por la *Nuit de la musique*. Precisamente en esta fecha se celebra en toda Francia la fiesta de la música, y las orquestas y grupos musicales salen a la calle, la gente baila hasta caer muerta; dura casi hasta el amanecer.

—Puedes largarte a donde te dé la gana —respondió Pablo—, una vez que me hayas dado de cenar. Yo iré al cine.

No irá al cine, me dije. Visitará la casa de la venezolana de la delegación de Venezuela, la que se ha echado de amante. Todo el mundo estaba al corriente desde hacía tiempo menos yo, que acababa de desayunarme con la noticia. O se irá a casa de la nicaragüense con la que también se acuesta de vez en cuando. Éste, si fuera mujer, sería un bollo loco; es un pinga dulce, un pito alegre.

Me daba igual. Yo ya tenía mi plan: verme con mi amante en su casa. Le había dejado un recado en el contestador automático, y aunque no había recibido respuesta confiaba en él; aparecería seguro.

Decidí ir directamente a su casa. Nuestro código secreto, dos timbres y colgar el teléfono, me confirmó que no había llegado, pero así y todo tomé el metro en La Tour Maubourg y me planté a eso de las diez de la noche. Lo esperé todo este tiempo, durante horas. Casi estaba acostumbrándome a estos vaivenes cotidianos. A veces terminaba de hacer el amor con Pablo, me duchaba rápido, me arreglaba, corría al metro, llegaba a casa de Álvaro, y entonces volvía a templar como una condenada.

¿A quién amaba más? No sabría decirlo en este instante, todavía. A los dos por igual. Porque la balanza emocional hacía trampas. Porque, aunque Pablo me maltrataba, llevábamos siete años juntos, estábamos casados, y la fuerza del cariño y del hábito me contenía, callaba temerosa, me obligaba a quedarme, y a amarlo, sucediera lo que sucediera. A Álvaro también lo quería, de esa forma loca y apasionada que impone el adulterio. Jamás, nunca antes había tenido un amante, ni soñaba con tenerlo, ni por la cabeza me habría pasado; porque yo me casé con Pablo para toda la vida, pero con el tiempo y las tribulaciones me dije: «Parece que no será así; estas cosas suceden sin anunciarse y nunca habría podido imaginar que viviría con semejante vehemencia esta aventura». Me susurré: «Paciencia».

¿Sospechaba mi marido? Nada, o no le importaba. Por otro lado, mi amante quedó complacido en los primeros meses con las dosis de sexo y de poesía ofrecidas en precarias citas, pero después no le bastaron las migajas, «ahora se cela, exige, pelea, necesita que me separe del monstruo —como lo llama—, pero yo no podré divorciarme tan fácilmente». Y si lo hacía, lo perdería todo, los perdería a ambos, porque me obligarían a regresar a Cuba. Onerosamente, para más inri.

¿Amaría a los dos, me sentiría con fuerzas para seguir amándolos a ambos? Por el momento, sí, no cabía otra alternativa.

La cóncava entrada de la farmacia me permitía protegerme y esconderme de unos cubanos *segurosos* que vivían en el edificio de enfrente al de mi amante. Nada menos y nada más que los jefes de seguridad de la embajada cubana en París. Una familia donde hasta los abuelos eran chivatos.

Si me sorprendían entrando en el 90, avenida del Maine, seguro que sospecharían de mi relación con Álvaro e informarían; de inmediato se tomarían medidas revolucionarias en contra del tarro, o sea, adulterio. Reaccionarían peor que los curas en tiempos de la Inquisición.

De hecho, en más de dos ocasiones había estado a punto de ser descubierta en la cama de mi amante, en una de esas «inspecciones» sin aviso previo que la policía castrista hace a sus diplomáticos en el extranjero. Por suerte, el apartamento poseía doble salida, un pasillo y un ascensor alternativos que facilitaron las fugas.

Ya era la una y cuarto, divisé el automóvil de Álvaro entrando en el garaje del inmueble; esperé diez minutos, pude comprobar que había encendido la luz de una de las habitaciones, atravesé la avenida y pulsé el intercomunicador.

—¿Aló?

—Abre, por favor —susurré.

Subí al séptimo piso; rezaba para que el ascensor fuera más rápido. Me asomé al pasillo y lo vi, tan elegante; me esperaba en la puerta, corrí a abrazarlo, salté y me le encaramé a horcajadas. Le besé el cuello, haciéndole cosquillas, su perfume Ted Lapidus impregnó mi piel.

—¿Qué haces aquí, a esta hora? —se extrañó y me estudió la indumentaria—. No me gusta que te vistas tan corto, se te ven las puntas de las nalgas.

No hice caso.

—¿No recibiste mi mensaje? Te decía que vendría esta noche.

—Me fui de la oficina a una cena con unos colegas de la UNESCO.

—¿Una cena oficial?

—No, señora, una cena informal, en casa de la amiga mexicana de la que te hablé el otro día. Fue delicioso, estuvimos escuchando cantes de ida y vuelta, Juanito Valderrama...

Nos acomodamos en el sofá, subí las piernas encima de sus muslos, me las quitó y fue al bar a servir un whisky que me ofreció y que rechacé. Se lo bebió, volvió a acomodar mis piernas encima de sus muslos. Estaba con nota, medio borracho, se le trababa la lengua.

—Por cierto, al rato llegó tu marido.

No me gustaba que me hablara de mi «marido».

—O sea, llegó Pablo. ¿Cenó?

—Claro, como una bestia.

—*Salop, ah, le salop* —maldije e insulté en francés—. Me hizo cocinar antes de salir. Me aseguró que iría al cine. ¿Estaba solo?

Álvaro asintió irónico.

—No por mucho tiempo. Esta noche dos mujeres han cocinado para un mismo puerco.

—¿Qué quieres decir con «no por mucho tiempo»?

—Tuve la impresión de que él y la mexicana se entienden muy requetebién.

Me encogí de hombros, fingí indiferencia, pero la noticia me cayó como un aguijonazo en el páncreas. «Ahora, además, una mexicana.»

—Son casi las dos de la madrugada, ¿te quedas, por fin?

—No, sabes que no puedo.

—¿Qué quieres que hagamos?

—Me moría de deseos de besarte, de que nos acostáramos, pero ya es tarde. Me enfrié.

—Me gustaría tanto que te quedaras para siempre…

—Sabes que no puedo por ahora. Aún no, paciencia, por favor.

—Okey, entonces te devuelvo a tu casa —tomó las llaves del auto—, a esta hora ya no hay metro.

Acepté que me acompañara, nos besamos apasionados. Antes de abandonar el salón me tendió el catálogo de pintura mexicana.

—Te lo presto, sé que te inspirará un poema, un cuento, una novela, quién sabe. Te adelanto, esta noche vi la reproducción de un cuadro de una pintora que vivió en México y en Francia, aunque era catalana. Dicen que fue musa del surrealismo y surrealista ella también, así lo afirma su obra. El cuadro me hizo pensar en ti; se titula *La cazadora de astros*, la mujer de la pintura se te parece, no físicamente; más bien es algo muy hondo, no sé explicarme, no sabría decirte en qué. Llevaba en una mano una luna enjaulada. Y como sé que tu astro favorito es la luna...

—Y Venus —añadí.

—... pensé en ti. Toma, ahí en el catálogo hay otras pinturas de Remedios Varo, ya me dirás.

Llegué a casa a las tres menos cinco de la madrugada.

El monstruo zapeaba con la telecomando de canal en canal, se detuvo en una emisión sobre literatura; entrevistaban a Héctor Bianciotti. El energúmeno envidioso se puso a soltar pestes sobre él. Sin embargo, días antes yo había sido testigo de cómo le jalaba la leva al escritor argentino, de origen italiano y con ciudadanía francesa, lo asediaba suplicándole la publicación de una de sus novelas en Gallimard.

—¿De dónde vienes? —Reparó en mi libro.

—¿Y tú?

—Del cine. ¿No te dije que iría al cine?

—¿Qué viste?

—Una película porno en la rue Gaité. —Soltó una carcajada.

Si no supiera que mentía se me hubieran puesto los pelos de punta. La calle Gaité daba a la avenida del Maine, muy cerca de donde yo me encontraba.

—Yo vengo de la *Nuit de la musique,* bailé al compás de las canciones de Rita Mitsouko y no paré hasta que mi esqueleto no dio más... «Marcia baila *un peu chinois*» —canturreé.

—¿Y ese libro?

—Me lo prestó una amiga mexicana.

Se removió en el cómodo sillón de escritor.

—No la conoces. Me habló de una pintora que no hacía

más que pintar lunas, y se me ocurrió estudiarla, escribir un poema, un cuento, a lo mejor una novela.

—Ya te dije que continuaras con la poesía, que en esta casa el único que puede escribir prosa soy yo. Y que quede bien claro, el escritor siempre seré yo. No es que sea prepotente, es que empecé a escribir antes que tú.

También él era más viejo que yo, me dije. De cualquier manera asentí fingiendo obediencia. Me desvestí en el cuarto. Se paró bajo el dintel de la puerta.

—Esta noche duermes en el sofá. No te mereces la cama.

Me acosté en el sofá color rata. Observé el cielo por la ventana de la buhardilla, la luna estaba preciosa, llena, inmensa, tersa, deslumbrante, hacía juego con el techo amansardado, plateado, de zinc.

Soñé que me tragaba la luna y que luego la pujaba. Paría una luna ensangrentada, que gimoteaba frágil, semejante a un gato recién nacido.

México, 1963

La vida entonces era viajar. Por un tiempo fijaron la residencia en Larache, debido al trabajo del padre. La familia se desplazaba constantemente hacia sitios calurosos, polvorientos, pero inmensamente bellos y misteriosos. A la madre se le notaba cansada en permanencia, pero nunca nadie la oyó protestar. Todo lo que el padre decidía, para ella estaba perfecto, constituía una resolución incontestable, ni por la cabeza le pasó nunca reprocharle nada.

Tampoco le reprochó nada a Remedios cuando decidió escapar de casa, con Lizarraga, pero eso vendría mucho después.

Ahora ya ha pasado demasiado tiempo. Murmura Remedios, y hala hacia ella el cable que engancha al auricular del teléfono; marca el número de un amigo. Le duele el corazón, la pintora explica al hombre que lo que siente es como una estocada de un esgrimista muy diestro, de un campeón que ha sabido hundir la punta de su sable donde debía, en la manzana mordida que es su corazón. «*Touchée!*» pronuncia soñolienta.

—No es nada, Remedios, eres hipocondríaca, el coñac te ha sentado mal, últimamente no paras de hablar de la muerte, de

46

tu muerte, ¿no crees que exageras? —Es lo que se le ocurre comentar, ansioso, no sabe cómo animarla.

No exagera, le recalca a Sebastián, su querido desconocido. Sí, desconocido, porque olvida un detalle, Sebastián es un gran amigo, pero también es un gran desconocido. Desde hace un buen tiempo Remedios se apropió de la guía de teléfonos y direcciones de la ciudad de México y escribía y enviaba cartas a desconocidos, cartas absurdas, y desde luego que no ponía remitente, sólo deseaba imaginar la emoción de la persona al leer sus palabras, sus locuras.

Estimado Desconocido:

Ignoro totalmente si usted es un hombre solitario o un padre de familia, si es un tímido introvertido o un alegre extrovertido, pero, sea como sea, quizás está aburrido y desea lanzarse intrépidamente en medio de un grupo de personas desconocidas con la esperanza de oír algo que le interese o le distraiga. También el hecho de sentir curiosidad y hasta algo de inquietud es ya un aliciente, por eso le propongo que venga a pasar el fin de año a la casa n.º… de la calle…

He elegido su nombre casi al azar en la guía de teléfonos. Digo casi porque he buscado la hoja donde se encuentran los de su profesión; creo (quizás equivocadamente) que entre ellos hay mayores probabilidades de encontrar a alguien con espíritu amplio y sentido del humor. Debo aclarar que yo no soy la dueña de la casa y que ella ignora totalmente este gesto que probablemente juzgaría descabellado. Estoy simplemente invitada a ir allí, así como lo están otro reducido número de personas, de manera que para presentarse debe usted antes hablar por teléfono al nº… y preguntar por la señora Elena, pretender con firmeza que ya se han encontrado antes, que es usted un amigo de Edward y que, estando solitario y deprimido, desea usted ir a su casa a pasar el fin de año. Yo me encontraré entre los invitados y usted deberá adivinar quién de ellos soy yo.

Creo que esto puede ser divertido. Si es usted un joven de menos de treinta años, es quizás mejor que no haga nada. Es probable que se aburriese. Aun cuando ni yo ni los demás seamos ancianos, no somos tampoco un grupo de jóvenes alocados. ¡Ah!, tampoco se trata de una empresa galante, es más bien un experimento psico-humorístico, nada más. Estoy casi segura de que no irá usted. Se necesita un aplomo enorme para hacerlo y poquísimas personas lo tienen. También puede usted creer que se trata de la broma de algún amigo suyo, o que esta carta es una hábil propaganda para llevar gente a un lugar dudoso, etcétera, etcétera. Nada de eso: la casa es una respetabilísima residencia burguesa; yo, y todos los demás, apacibles burgueses que pueden sentir un irresistible impulso de hacer una travesura a la manera de un adolescente, a pesar de mis años, y a pesar de todo.

Voy a copiar esta carta y enviarla también a otro desconocido. Quizás uno de los dos se presente. Si viniesen los dos, sería algo extraordinario e inaudito.

Bueno, quizás hasta pronto...

Pensándolo bien, creo que estoy más loca que una cabra. No se haga la ilusión de que la sala será atravesada por una aurora boreal ni por el ectoplasma de su abuela; tampoco caerá una lluvia de jamones ni sucederá nada de particular, y, así como le doy estas seguridades, espero que no sea usted ni un gángster ni un borracho. Nosotros somos casi abstemios y medio vegetarianos.

En respuesta a sus cartas a los desconocidos nunca se presentó nadie. Aunque Sebastián es uno de ellos, y con él ha ido un poco más lejos, a él lo ha contactado por teléfono, y él ha aceptado convertirse en este amigo de las sombras; sin derecho a nada más, ni siquiera ha visto su rostro una sola vez, al menos eso cree ella. Jamás se han encontrado, como no sea por carta o por teléfono.

—No, Sebastián —repite Remedios, que no hace de su vida un teatro, hace de ella sólo un acto surrealista, de su vida y de su muerte, como este de morirse en pleno vuelo, mejor dicho, por teléfono, incluyéndole los detalles, hasta que no pueda aclararle nada más, su voz se irá apagando, cerrará los ojos, se escabullirá la luz. Será tan sencillo, ha sido siempre así, tan inútilmente sencillo. Este instante es un regalo.

—Remedios, quédate ahí, voy para allá, dame tu dirección, por favor, no cuelgues. ¿Remedios, sigues ahí? ¿Estás sola?

No, Sebastián, repite ella, que no está sola, Walter está muy cerca, no precisamente junto a ella, pero lo llamará, no debe preocuparse tanto; su esposo se halla en el comedor, con una invitada, bueno, con varios invitados. Desde donde ella se halla puede escuchar su voz, y ya empieza a extrañar los matices de su timbre. Reclamará su presencia justo cuando su corazón esté a punto de extinguirse en un hilillo de aceite teñido de punzó, no quisiera interrumpirlo; su metal de voz la hacía pensar en cuando de niña escuchaba las voces en la playa, y Luis y ella correteaban en pos de esas voces de jugadores triunfantes, pero antes, quietos, aguzaban los oídos, para seguir oyéndolas, entrecortadas por el silbido del viento.

Ella era todavía una niña cuando dibujó la cabeza de Luis, su hermano más querido, con los ojos siempre fijos hacia el mismo punto, en un más allá innombrable y la mota del pelo peinada cuidadosamente hacia el lado derecho. Luis y ella tenían los mismos ojos, los de la madre, unos ojos convencidos de la tristeza. Y puesto que estaban tan convencidos decidieron ser alegres, en permanencia, en renuncia.

Les encantaba hacer travesuras que sacaban de quicio a Rodrigo. Ella se vestía de varón, era un verdadero *garçon manqué*, una marimacho; en la adolescencia, cuando empezaron a hincharsele los pezones se entisó el pecho con una banda; no quería ser una hembra, quería seguir trepando a los árboles y a las farolas, quería correr como una mataperra por la arena, perderse en los acantilados o en el bosque, quería ganarle siempre a Luis.

Tuvo la sensación de que por eso su padre los admiraba; aquello era más que cariño instantáneo, o arranques de ternura paternales, era comprensión absoluta del porvenir de ambos hermanos. El padre los intuía ya grandes, adultos, cada uno haciendo su camino, siguiendo lo que anhelaban ser en la vida, y aprendía con ellos de un futuro que presentía con predilección.

—Les daré plena libertad —recalcaba, y cuando insistía en esto observaba curioso el efecto de sus palabras en los oídos de su hija, no sin cierta inquietud, pero al mismo tiempo sin darle demasiada importancia.

El padre le dedicaba mucho tiempo. Ingeniero de estudios y de profesión, le permitía compartir sus dibujos, sus planos, gozaba enseñándola a dibujar. Le fascinaba llevarla a los museos, y luego ella debía copiar lo que veía, El Bosco, El Greco, o simplemente le ordenaba calcar o copiar sus dibujos y diagramas. Ella, en efecto, había sido una mataperra con un cartabón, una regla y una escuadra debajo del brazo.

El padre no reparaba en la influencia de sus palabras sobre ella, no de la misma manera que ella las interpretaba; mientras deliraba acerca de un mundo distinto, no sopesaba sus frases. Contaba con un mundo, repetía, donde las personas se comunicaban a través de un idioma común, el esperanto, lengua que estudiaba con asiduidad.

Casablanca, Tánger, Madrid, San Sebastián, el horizonte se ensanchaba, y más tarde, el internado con las monjas. Ahí fue donde se redujo su mundo, se concentró en el hueco de un dedal. Entonces pensaba todo el tiempo; se fugaba a diario, y cuando no podía hacerlo físicamente, porque las monjas derramaban sal en el piso desde su «calabozo», para comprobar así, dada la ausencia de pisadas, que ella no había escapado, entonces se fugaba mentalmente hacia ese territorio de su padre, en el que todo era alegría y maravilla, agnosticismo aunque con fe, y fabulosas alucinaciones.

Pretencioso e imaginativo, el padre les hacía creer que descendían de un reconocidísimo linaje aristocrático. Había anotado hacía muchos años, en un cuaderno con tapas de terciopelo rojo, referencias que prueban que descendía de Varus o Varo, el general romano derrotado en el bosque de Tentoburgo en el año 9 después de Cristo. Además existían datos de otro «Varus», descendiente probablemente del anterior, que aparece registrado en Andalucía, en el año 9 de Cristo. Su padre, nacido en Andalucía, fantaseaba como buen andaluz, pero no quedaba duda, pertenecían a la nobleza.

El hombre aconsejaba para su hija una educación liberal. Pero la madre, por el contrario, era un manojo de sentimientos piadosos, y claro, como buena religiosa creyó que el destino de Remedios se enderezaría una vez entrara en el internado dirigido por monjas; al fin y al cabo ella pertenecía a la clase media, y el rumbo que debía tomar no era otro que ése, el de los rezos y los castigos. El catolicismo «entenebreció» su adolescencia, decía a menudo Remedios, citando a Rafael Alberti.

Remedios pensaba que fue en aquella época cuando abandonó el bordado en el bastidor, y se puso a pintar en serio. Digamos que fue poco a poco trasladando el bordado del bastidor al lienzo y cambió la aguja por el pincel. De ahí surgió ese retrato de su hermano Luis, con sus ojos fijos en el destino, los ojos de un joven que moriría temprano.

Su hermano Luis le ganó en la muerte. Murió enfermo, entregado a Franco. Ella todavía no podía creerlo. Era sólo un chico joven que creía que defendía a su patria. Pero no murió en el campo de batalla, sino contagiado de fiebres tifoideas. Sin apenas tomar las armas le cargaron la solapa de medallas.

Por eso a Remedios le había asqueado siempre la política, pero un día no le quedó otra opción que tomar partido y así lo hizo. Siempre en contra del horror. No se situaba del lado de los representantes de ninguna de las políticas existentes, defendía a las víctimas de esas políticas; le tocó con frecuencia experimentar y enjuiciar el horror en carne propia, o a través de sus seres queridos. Luis no debió morir —era tan niño…— y ella se puso de su lado porque fue una víctima, porque al tomar esa decisión pensaba que estaba siendo justa.

Vacaciones, 1913

La playa de La Concha, en San Sebastián, estaba a reventar de gente. Remedios sabía que sería difícil que la madre les concediera el permiso a ella y a Luis para ir con sus primas a jugar cerca de los tenderos que vendían pastelillos, golosinas y zumos de frutas con sabor paradisíaco. Remedios no pudo contenerse ante la negativa de su madre, y rabiosa, más majadera que de costumbre, dio patadas contra el suelo. Luis, más inteligente, lloriqueó o fingió que gimoteaba. La madre consintió. Remedios y Luis se miraron pícaros y brincaron alegres alrededor de la mujer, que trató de espantarlos con el trapo de la cocina.

Doña Ignacia hizo hincapié en que debían comportarse correctamente, y con eso quería decir que no molestaran a los bañistas. Le prometerían con palabras repetidas más de mil veces dentro de sus cabecitas, que «no corretearán alrededor de las personas tumbadas al sol porque con los pies levantarían mucha arena y eso resultaría muy desagradable para ellas».

—La arena se pega en la cara y en el cuerpo, es pesado quitársela después. Ah, y no armen alboroto ni gritería —aclaró. Doña Ignacia les explicaba que jamás había tenido problemas con nadie, y ¿por qué? Pues porque siempre respetaba la libertad de los otros. Les obligó a jurar que le harían caso, los amenazó con castigos que durarían el resto del verano.

Remedios puso cara de obediente y bajó sus párpados con estudiado dramatismo en señal de sumisión. Después preguntó descarada si podría descalzarse. Doña Ignacia respondió que por nada de este mundo. La adolescente dejó caer sus brazos, hastiada de aceptar prohibiciones y reprimendas. Luis le hizo un guiño, y se paró delante de la madre, suplicó con las manos juntas y voz ñoña; su aptitud teatral era muchísimo más avanzada que la de su hermana.

Doña Ignacia, que bebía un sorbo de té humeante, tuvo que separar sus labios de la taza y no le quedó otra salida que esconder la carcajada tapándose la boca con el delantal. Como sabía que su hijo era un bicho travieso, terminó por sonreírle indulgente, y les permitió irse sin zapatos.

—Antes de que os vayáis, Remedios, ven a que te recoja el pelo con las trenzas. —Repitió un gesto dominante con la mano en alto.

Los lagrimones corrían por sus mejillas. Detestaba que le desenredaran y le tiraran de los cabellos con el peine. Las trenzas quedaron demasiado apretadas, pero sabía que si no daba al menos en esto su brazo a torcer, jamás conseguiría espantar la mula de casa. Aguantó sin chistar.

Aquella mañana el sol achicharraba ya desde muy temprano; se podría calcular el calor que hacía por la expresión de agobio en el rostro de Luis en la foto que le tomaron a Remedios y a su hermanito, junto a las primas.

Remedios odiaba sus pies. En la foto se le ven enormes, lucen gigantescos en relación a su estatura; las manos, sin embargo, se ven graciosas, descansando encima de las rodillas, en un acomodo de desgarbo ingenuo.

Al atardecer regresaron extenuados de jugar a la una anda

la mula, a las dos mi reloj... el juego de la viola, con las olas rozándoles los tobillos, sudados y sedientos. No ayudaba la vestimenta con aquel tremendo calor; aunque de fino hilo, sobraba en recargamientos: los volantes, las mangas abombadas y los cuellos de encaje.

Remedios fue la primera en refrescarse en la tina. Luego de darse un buen baño, se dispusieron a cenar recetas exquisitas de la cocina vasca que les habían preparado la madre y la abuela. Ella y Luis decidieron acostarse en la cama del segundo, leyeron juntos un libro que le había regalado el padre con magníficas ilustraciones. El dedito de Luis seguía la línea de los dibujos. Más tarde y a partir de ese instante, cuando ella pintaba, lo único que hacía era seguir la estela de ese dedo fantasmagórico, que le indicaba el camino que debía recorrer el trazo de óleo en la tela.

A medianoche, Remedios se despertó llorosa. A causa del excesivo calor, la piel le ardía de adentro hacia fuera.

Acostada en el suelo, en las losetas frías, volvió a cerrar los ojos, fuertemente, hasta que consiguió dormir. Tuvo una pesadilla con un ser extraño, que se colaba por la ventana y se le echaba encima; muy parecido a la imagen que ella tenía del diablo. Sí, era como el diablo, susurró, el mismo tufillo que ella imaginaba, el aliento a azufre. Ella batalló por quitárselo de encima, pero el sopor que aquel cuerpo despedía era tal que se apoderaba de sus brazos, de sus piernas, y la paralizaba, su aliento abrasaba y su energía la retenía con la fuerza opresiva de un pulpo.

Despertó sobrecogida. El miedo le había amargado por primera vez la saliva, era de mediodía y no vio a Luis en la cama. Fue a asearse y luego apareció en el comedor, desgreñada, donde la esperaban desde hacía rato para desayunar. Doña Ignacia le preguntó si no había oído las campanillas del reloj que indicaban la hora de levantarse. La adolescente apenas musitó unos buenos días, y no respondió a la pregunta de la madre, consternada incluso bajo los efectos del mal dormir.

Decidió no contar nada de la pesadilla a sus padres, ni a su abuela, ni a su hermano, que la escudriñaba con la mirada. El diablo le había estrujado y pellizcado sus incipientes senos y besuqueado y mordisqueado el cuello, los muslos, sus partes, hasta que se cansó y desapareció como una exhalación por donde había entrado.

Doña Josefa, la abuela, la escrutó aguda, estudió su cabeza y las puntas de su pelo.

—Remedios, ¿qué te ha pasado? Tienes el pelo quemado.

Le habría gustado contestar que había sido seducida por el mismísimo maligno, por aquel ángel asqueroso que tanto mencionaban las monjas, pero se contuvo ante la risotada general que había provocado el comentario de la señora Cejalvo.

Frotó sus pies descalzos contra las losetas del suelo color teja de ladrillo, presintió que los pies se le redondeaban, cambiaban de forma, mutaban en ruedas. Después de todo, el diablo poseía un no sé qué y un qué sé cuánto muy seductor que ella aún, tan joven, no sabía explicar.

Años más tarde, aparece en otro retrato de familia, agrupada con sus padres, primas, tías, y con Luis (¿dónde andaría Rodrigo, su hermano mayor?). Rodrigo siempre la cogía de la mano; desde pequeña la sostuvo de la mano para que no se cayera, le recogía agua de mar y caracoles en un cubo de juguete. Se veía muy guapo con su traje de baño rayado en blanco y negro, pero en esa época desaparecía sin decir adónde iba. En aquel día de lluvia, el del retrato donde no aparece Rodrigo por ninguna parte, a Remedios la atacó la misma sensación de redondez en los pies. Parada en puntas podía no sólo disimular lo que ella advertía como la inmensidad de sus pies, sino parecer también más alta que los demás. Sintió picazón entre los dedos, un escozor en los calcañales. Sucedía como si sus pies empezaran a moldearse en ruedas de bicicleta, como les ocurría a los personajes que rondaban y rodaban en su mente, hombres y mujeres que circulaban deslizándose sobre ruedas, y que llevaban adheridas ruedas a sus extremidades inferiores.

Remedios intentó liberarse de la impresión que le daban sus pies.

Concentrada en la foto despeja su mente, y más tarde intenta ocupar su cabeza con la idea de hornear una torta de peras y mangos.

El diablo le sopló un deseo. El de desnudarse, y aunque lo desobedeció, aquellas palabras se le quedaron guindadas del hipotálamo.

María Josefa pescó una siesta después de haber merendado la torta de peras y de mangos, una combinación fatal de frutas, refunfuñó. Los espejuelos le cayeron sobre la punta de la nariz, el mentón pegado al pecho. Su nieta aprovechó para dibujarla.

La abuela despertó, y mientras se restregaba los ojos con dos dedos, por debajo de los lentes, comentó que había visto en sueños a la tejedora de Verona.

—¿Y quién es la tejedora de Verona?, me preguntarás tú, querida Remedios. Pues no lo sé.

—La tejedora de Verona... Lo que aquí sucede es evidente. Esa señora que está tejiendo punto inglés fabrica personajes animados que salen volando por la ventana...

La anciana quedó boquiabierta. ¿De dónde sacaba su nieta semejante vocabulario?

—¿Qué dices, niña?

—No sé, se me ha ocurrido, o alguien me lo ha soplado en el oído.

Ésa sería la primera expresión de carácter surrealista de Remedios Varo: el subconsciente habló antes que la coherencia del pensamiento, con un lenguaje indescifrable de adulto.

—Abuela, si aprieto los ojos fuertemente veo manchas, y

las manchas me hablan, me dicen cosas. Cosas buenas y malas. Y no tengo miedo, o no tanto.

La señora se fue irguiendo poco a poco de la comadrita donde se mecía, asustada, pero sin querer aparentarlo.

—A ver, niña, cuéntame más, cuéntame lo que ves…

Remedios apretó los ojos con fuerza, aparecieron sus puntiagudos dientes de leche.

—Tres destinos. Esos tres personajes se dedican tranquilamente a lo que quieren, ni se conocen entre sí, pero hay una complicada máquina de la que salen poleas, que se enrollan en ellos y los hacen moverse (ellos creen moverse libremente). Esa máquina es movida a su vez por una polea que va hasta un astro y éste mueve todo. Ese astro representa el destino de esa gente que, sin ellos saberlo, está mezclado, y algún día sus vidas se cruzarán y se mezclarán…

La mujer se santiguó tres veces.

—Esta niña está poseída.

El padre interrumpió con una sonrisa, se había acercado en silencio a ellas.

—Remedios es muy inteligente, está poseída por la pura poesía, hasta cuando habla parece que intenta rimar las frases. —Rió a carcajadas—. No hay que alarmarse.

La niña se dijo que algún día pintaría esos cuadros que había visto dentro de la historia que le contaban sus pupilas, los explicaría y los describiría de la misma manera que había contado sus apariciones.

Me desperté profundamente soñolienta, atontada. Era muy temprano, eso de las seis de la mañana, aún reinaba la oscuridad. Miré a través del cristal; caía una espesa nevada. Me abrigué bien con la bata de felpa y me dirigí al saloncito. Abrí la ventana situada en el tejado con fondo de zinc, desde donde se podían admirar la calle Saint-Dominique y la Torre Eiffel. El golpe helado en mi rostro acabó por despabilarme. Aspiré y mis pulmones casi se congelan. Cerré la ventana con cuidado de no despertar a mi marido.

Me aseé ligeramente, empasté y enjuagué mis dientes, froté con agua fresca el rostro, y también enjaboné el pipisigallo en el bidet; después en la cocina preparé un café con leche, y mientras desayunaba me puse a leer el catálogo de pintura mexicana. Leí y estudié con detenimiento los textos y las reproducciones de pinturas. Me abstraje tanto que cuando vine a ver ya eran casi las ocho. Tomé una ducha, porque aún después de lavarme me sentía pegajosa; me vestí, y preparé mis cosas, tenía que irme a trabajar a la UNESCO. Eché un cuaderno sin usar y el catálogo de pintura en la bolsa de los papeles.

Ya en la calle, me dije que no iría a la oficina. Inventaría cualquier contratiempo. Le diría a la secretaria Vida S., que era la que realmente controlaba los horarios de la oficina, que había estado trabajando en la biblioteca del edificio de Fontenoy, que hacía investigaciones para un artículo que me había encargado la revista *El Correo de la UNESCO* sobre Alejo Carpentier. Esto pondría en la cumbre de la satisfacción a la secretaria de origen español, ex esposa de un poeta ex comunista español, hija también de otro poeta comunista español. Cuando le confié que yo escribía poesía empezó a darme unas facilidades tremendas en mi trabajo. Me consentía de forma generosa por el hecho de que yo era cubana, había nacido en el año 1959 y porque siendo tan joven podía representar muy dignamente, según ella, a la diplomacia de mi país. ¡Qué idea se hacía de mí!

Caminé hacia La Coupole, uno de los restaurantes más bellos de París, de arquitectura *art nouveau*. Aunque era temprano para almorzar, me apeteció mirar el menú. Los precios se habían puesto carísimos, qué lejos aquellas tardes en que a Kiki de Montparnasse le ofrecían, a precios ridículos, cuando no gratis, el champán más caro de la casa. Pero yo no era Kiki de Montparnasse y desde entonces los tiempos habían cambiado considerablemente. Pedí un *croque madame* y un *kir*. Abrí el catálogo de pintura mexicana al azar; en la página apareció un boceto de Esteban Francés por Remedios Varo.

Levanté la mirada, atraída sin duda por la fuerza de otra mirada, en la mesa de enfrente. El hombre no me quitaba la vista de encima. Sonrió mientras acariciaba la copa de vino rojo, se mojó los labios con ella y la saboreó abombando los cachetes; su lengua jugueteaba con el líquido, tragó y pasó la lengua de nuevo por los dientes. Aún no le habían servido de comer. Se levantó con la copa en la mano y vino hacia mí. Preguntó si podía acompañarme. Respondí secamente que no. Señaló al retrato, en el libro, y con voz segura dijo el nombre del artista, sabía de quién se trataba, de un artista catalán, seis años más joven que la pintora que había realizado el dibujo, Remedios Varo. Pedí, delicadamente, que me dejara sola. Afirmó que no se demoraría mucho más, pero que le diera sólo unos minutos, haló la silla y se sentó a mi mesa.

Me había visto en la UNESCO. Yo jamás me lo había tropezado. Él, en cambio, se había fijado en mí. No trabajaba en la UNESCO, como creí al inicio, iba a ver a una amiga, una chica con la que a veces quedaba para salir. En ocasiones, mientras la esperaba, me había visto caminar apresurada por el salón espacioso de la entrada, apretando contra mi pecho fajos de documentos, por lo que supuso que yo trabajaba en alguna de esas reducidas oficinas adyacentes y abyectas. Lo de «adyacentes y abyectas» me dio risa.

—¿Sabe cómo le llama un amigo mío a la UNESCO?

Él negó con la cabeza, no tenía por qué saberlo.

—La UNASCO. —No entendió el juego de palabras en español—. *Pas grave.*

El camarero se quedó indeciso, al traer el filete con habichuelas a su mesa, y ver al cliente acomodado conmigo. Dudó si ponerlo en su mesa o en la mía.

—¿Qué hago, señor? —preguntó el agobiado pero atento y presuroso camarero.

El extraño me preguntó con la mirada si podía quedarse; de este modo consiguió comprometerme con el camarero. Además, mirándolo bien, era guapo y parecía simpático, así que no fui capaz de objetar nada a que se quedara. Aprobé con un leve gesto de la cabeza.

—Es muy amable que me permita estar acompañado por usted en el almuerzo —soltó rimbombante.

No empezó su plato hasta que me trajeron el mío. Comentó que resultaba raro que yo almorzara tan temprano. Lo mismo le comenté yo a él. Explicó que no había cenado el día anterior, y tampoco desayunado, porque debía hacerse unos análisis sanguíneos. Como tenía mucho trabajo atrasado, prefería adelantar la comida; de este modo, bromeó, recuperaba glóbulos rojos y ganaba tiempo. Yo añadí que en mi caso, estaba completando mi desayuno (en casa no guardaba muchos alimentos en el refrigerador), y que tal vez entraría a uno de los cines cercanos a ver una película que pasaban justo a la hora de almorzar. Había decidido también ganar tiempo.

—No nos hemos presentado. Me llamo Thierry.

—Yo, Eva —mentí. Siempre mentía en relación a mi identidad—. Soy cubana, por eso tengo este acento espantoso.

—Oh, no, me agrada su acento, tiene *charme*, encanto. —Cortó la carne en finas láminas.

Su padre poseía una prestigiosa galería. Él, por su parte, era dueño de varios hoteles. Se interesaba por el arte, pero no soportaba el ego desmesurado de los artistas. Thierry contaba treinta y cinco años y ya se había quedado calvo, por lo que se rasuraba la cabeza entera, pero tenía una cara preciosa, ojos verdes, nariz recta, boca rosada y labios gruesos.

Terminé antes que él; como muy rápido, manías de becaria. Afuera todo se hundía en un azul a lo Yves Klein, y nevaba arduamente.

—Llevaba muchos años sin nevar de esta manera. —Limpió las comisuras de sus labios con la punta de la servilleta.

—Es la segunda nevada de mi vida. Adoro la nieve.

Él prefería el sol, la playa, el cielo limpio, el mar cálido; algún día se mudaría definitivamente al trópico. En ese sentido hablaba como casi todos los parisinos. Después de los cafés tuvo la gentileza de invitarme. Dijo que le habría encantado quedarse conmigo, acompañarme al cine, pero debía trabajar, cerrar unos negocios. ¿Deseaba que nos volviésemos a ver? Me encogí de hombros. No sé por qué respondí con un estúpido encogimiento de hombros.

—Mañana, a las cinco. Estrenan *El amante*, basada en la novela de Marguerite Duras.

—¿La película? —Había leído algo sobre eso, pero no tenía mucho dinero para ir al cine a ver todas las películas que se me antojaban. Había decidido elegir siempre los clásicos.

Asintió.

—Sí, la película. ¿Leíste la novela?

—Acabo de leerla.

—Entonces, aquí mismo, a las cinco… —Se despidió y lo vi perderse en la atmósfera azulada de la ciudad.

Abrí el cuaderno y empecé a escribir, a contar una historia en la que incluía a Esteban Francés, a Remedios Varo, a este hombre y a mí. Con eso conseguí regodear mis ideas, mis insípidas emociones; en fin, mi aburrimiento.

Al día siguiente nos reencontramos en el cine. Vimos la película, entusiasmados ambos; luego deploraríamos la crítica nefasta de los medios. A los dos nos gustó la versión de la novela. Al salir de la sala situada cerca de la plaza del Odéon, me pidió que lo acompañara a una habitación que había preparado en uno de sus hoteles. Acepté, sin pensar en mi marido, sin acordarme de mi amante. Nunca antes había tenido una relación con alguien que no fuese cubano, y me divertía la idea de experimentar con un francés.

No fuimos a un hotel de lujo, pero tampoco se trataba de un tugurio. El sitio era simpático, un pequeño hotel de doce habitaciones, decorado con el mejor gusto francés. Las cortinas de color marfil, con pequeños botones de rosas, sostenidas por unos ganchos de bronce. La seda del cubrecama hacía juego con las cortinas, la madera de los muebles despedía un perfume a recién pulida y un ramo de rosas rojas decoraba la mesa de centro, junto al ventanal.

Thierry cerró las cortinas y se sentó en el butacón. Sólo deseaba conversar conmigo, saber un poco más de mí, de mi marido. No le había hablado de mi amante, por supuesto. Le conté por arribita de mi matrimonio, las partes más aburridas, no le dije nada de que a esa altura se había convertido en un hombre engreído, violento e insoportable.

—¿Te agrada tu trabajo?

Negué con la cabeza. Yo estaba aquí por él, por mi marido, lo acompañaba. Y por la ciudad, me fascinaba vivir en París. Pero no me gustaba el trabajo, detestaba a los jefes y ganaba una basura. Pero algún día haría otra cosa.

—¿Qué cosa?

—Escribir. —Un escalofrío me recorrió la rabadilla.

Sacó la botella de champán de la cubitera helada, sirvió dos copas, me extendió una, brindamos por mi futuro de escritora. Me puse sentimental, se me aguaron los ojos. Ninguno de los dos nos movimos, bebimos la botella de champán hasta el final. Después hizo una llamada, y al rato nos subieron una cena, especialidad griega. Yo estaba muerta de hambre, pero disimulé, y apenas probé bocado. Empecé a ponerme nerviosa, no entendía para qué me había invitado a un cuarto de hotel, a media luz. Bebíamos champán, cenábamos como dos enamorados y no me tocaba; ni siquiera se aproximaba a mí.

Le hice saber que no entendía para qué habíamos ido ahí, intenté explicarse, pero la sirena de una ambulancia lo cortó… Pasó un ángel, se hizo un silencio denso…

—Mañana me caso.

Ah, comprendí, conmigo se estaba pagando su despedida de soltero. No hice ningún gesto de sorpresa, pero un dolor agudo aguijoneó mi estómago.

Se iba a casar, pero había un segundo problema, que en realidad era el primero. Se casaría, y a los pocos meses probablemente moriría. Nadie sabía de su enfermedad, ni siquiera sus padres, ni su futura esposa. Y tenía que hablarlo con alguien; y me había escogido para confesarme su desgracia.

Me senté a su lado, le tomé la mano, estuvimos con la mano cogida alrededor de una hora. Dijo que se sentía muy cansado, que me acostara a su lado. Nos acostamos juntos. Me gustaba mucho ese hombre, su olor, sus buenas maneras, su elegancia.

—¿Has escrito algo ya que creas importante?

Negué con la cabeza, susurré que poca cosa, dos poemarios, una novela, pero me sentía muy insegura, y las dudas me acorralaban, las indecisiones me bloqueaban.

—Deberías escribir sobre esa mujer… Remedios Varo. O quizás sobre alguna de las mujeres de esos años tan duros. La mayoría de la gente era pobre, y nadie temía tanto a la pobreza como hoy.

Cerró los ojos, su respiración se hizo muy frágil, entrecortada, posé mi mano en su frente: ardía de fiebre. Le dije que volvería en un instante, bajé a la farmacia a por aspirinas. Demoré poco, realmente muy poco, pero cuando abrí la habitación, ya se había ido. Bajé y pregunté al carpetero del hotel; éste me informó de que el señor se sintió indispuesto y hubo de marcharse. Me había dejado una nota de excusas. La leí; sólo me pedía que lo perdonara, me dejaba un beso en la frente, y ese trozo de papel con el membrete de un hotel modesto en la calle de Rennes.

Avancé unos cuantos pasos, un poco trastornada. No podía quitarme a ese hombre de la cabeza. Entonces el *maître* del hotel apareció agitado: el carpetero había olvidado el ramo de rosas. El señor las había encargado especialmente para mí. Le dije que lo agradecía, pero que podía quedarse con ellas.

Miré a un lado y a otro; el metro más cercano me quedaba a dos cuadras, así que me apresuré para no perder el último tren de la noche. Un auto se pegó poco a poco a la acera, silencioso; me seguía a corta distancia. Me di cuenta, pero no me volteé para mirar. Deseaba que fuera Thierry, que me dijera, oye, discúlpame por haberme ido de esa manera tan grosera, pero aquí me tienes, he vuelto, todo lo que te dije antes era una broma. No estoy enfermo, no me caso mañana y me gustaría invitarte al cine, de nuevo.

—¿Qué haces tan tarde saliendo de un hotel? —Reconocí al instante la voz de Álvaro.

—Hola, vine a visitar a un amigo enfermo. —No mentía.

—Anjá. —No lo creyó—. ¿Quién?

—¿Aparcas y hablamos?

Detuvo el auto a ras del contén. Subí del otro lado.

—Lo conocí ayer, y nos hicimos amigos enseguida. Está enfermo; así y todo, se casa mañana, pero nadie en su familia lo sospecha siquiera, no que se casa, sino que está enfermo… —Se me enredó la lengua en la última frase.

—¿Y vive en un hotel?

—Es dueño de ese hotel, y de otros.

Apretó las mandíbulas. No le gustaba nada el cuento que yo le estaba haciendo, pero se mantuvo en silencio.

—Llévame a casa, por favor.

Obedeció; en el trayecto no nos dirigimos la palabra. Me dejó cerca de la calle Saint-Dominique. No contestó cuando le desee buenas noches. Desapareció como un bólido por una curva de Les Invalides, hacia Montparnasse.

Durante semanas ansié nerviosamente el reencuentro con Thierry, ni siquiera sabía su apellido. Cuando volví al hotel a averiguar, el carpetero era ya otro, y el *maître* del hotel también. Ninguno quiso darme el apellido del dueño del hotel, y me negaron que su nombre de pila fuera Thierry. Poco a poco lo aparté de mi vida. De vez en cuando me preguntaba si realmente toda aquella historia que me contó sería verdad y, en caso de que lo haya sido, ¿por qué me eligió a mí para sus atribuladas confesiones?

Madrid, 1927

Habían acabado de salir de la conferencia impartida por don Manuel Benedito Vives en la Academia de Bellas Artes de San Fernando, quien había profundizado en el romanticismo realista de Joaquín Sorolla y bosquejado su tiempo y las raíces de su estilo, que correspondía a una determinada corriente pictórica, la del realismo romántico, precisamente la corriente que tanto interesaba a la muchacha.

Vacilaron entre quedarse rezagados a conversar en la tertulia del Gijón, dar una vuelta por La Ballena Alegre, o simplemente pasear por Madrid, o reunirse con los demás compañeros en la Residencia de Estudiantes; finalmente decidieron esto último.

Iban entretenidos; discutían de política, de pintura, de arte, de lo saludable que sería partir bien lejos, lo más lejos posible. A la luna, con Federico García Lorca. Todos rieron. El poeta les había leído un proyecto de guión de cine sobre un posible viaje a la luna.

—La luna —murmuró Remedios—, cuánto me gustaría atraparla, acunarla, darle de comer su papilla celeste, alimentarla como a un bebé. Una noche soñé que estaba pariendo una luna inmensa... —José Luis Florit apreciaba los apuntes aparentemente ingenuos de su mejor amiga, quien sólo tenía palabras e inquietudes para la situación actual del arte, los peligros que corría la autenticidad de las ideas, la creación como ideología. Tema que sacaba de sus casillas a Gerardo Lizarraga, quien más bien auguraba que todo se hundiría bajo el modelo mussoliniano del general Primo de Rivera, que llevaba a España hacia una dictadura, blanda, afirmaban algunos, pero dictadura al fin y al cabo.

—De todos modos —interrumpió Remedios— ya adopté el lema de la Residencia de Estudiantes: «Vivir con nuestras mentes en Europa y nuestros corazones en España». Suceda lo que suceda, lo importante es vivir conscientes del papel del arte en nuestra historia, de lo que nos tocará hacer como artistas…

—Remedios querida, perdona, lo que ocurrirá será terrible. Es que lo veo venir, habrá una guerra espantosa, en España y en Europa. No entiendo cómo puede haber tanta gente que no se dé cuenta. —Gerardo se detuvo en medio de la acera y subrayó con sus brazos abiertos la última frase.

—No hay que exagerar, amigo Lizarraga —le tranquilizó Florit—, no creo que nos caiga tal hecatombe…

—El arte nos salvará del horror —concluyó la joven—. Desde pequeña, mi padre me inculcó ese pensamiento, lo comprobé en la Escuela de Artes y Oficios, donde pude confirmar mi verdadera vocación, la pintura. Se lo digo, el arte salvará al mundo.

—El arte, el arte, pero ¿qué dices? Como mínimo tu observación resulta idílica (por no ofender no utilizo otro adjetivo). Esto está cada vez peor, ¿o estáis ciegos?

—Dejemos de hablar de política, por favor —rogó ella.

Lizarraga torció el gesto e hizo ademán de doblar por la primera esquina, y dejar plantados a sus amigos. Florit le cayó detrás, lo alcanzó y lo haló por la chaqueta. Regresaron entre protestas.

Remedios meneó la cabeza de un lado a otro, como queriendo decir que el vasco, tan testarudo, siempre montaba el espectáculo. La corta melena se le movió graciosa. Ya no sabía cómo llevar la relación con Gerardo. Aunque simpático tenía mucho genio; era cierto que la mataban su honestidad, el optimismo con el que asumía todo en la vida, aun si veía que en la realidad política española las cosas empeoraban, pero en la vida cotidiana no se cruzaba de brazos a esperar que las soluciones cayeran del cielo, y cuando no podía resolver el problema lo tomaba a broma. Era capaz de burlarse de lo humano y lo divino.

Su simpatía la enamoraba, contaba con ese poder suyo de hacerla reír siempre, le devolvía la alegría como quien entrega un ramo de claveles, pero también podía destilar el más ponzoñoso de los venenos, con una ironía afilada como un dardo. Por esa razón le agradaba sentirse acompañada y protegida por él.

¿Le gustaba? Gerardo Lizarraga nunca fue lo que se dice un tipo fenomenal de belleza de hombre. Enjuto, flacuchento, tan huesudo y larguirucho que se confundía con una vara de tumbar gatos. Ojos extremadamente hundidos, maliciosos, bajo unas cejas pobladas que podían tornarse vehementes; eso arrebataba a Remedios. Sí, le gustaba, no estaba segura de que lo amaría, pero admiraba en él, por encima de todo, su enorme sentido de la justicia y la pasión por la aventura. Lizarraga —como buen hijo de alcalde, perteneciente a una acomodada familia vasca— se declaraba anarquista hasta la médula en todo, hasta en la pintura, y mucho más en el cine que haría después y que ya iba proyectando en su mente.

La muchacha no alcanzaba a tener la certeza de que pudiera amarlo. Pero sospechaba, intuía, eso sí, que podría convertirse en el mejor de los compañeros de fuga. O en un esposo a la altura de las circunstancias, que entendiera que aquello del matrimonio sería sólo un pretexto para ganar su libertad.

En la Residencia, Lizarraga la sorprendió con un beso en la nuca, jugueteó con su pelo, luego la cargó por debajo de los sobacos, la sentó en el borde de una baranda de piedra de la terraza donde Florit, pinceles en mano, se disponía a continuar un lienzo.

Remedios se puso muy contenta con la idea de Gerardo de hacerle una foto con Florit en plena faena artística. Ambos sonrieron, bromearon, sin tomarse en serio la posteridad que tanto codiciaba Lizarraga. Él, por su parte, la contempló unos segundos, embebido con su imagen; se veía fabulosa, con esa actitud resuelta, atrevida, las manos encima de los muslos. Pensó que el capotito que le abrigaba la espalda le daba un toque muy especial, como de hada Melusina, satisfecha porque acababa de conceder un deseo con su varita mágica, semejante a una virgen milagrosa aparecida en medio del océano.

—Sabes, Remedios, hoy podría enamorarme de ti, seducirte y raptarte. Entonces me haría famoso por el Rapto de Remedios, que casi es lo mismo que el Rapto de Europa… —Su voz tembló, luego recobró la seguridad, en una risa sarcástica.

En aquella época se reían mucho, de todo. Hasta 1931, recordaba Remedios a cada rato, la risa había sido un refugio inigualable.

—Ráptame, Lizarraga, ¿no te das cuenta de que lo anhelo? Y si te sigues demorando… —amenazó con el índice.

—Si tardo, ¿qué? —Se puso delante del toro como buen hijo malcriado de alcalde de Pamplona.

—Te raptaré yo a ti. —Miró hacia el otro lado, escondiendo el ardor de sus pupilas.

—Ese huevo pide sal —comentó Florit con su amigo.

Lizarraga se puso a canturrearle una canción, e intentó fastidiarla:

—Sabes, chiquilla audaz, estuvo muy bien el disparate que te soltó Dalí el otro día: «Las nenas hacen pis en la escalera».

—Salvador Dalí es un extravagante imposible, a su pintura le falta perspectiva.

—Salvador Dalí es genial —repuso Florit—. Eso no quita que su grosería sea imperdonable.

—Su grosería forma parte de su genialidad —admitió Lizarraga—. Entonces, ¿rapto a la nena o espero a que la nena me rapte a mí?

—Gerardo, ¿cómo crees que será el arte en el siglo veintiuno? —preguntó ella con un mohín travieso.

—Apenas comenzamos este siglo, pero imagino que será un No Arte.

—Oh, por Dios, siempre imaginas lo peor. —Remedios lo besó en la mejilla.

—¿Por qué peor?

1929 y más...

Lizarraga y Remedios viajaron a París cada uno por su lado. Al terminar la carrera en la Academia de Bellas Artes de San Fernando en 1929, Remedios casi rogó a sus padres la posibilidad de ampliar sus conocimientos y de introducirse en el medio artístico parisino. Sus padres accedieron a que se matriculara en la escuela de arte La Grande Chaumière. Pero su madre calculó y arregló con tal control las cosas que Remedios tuvo que alojarse en una residencia religiosa de monjas. Otra vez las monjas.

Muy pronto se enteró de que su amigo compartía piso con otros artistas. Aunque de antemano sabía que lo encontraría, pues se habían puesto de acuerdo antes de separarse. Consiguieron verse, pero ella debía regresar a la residencia antes de las seis de la tarde.

—Tengo que poner azúcar en el piso, lo aprendí con las monjas —le contaba a Gerardo, su novio ya para ese entonces—. Cuando era niña me lo hacían ellas a mí, me ponían sal. Las monjas me espían, con el azúcar sé cuándo han entrado en mi habitación. A veces cruje el piso, y puedo adivinar que detrás de la puerta hay una de ellas vigilándome.

—No debes temer nada. Pronto nos casaremos, y serás libre, seremos libres —murmuraba Gerardo confiado de que todo saldría como él lo deseaba.

Se casaron el 6 de septiembre de 1930, en San Sebastián, la ciudad de sus veraneos familiares. Fue una boda sencilla, sólo estuvieron presentes las familias de ambos. La parroquia de San Vicente se vistió con galas modestas, pero imponía con su majestuosa elegancia gótica.

Las gentes del barrio antiguo contemplaban con jubilosa discreción a los recién casados, aún tan entusiasmados, pero evitaron acercárseles para felicitarles; tuvieron en cuenta que lo que más ansiaban los tórtolos era privacidad. Remedios se mantuvo un poco distante, Gerardo la besó luego en la intimidad del coche; como únicos testigos el monte Urgull y la mirada pícara de reojo del conductor.

Tomó su mano y le prometió una vida bohemia, juró liberarla de los viejos códigos que ataban a la mujer y de las costumbres pesadas de los matrimonios convencionales. Le prometió vivir con ella hasta el final de los días de ambos, y serle fiel a ella y a su compromiso político, a sus ansias de progreso social. Remedios le acarició el rostro con la mano enguantada en blanco guipur, lo atrajo hacia sus labios, le dio un dulce mordisco en la oreja. Él rehuyó divertido, muerto de risa de las cosquillas que ella le hacía en el costado.

—Al menos, marido querido —su voz optó por un tono rebuscado y deliberadamente cómico—, prométeme la amistad eterna.

Los días se sucedían con una lentitud nada comparable a la rapidez que vendría después: la vida era otra y ella era joven. Curioso, se decía mientras observaba a su abuela, el envejecimiento provoca la sensación de que la vida avanza a mayor velocidad, la lentitud de la ancianidad es lo que nos empuja a toda velocidad hacia el final. En aquel momento todo surgía como en una telaraña, entretejido el pasado más inmediato con sus deseos y ambiciones futuras, en un contrapunto de precisión e imaginación. Como si de pronto el rumbo de las cosas se tejiera a una velocidad supersónica y ya no nos diera apenas tiempo de revisar el pasado.

Remedios evocó aquel mediodía de 1928 con su marido, su amiga de colegio Francis Bartolozzi y Francisco Ribera, quien tanto les ayudó, a su primer regreso de París, y después, cuando le resolvió a Gerardo el puesto de publicista, como ayudante suyo, pues ejercía como director artístico en la agencia de publicidad Walter Thompson Company. A Remedios le hubiera gustado pintar un cuadro inspirado en aquel mediodía soleado. Nunca lo hizo, pero jamás olvidó la conversación entre los cuatro. El arte, el movimiento dadá, el surrealismo, el futuro de España y de Europa, la posibilidad de explorar mundos lejanos y desconocidos.

Además, Remedios recordó que entonces deseaba comprarse un sombrerito de lo más gracioso, pero Lizarraga se oponía. Argumentaba que el sombrero lucía ridículo sobre su cabeza teñida ahora de rubio, que el diseño en forma de tibor era absurdo, y que se vería horrible con semejante esperpento en la cabeza. Remedios insistió en que aquel accesorio respondía al último grito de la moda y que cubriría sus orejas del rudo invierno parisino.

—¿Y desde cuándo sigues tú la moda? —Lizarraga se enfadó ligeramente—. No me casé contigo por tu refinado gusto por la moda.

—Apuesto a que no sabes por qué te casaste conmigo.

Lizarraga se quedó pensativo unos segundos; fue a responderle pero no pudo contener la risa. Los demás rieron también.

—Yo sí sé por qué me casé contigo. Te lo puedo decir *subito*, como diría una amiga italiana, fotógrafa, por cierto. Me casé contigo porque quería escaparme de casa, tenía que huir a cualquier precio —soltó sin remilgos la esposa, fingiendo malcriadez.

—O sea, sólo soy un miserable pretexto. —Él no quería creer lo que había oído, pensó que se burlaba, que lo decía para fastidiarlo.

Francis y Ribera guardaron silencio.

—Ésta es una situación muy surrealista —murmuró su marido.

—No, Gerardo, esto es la vida. Será surrealismo cuando algún día pinte el cuadro que describa nuestra historia. Se titulará *La huida*.

—¿No es la vida surrealismo puro? —preguntó Ribera.

—Para nosotros sí —susurró Gerardo.

Remedios movió la cabeza de un lado a otro. Dudaba de la afirmación de su esposo.

—No sé si la vida es surrealismo, o si el surrealismo es una forma sofisticada de la vida. Me gustaría vivir el surrealismo en París, con ellos, con los surrealistas. —Remedios se apoderó de un gajo e hizo un círculo en la tierra sin cerrarlo del todo.

Apretó los párpados, y murmuró:

—El malabarista o el juglar. Se trata de un prestidigitador, está lleno de trucos, de color, de vida, en el carricoche lleva toda clase de cosas milagrosas y animales, ante él está la «masa»; para que sea más «masa» hasta llevan un traje común, un enorme pedazo de tela gris con agujeros para sacar la cabeza, todos se parecen, tienen igual pelo, etcétera…

Abrió los ojos, parpadeó, las pupilas se le pusieron de color rojo sangre.

—No se asusten, amigos —explicó su marido—, otra vez ha tenido una de esas visiones…

—¡No, Gerardo, no! ¡Son cuadros, cuadros que veo y que deberé pintar! ¡Lo más pronto posible!

—Creo que lo mejor es que conozca a los surrealistas, ellos sabrán qué hacer con ella… —comentó sonriente Ribera—. Le entregarán los instrumentos para que pueda manejar mejor sus sueños…

Ella sintió deseos de vomitar, pero el vómito se le atragantó y sólo consiguió expulsar una baba amarillenta, a escondidas de los demás, detrás de unos arbustos. Vivía el matrimonio como una de sus visiones, apretaba los ojos, tragaba en seco y Lizarraga se transformaba en araña gigantesca, o en escarabajo teñido de esmeralda. Mintió al decir que debían marcharse a casa porque se había torcido el tobillo y le dolía demasiado. La verdad era que desde que intentó devolver la comida, detrás de los matorrales, había visto hincharse su pierna. Una bola enorme abultaba su empeine, y la bola ahora tenía pelos, ojos, boca, nariz. Y le hablaba: «Remedios, vete lejos, bien lejos».

Su marido la vio muy pálida; asustado, la tomó en sus brazos, la condujo a un banco debajo de un sicómoro. ¿Era un sicómoro o la sombra imaginaria de este árbol? Más bien un baobab o un abedul. A Remedios le fascinaba pronunciar los nombres de los árboles raros, los que nunca había soñado tan siquiera con conocer.

—¿Has estado alguna vez en el desierto? ¿Y en el mar Muerto? —balbuceó con la mejilla pegada en el hombro de Gerardo.

—Ni en el desierto ni en el mar Muerto. Ya me gustaría.

—Yo sí, acabo de venir de allí. Y en el mar Muerto flotaba, no pude nunca poner los pies en la arena, caminé por encima de las aguas; y de sus aguas emanaba una estela multicolor, como si el arco iris naciera de ellas… Y el sol del desierto quemó mi cráneo, y entonces vi una ceiba pequeña, recién nacida, ese árbol mágico…

—Oh, eso sí, seguro que tienes el cráneo quemado, y bien

tostado —se mofó su marido—. Estoy cansado, Remediosanto, volvamos a casa. Necesito acostarme.

—Acuéstate aquí, conmigo, a la sombra del sicómoro.

—¿Cuál sicómoro? Regresemos, mira, nuestros amigos se marcharon ya, creo que los hemos asustado.

—Tú no, los he asustado yo.

La buhardilla se hallaba en el sexto y último piso del número 52 de la calle Saint-Dominique; en algunas partes de las piezas, de la sala y del cuarto, apenas se podía caminar en posición erguida, había que doblar el cuerpo y casi arrastrarse a gatas a causa de la forma combada del techo. En invierno, el zinc o el estaño, debajo del tejado, se enfriaban demasiado y la arboladura interior de vigas antiguas crujía amenazando con un posible derrumbe. Era un viejo caserón tubular, al que se le había dado poco y mal mantenimiento. En verano el sol recalentaba el zinc y el calor se hacía inaguantable.

El sitio era pequeño, estrecho, y lo único maravilloso que tenía eran las ventanas, que daban a la Torre Eiffel, a la calle Saint-Dominique y a la avenida de La Tour Maubourg. En el borde de ellas yo me sentaba a fumar y a observar a los paseantes rumbo a los Campos de Marte y a la Torre Eiffel, al fondo, cuya imponente figura cortaba transversalmente la calle.

Teníamos pocos muebles, y baratos. La cama estaba pegada a la pared, no había espacio suficiente para colocar con cierta holgura dos mesitas de noche una a cada lado. Entonces Pablo decidió que él necesitaba más que yo una mesita de noche para colocar los libros que iría leyendo, él dormiría del lado de afuera, y yo entre él y el muro empapelado con diminutos dibujos de botones de rosas.

A los pies de la cama, en un hueco a la derecha que abría una viga baja, coloqué mi mesita de noche y encima la máquina de escribir que mi marido me había prestado con carácter devolutivo. Siempre recalcaba que en caso de que él y yo nos divorciáramos, lo que podía ocurrir en cualquier momento, yo estaría obligada a devolverle la máquina Brother's con retroceso automático, entre otros objetos que me había también prestado. Yo no poseía nada mío, nada.

Acababa de fumarme un cigarrillo, o varios, uno detrás de otro, acomodada en el marco de la ventana; empezaba la primavera y los árboles de la avenida florecían en una cada vez más tenue penumbra. Para una cubana era un espectáculo precioso, ese de ver pasar las estaciones. Pablo se demoraría en llegar. Menos mal, con el tiempo había aprendido a quedarme sola y a disfrutar de mi soledad.

Abrí con una pequeña llave el candado que de tan frágil hubiera podido abrir con los dedos; lo de pasar el candado era casi simbólico. Lo había puesto en la puerta inferior de la mesita de noche porque allí guardaba celosamente mis escritos, mis poemas en verso y en prosa.

Extraje una hoja virgen, la metí en la máquina y tecleé sin descanso. De vez en cuando observaba el libro abierto, en la página que reproducía el cuadro *La cazadora de astros*. Me limité a escribir sin pensar, dejé que mi mente y la imagen reproducida se relacionaran y fui transcribiendo por inercia las impresiones, las frases que me dictaba la monotonía del anochecer.

Cuando me di cuenta ya era un extenso poema en prosa… Sentí un calor abominable, sudaba a mares, la ropa se me pegaba al cuerpo. Me quité el pulóver y el vaquero y quedé en paños menores. Caminé de un lado a otro del cuarto, recogí mi pelo con una hebilla, y ahí, en ese preciso momento, cuando subí los brazos, fue que presentí que me estaban rascabuchando desde una lejana ventana, en el edificio de enfrente. Me aproximé al marco carcomido de madera y vi el espejear de un lente de cámara ancho, luego un flash. ¿Estaría alguien haciendo fotos? Paranoias mías, me dije.

Me senté de nuevo a escribir; era incómodo: tenía que abrirme de muslos, y colocar la mesita justo entre mis rodillas. Terminé la primera hoja, la segunda, la tercera… Escribí diez páginas de un tirón. Estaba tan embebida en el trabajo que no percibí la llave en la cerradura y ya fue muy tarde para arrancar la página del rodillo cuando Pablo accionó el picaporte de la puerta de la habitación y me sorprendió escribiendo… una novela.

Lo primero fue echarme en cara de que estuviera mostrándome desnuda, con la ventana abierta de par en par; después soltó socarrón si me había dado ahora por el exhibicionismo. Además me arrebató la página de un tirón de la máquina de escribir.

—¿Qué es esto, se puede saber? ¿Una novela? ¿Con qué cuenta la cucaracha?

Estrujó la página con rabia, hizo una apretada pelotita y la lanzó alto y perpendicular, luego la bateó con un lápiz. La página desapareció a través de la ventana.

—Mañana necesito que vayas temprano a la quincalla de la esquina, a la del tipo que alquila los videos y mires a ver si tiene *Le grand Meaulnes*. Como sabes es uno de mis libros favoritos, y acabo de enterarme de que existe una versión cinematográfica de la novela… Ahora, necesito dormir.

Apagó la luz, yo quedé paralizada en medio de las tinieblas, frente a la Brother's de retroceso automático. Cinco minutos más tarde me deslicé junto a él, que dormía plácidamente.

—No pegué un ojo en toda la noche, tuve una pesadilla en la que me salían bolas en el cuello.

Casi al amanecer pude conciliar el sueño, pero dormí poco, porque Pablo me despertó con una dolorosa nalgada. Sin embargo, él se viró del otro lado y siguió roncando, perdón, reflexionando, que era como llamaba él a la acción de roncar.

Al salir a la calle, me di cuenta, por los titulares de los periódicos, de que justo ese día era el 3 de mayo, de que mi vigésimo tercer aniversario lo había cumplido el día anterior, y de que una nube muy peligrosa, proveniente de una explosión en una central nuclear, estaba pasando, o pasaría por encima de París en esa misma mañana. La nube química se aproximaba desde la URSS, más específicamente desde Chernobyl, y se recomendaba a las personas que no salieran de sus casas, y a las embarazadas que no comieran ensaladas ni bebieran leche de vaca.

En derredor mío, en el estanquillo de periódicos, en los cafés, cundía el pánico. Yo me reí de todo eso, sarcástica. Me dije que peor que una nube química era lo que yo tenía a diario en casa, un marido terco y violento, un torturador cuya sola existencia contaminaba mi alegría, me enfangaba la vida. Pero como era mi marido y yo no poseía nada, me aferraba a lo único que yo había conseguido construir a su lado, mi historia con él.

Llegué a la sórdida tienda de alquiler de videos. El propio dueño era quien atendía y despachaba a los clientes. Era un hombre nervudo, aunque magro, enjuto, blanco en canas. Sonrió al verme como si me conociera de toda la vida. Sin embargo, yo entraba por primera vez en el local, pues quien se permitía el lujo de alquilar películas pornográficas era Pablo.

—¿Qué se le ofrece a la *petite demoiselle*?

Yo aparentaba menos edad de la que contaba entonces.

—*Madame* —rectifiqué—. Me gustaría saber si tiene el filme *Le grand Meaulnes*.

—Claro que lo tengo, faltaría más. —Buscó en un estante, extrajo la cajita rectangular y me la extendió.

Mientras anotaba mi nombre en un registro de clientes y yo buscaba los francos en el monedero para pagarle, murmuró sin levantar la mirada:

—Tiene usted un bello cuerpo, señora.

—¿Perdone? —Fingí no haberle oído.

—Ayer, al anochecer, ¿no presintió que alguien la espiaba mientras usted se exhibía detrás de la ventana?

—No me exhibía, ejercía mi derecho a...

—Chis, chis, chis, por favor, seamos adultos... ¿Qué le parece esto? —Tiró un paquete de fotos delante de mí; el abanico se abrió en el mostrador como un juego de cartas, y me contemplé en ellas, en múltiples posiciones, de frente, de espaldas, de perfil con las piernas abiertas mientras tecleaba a máquina.

Pregunté llena de ira:

—¿Qué significa esta falta de respeto a la privacidad?

—Nada, no se altere, señora. Sólo ejerzo mi libertad de *voyeur*. Ahora dígame, si a usted le interesara, si usted y yo nos pusiéramos de acuerdo, si pudiéramos concluir un negocio, ambos ganaríamos un dinero...

—¿Usted está loco? Podría ir a la cárcel por hacerme semejante proposición...

—Nadie va a la cárcel por alquilar videos, que es a lo que me dedico oficialmente... Le prometo que nadie se enterará y de esta manera, le repito, ganaríamos un dinerito... Mucha gente se dedica a eso, cada vez más.

Pagué, le arrebaté el video y me largué sin responder. Antes de que sonara la campanilla de la puerta le escuché decir:

—¿Se enteró ya de la nube asesina? —Me detuve un instante—. Tal vez mañana no vivamos para contarlo.

La puerta se cerró a mis espaldas. Regresé dos días más tarde, no sólo a devolver la película. Cuarenta y ocho horas me habían bastado para meditar sobre la deshonesta proposición del quincallero, y me había dicho a mí misma que no perdería nada con intentar esa nueva aventura. Se es joven una sola vez, mi marido ya no me quería, mi amante se hallaba demasiado enredado con la política como para dar el paso decisivo y sacar a la luz nuestra relación. Con eso yo no estaba de acuerdo, no por miedo, sino porque probablemente no deseaba dañar a Pablo, al menos no de esa manera tan vulgar.

—¿Crees que soy bonita? —pregunté a Pablo esa misma noche, después de cenar.

—Sí, claro. —No respondió inmediatamente, tuvo que pensarlo, dudó.

—¿Bonita cuánto? ¿Mucho o poco? —insistí.

—Eres, para serte sincero, como diría tu abuela, una fea atractiva.

—Entonces, ¿no creerías en la posibilidad de que yo inspirara a un pintor para hacer un retrato, o de que un fotógrafo deseara inmortalizarme desnuda?

Encendió un cigarro, resopló molesto, eructó.

—¿Qué boberías estás hablando? —Abrió el periódico.

—¿Así que no crees que yo sería capaz de posar desnuda para alguien?

—Habría que estar loco para proponerte a ti semejante imbecilidad, sobre todo a una como tú… tan, tan… tan tonta del culo… —Dejó el periódico—. ¿Por qué preguntas eso? ¿Qué estás inventando?

—Uf, nada, o sí, sólo fantaseaba con esa película: *Lo importante es amar*, con Romy Schnneider, Daniel Dutronc y Fabio Testi.

Volvió a hundir su cabeza en el periódico.

—Tú nunca te atreverías, no tienes ovarios, eres muy pendejona para eso… No te compares con Romy Schnneider, no le llegas ni al tobillo.

Fue ese cúmulo de frases lo que me decidió a hacer exactamente lo que él pensaba que yo sería incapaz de hacer.

Entré en la *boutique,* el hombre se hallaba solo y sonrió al verme, de manera natural.

—¿Por qué no vino *Monsieur* a devolver el video?

—Está muy ocupado —mentí—, y yo debo preguntarle algo a usted.

Arqueó las pobladas cejas negras que contrastaban con su pelo blanco.

—¿Cuánto me pagaría?

—Doscientos francos la hora.

Yo ganaba seiscientos treinta y dos francos al mes.

—Le advierto —musité—, soy diplomática por culpa de mi marido, pero no somos ricos. No podrá chantajearme. La diferencia entre la *clocharde* de la esquina y yo es que a mi marido su oficina le paga el alquiler de una buhardilla en el VII *Arrondissement,* uno de los más elegantes de París; pero ella, la mendiga, y yo, nos vestimos de los Guerrisoldes. ¿Sabe de qué le hablo? Sitios donde los árabes venden ropas de muertos, en Barbès Rochechouart. Ella y yo comemos del Ed l'épicier, me fijé en la marca de su botella de vino, el mismo que pongo yo en la mesa en los días festivos... No podrá sacarme usted ni un céntimo... Porque si ahora mismo me sacude cabeza abajo, lo único que sonaría serían mis tripas. Mi marido es diplomático, pero de un país muy pobre.

—Sé casi todo de su marido. Cuando viene aquí lo escupe todo. Es escritor, mediocre o frustrado, no sabría juzgar; no he leído nada suyo, pero tengo buen ojo. Para colmo, parlanchín —me tiró la bolita de papel que Pablo había botado por la ventana—, y lo invade un temor monumental de que usted se le vaya por encima.

84

Intercepté la pelotita y la guardé en el bolso. Quedé alucinada. El hombre empezó a parecerme simpático.

—Leí lo que escribió, es muy bueno.

—Otra duda. ¿Cuál será el destino de las fotos?

—No se inquiete por esa nimiedad. No serán publicadas. Yo le firmaré a usted un documento sobre el honor, una constancia de que son exclusivamente fotos para coleccionistas discretos.

—Doscientos la hora me parece poco. Voy por trescientos.

—Vaya, vaya con la pequeña comunista. Doscientos cincuenta es mi última oferta.

—No soy comunista, o sea… —Me di cuenta que estaba metiendo la pata—. ¿Cuándo será la primera sesión?

—Ahora mismo.

Volteó el cartel colgado en el picaporte de la puerta, con el lado donde había indicado *fermé* hacia el exterior. Cerró con doble llave, y me hizo señas de que lo siguiera al interior del recinto.

Atravesamos un pasillo interminable, repleto de trastos apilonados en los laterales. El miedo comenzó a hincarme agudo y doloroso en la boca del estómago. Subimos por una escalera de caracol hacia lo que él llamó su «studio».

En el estudio, de techo alto, se columpiaban las arañas en las telarañas, se amontonaban muebles viejos y mugrientos. Apestaba a suciedad. Extendió una cortina de terciopelo rojo como fondo. La cámara estaba ya preparada encima del trípode.

—El baño está allí. —Indicó hacia una puerta desconchada.

Estaba limpio y yo me desvestí rápido. Ante la duda de si mi cuerpo le parecería perfecto o no, se me había quitado el pánico, y hasta la timidez me abandonó por completo. Él me sugirió, delicado, que me colocara, de la forma más natural posible, delante del cortinaje.

Yo llevaba el pelo suelto. Pidió que me lo recogiera. Dijo que le gustaba mucho el hueso de mi nuca, pero lo dijo sin malicia:

—Es una obra de arte. —Así lo describió.

Descargó los primeros *flachazos*, y me fui acostumbrando más rápidamente de lo que yo imaginaba. Incluso innové en posiciones que fui aportando poco a poco, desinhibida.

El tiempo pasó veloz, él se veía satisfecho, «bellísima», decía con acento italiano. No cesaba de repetir: «*Brava, bravísima*», y me aseguraba que yo era sumamente fotogénica, y que el lente me adoraba, lo que aumentaba mi ego en desproporcionada medida. Hizo un gesto para advertirme que podía vestirme. Fue curioso: me vestí, y con mis ropas me cayó en el cuerpo todo el peso de mi realidad, de mi vidita miserable. Me brindó un té perfumado al jazmín, bebimos en silencio.

Al rato, descendíamos la escalera de caracol, él a su tienda, yo al infierno de mi cotidianeidad. Me mostró la carta que ya tenía escrita y firmada donde se comprometía a no publicar jamás las fotos. No me di cuenta de dónde sacó el dinero porque lo hizo mientras yo estaba distraída con la lectura del documento.

Puso tres billetes enrollados encima del mostrador, dos de cien y uno de cincuenta.

Le agradecí y él se deshizo también en agradecimientos. Preguntó si podía regresar el viernes por la tarde. Asentí entusiasmada; quise estrecharle la mano, pero él prefirió no aceptar el contacto inmediato con mi piel, lo que explicó de la manera más cortés que encontró, con palabras sencillas. No era oportuno rozarme ni con la punta de los dedos luego de una sesión de fotos.

En la dulcería situada a dos cuadras más abajo de distancia compré cincuenta francos de golosinas, merengues, tartaletas, bombones, caramelos. Cogí tremendo hartazgo sentada sola en el banco de un parque. No pude impedir la mala digestión. Así y todo, al día siguiente bajé, y me dirigí a la *Clef de Soldes*, La llave de los saldos, una tienda de marcas fuera de moda. Me compré a muy buen precio unas botas altas y un vestido ceñido, color violeta.

Avancé por la acera a grandes zancadas, me crucé con la actriz Carole Bouquet y con la célebre abogada Gisèlle Halimi, defensora del aborto, que tiraba de un galgo color champán. Me sentí dueña de mi destino, con ese poco de dinero en el bolsillo y con la ilusión de que podría ganar mucho más.

Barcelona, 1936

—¿A quién pertenecen estas obras? ¿Quién es el autor? —preguntó con leve acento mexicano Lucián Domenecq. Cuando viajaba a España intentaba moldear su inevitable acento materno, y aunque al principio le costaba un poco, terminaba siempre por aplatanarse al sitio donde estuviera y por asumir los acentos y los idiomas que se hablaran como propios.

—A Remedios Varo, señora de Lizarraga —contestó el empleado.

—*Lliçons de costura*, Lecciones de costura, *Accidentalitat de la dona-violencia*, Accidentalidad de la mujer-violencia, *La cama alliberadora de les amibes gegants*, La pierna liberadora de las amebas gigantes. Su obra es excelente, magnífica. En México estarían encantados con ella. ¿Cuándo será el *vernissage* de la exposición?

—El próximo cuatro de mayo, señor Domenecq.

—Una pena, no me dará tiempo a estar aquí. —Abrió una pequeña agenda—. Veré si puedo cambiar mis planes, veré qué puedo hacer...

Aquel hombre de pelo muy negro, ondulado, y de ojos color café, mentón partido, sonrisa perfecta, manos de pianista, se había parado delante de ella y como si la conociera de toda la vida elogiaba su pintura.

—Lo mejor que vi en mucho tiempo.

—Tiene usted un suave acento sudamericano, y no he podido entender bien su apellido. Es mi culpa, estaba distraída.

—Lucián Domenecq, para servirle. Soy sudamericano, sí, intento variar mi acento, modularlo. Hablo francés porque mi madre es bretona. Mi padre, bueno, mi padre es español…

—Le presento a mi esposo, Gerardo Lizarraga. Y a nuestro amigo Benjamin Péret, un gran poeta, surrealista, francés.

—Ella sonrió, aunque reprimió el gesto picaresco dirigido a Péret.

—He visto la célebre foto, la suya, señor Péret, la publicaron muchos diarios. Supongo que sabrá a cuál me refiero.

Desde luego que el poeta sabía a qué foto se refería, hombre, faltaría más, intentó decir Gerardo con la mirada, pero Benjamin se hizo el desentendido. Respondió que, en absoluto, con un cierto deje de orgullo.

—La foto, donde usted, torso desnudo, insulta a un religioso. No ignorará que la foto ha dado la vuelta al mundo —recalcó el invitado.

—¿Ha leído mi poesía? —preguntó molesto.

—No lo voy a engañar, no le he leído. Señor Péret, discúlpeme. Por accidente emocional conozco más la pintura surrealista que a sus teóricos.

—Debería cultivarse, camarada. El surrealismo lo hemos creado nosotros con la poesía, con los sueños… Mire usted, camarada, perdón, señor… En fin, olvidé su nombre.

Péret se escabulló entre los invitados a la exposición de los logicofobistas. Llevaba el ceño fruncido, caminaba como si quisiera explotar el suelo con sus pisadas.

—¿Se ha enterado al menos del carácter de nuestro movimiento? —preguntó Lizarraga.

—Soy un ferviente seguidor de los Amics de l'Art Nou, muy amigo de José Manuel Viola Gamón, admiro a Cassanyes, y tengo maravillosas relaciones con Ramón Marinel·lo. Sé que planean llevar esta exposición por toda España...

—Es nuestro proyecto; sobre todo es idea de Cassanyes... —aclaró Lizarraga—. Veremos si nos la dan. La situación en el país, como sabe, es peligrosa.

—Su esposa es una inmensa artista. Perdone, pero la política y yo somos incompatibles.

—Lo sé, gracias, sé que mi Remedios Lizarraga es una de las mejores dentro del movimiento. Posee un mundo muy personal, y eso que aún no lo ha desarrollado en toda su intensidad. Por otro lado, la política forma parte de la realidad, y usted vive en ella. La modifica con el solo hecho de existir.

—Yo prefiero la irrealidad, señor Lizarraga, ¿no es lo que propone el surrealismo como código de vida?

—No como código, como vida, así de sencillo. ¿Le gusta la exposición? —Remedios trató de cambiar de tema; sabía que Lizarraga no se sentía cómodo cuando la elogiaban a ella y no a él, y menos cuando su interlocutor eludía comprometerse políticamente.

—Sí, me gusta mucho, pero creo que deberían liberarse más, pese a que el movimiento logicofobista es muy novedoso, y el noucentismo lo es muchísimo más. Todavía están muy arraigados en el noucentismo catalán, no deben quedarse ahí, no deben adoptar esa única fórmula. Pero advierto de que eso corresponde al rechazo de la oficialidad a las vanguardias artísticas, que lo impregna todo; de ahí la duda de dar el salto.

—Poco a poco, señor Domenecq, éste es un país lento, y pareciera que desea correr a todas partes, semejante a una gota de azogue, que de pronto va juntándose con otras gotas de azogue que la hacen muy pesada —concluyó la pintora.

Un hombre se acercó al mexicano y le susurró algo que ella no alcanzó a escuchar.

—Le pido mil disculpas, doña Remedios, regreso en un instante. —Lucián Domenecq besó su mano—. Me gustaría volver a verla, en mi tierra, quizás.

Desapareció entre los invitados hacia la salida.

—No me dijo de dónde era, sudamericano sí, pero ¿de qué país? —Nadie le contestó.

Lizarraga también había desaparecido. Remedios contempló sus cuadros, por primera vez expuestos al público, colgados en la pared para ser juzgados. Le entró un erizamiento interior y sintió pudor.

A su padre le hubiera gustado verla en su primera exposición, habría sido el primero en engalanarse para ir a apreciar la obra de su hija. Pero su padre había fallecido en 1933, y un mes después murió también su abuela. Y el éxito sin su padre, sin su abuela, los dos seres que más la habían influido y apoyado artísticamente en su niñez, ya no tenía mucho sentido.

Es cierto que estaban su madre, sus hermanos, sus primas, que vivían muy unidos, pero para ellos el arte significaba un pasatiempo caprichoso, no lo entendían bien. Y Gerardo, que la apoyaba pero que también la cansaba con sus discursos políticos y sus ambiciones de dinero y de gloria. Y finalmente, o quizás debía colocarlo de primero en la lista, estaba su amante Benjamin Péret. Su vida había cambiado con él. Nada tenía razón de ser, porque nada tenía que ser razonable, ni lógico, ni ordenado, ésa era la comodidad que le brindaba Benjamin Péret, un poeta muy pobre, surrealista, revolucionario para colmo. Prefirió eliminar ese «para colmo». Un gran poeta, un hombre que sacrificaba todo en nombre de la poesía.

Doña Ignacia le había contado que la gente la criticaba, que no entendían cómo podía estar casada con Lizarraga y serle infiel con Péret; ah, la gentuza que siempre se metía en todo, que se enteraba de lo más mínimo. Si su padre viviera estaría muy enfadado. Le recordó los esfuerzos que había hecho en su primera estancia en París, lo que se había gastado en aquel apartamento. Y ella en los viajes de Barcelona a París, para ayudarla en la casa.

—No le he dado carrera a mi hija para que tenga que hacer de ama de casa —protestaba el padre entonces.

Remedios se dijo que tendría que quedarse un poco más, aguantar un poco más, no deseaba hacer sufrir a su madre. No quería sufrir ella tampoco. Pero le convenía amar a dos hombres, necesitaba amar a aquellos dos hombres, tan distintos en ciertos rasgos de personalidad, y tan iguales en sus proyectos humanos. No era una mujer de un solo hombre, eso lo supo desde hacía mucho tiempo. Amaba a Gerardo, pero también amaba a Benjamin. Y no los abandonaría a ninguno de los dos por nada de la vida.

Se le ocurrieron unas frases que acompañarían uno de sus cuadros, ese en el que llevaba pensando tanto tiempo:

«Como consecuencia de su trampa consigue fugarse con su amado y se encaminan en un vehículo especial, a través de un desierto, hacia una gruta».

Otro erizamiento interior la recorrió del ombligo hacia el cráneo, un escalofrío de felicidad. Estaba satisfecha de ser joven, de ser pintora, de poseer y sentirse poseída por sus hombres, y de tener toda una vida por delante, de reafirmarse en el acontecer irreal que le ofrecía el destino. Ella creía en el destino marcado por las palabras y por la transparencia y sudor de los objetos.

Extendió la mano, con las uñas arañó la pared y se dispuso a lamer la cal que había quedado entre sus dedos. Boronillas de cal aliñadas con sangre.

Llevaba mucho tiempo comiendo tierra a escondidas. Pensaba la mayoría del tiempo en su padre, en la deuda que había contraído con él. Se dijo que un día le cortaría la cabeza de un tajo al recuerdo de su padre, le pondría dos asas, y lo llevaría como bolso. Recordó que un amigo de Benjamin Péret había prometido psicoanalizarla, él lo hacía con frecuencia. Cuando regresara a París aprovecharía para conocer al célebre Jacques Lacan. Todos estos planes la divertían; en ellos incluía a Lizarraga, por supuesto. Jamás hubiera podido imaginarse separada de él, privada de su amor.

—Bravo, he podido constatar tu *pathos* positivo, el triunfo opera con rapidez. La gente ya empieza a envidiarte, te critican desfavorablemente o te ignoran. Eso no ocurre con los demás, no hemos tenido esa suerte... Quiere decir que eres grande, y lo serás más todavía... —musitó Benjamin en su cuello.

—Quiere decir que soy mujer, y que siempre me será mucho más difícil el reconocimiento público. Crearán una red en mi contra... Y esa red me aprisionará, no me dejará ni respirar... No sé si estaré preparada para soportarlo.

—Bromeaba, Remedios, no te lo tomes tan al pie de la letra. —Benjamin intentaba darse seguridad.

Pero ella siempre tuvo miedo de su arte, se sentía a un milímetro de caer de la cuerda floja. Deseaba, y al mismo tiempo le aterrorizaba, mostrar sus obras al mundo. Pensó que sería mejor dedicarse a la escritura, escribiría una historia que sucedería en el futuro, pero con los mismos conflictos actuales. No, la humanidad no sería tan diferente en el siglo XXI.

—¿Por qué te sientes tan interesada por el siglo veintiuno? —inquirió Péret.

—Porque es algo que no veré y me agrada imaginar cómo será la gente como nosotros. A las mujeres como yo, ¿qué les ocurrirá? ¿Qué tendrán para decir?

—Las mujeres siempre tendrán algo que decir... Si será o no importante, ya se verá.

—¿Por qué no habría de serlo?

Benjamin Péret ya se había vuelto hacia otra dama encopetada que le reclamaba, incitándole a recitar uno de sus poemas.

—¿Por qué no declama usted uno de esos poemas tan deliciosamente raros que se inventa?

—Señora, no soy declamador. Soy poeta. Gracias por lo de «raro».

Remedios no pudo contener la carcajada.

Por aquella época ella pintaba mucho, demasiado. Sobre todo dibujaba, pero dejó una gran cantidad de obra inacabada. Se trataba de dibujos eróticos, porque como ella vivía a tiempo completo en el deseo, en la contemplación y experimentación salvaje del deseo, no paraba de delinear el placer. Dibujos eróticos, con una marcada intención surrealista, muchos de ellos más sensoriales que comprensibles.

Su amigo Francisco Ribera apreciaba sus cartas cundidas de dibujos. Tanto que su mujer se puso celosa y se transformó en un ser repelente: no quería que su esposo y Remedios se encontraran, a él le prohibió que la viera incluso con ella delante, y consiguió alejarlos. Sin embargo, fue Francisco quien más alentó a Remedios con esos dibujos de la cotidianeidad. Ella dibujaba y pintaba todo, absolutamente todo, incluidas las paredes de la casa.

Le fascinaba hundir ambas manos en los botes de pintura, sacar los dedos chorreantes de óleo espeso, lanzar las gotas hacia el techo, en todas las direcciones.

Las manchas solas creaban formas y luego ella les iba dando un sentido, embargada por una obsesión por delinear figuras que invariablemente transformaba en espermatozoides.

Salía a pasear por la avenida Gaudí; el sol cegaba sus pupilas. Los cuerpos de los transeúntes se deformaban, nublados, silueteados por sombras reverberantes, y reaparecían en dimensiones distintas, temblequeaban como amebas a través de un microscopio, y la mayoría de las veces, como espermatozoides listos para fecundar.

Remedios siempre se había sentido hechizada por esa visión del rabito del espermatozoide coleteando aprisa, con su cabezona enhiesta, en su lucha por llegar primero que los demás, entre miles, y penetrar el óvulo. Conoció a Paul Eluard cuando dio una conferencia en Barcelona, le contó esto del espermatozoide y el poeta francés se interesó seriamente en sus visiones sobre el asunto. Pero sabía que de eso no viviría y que tendría que ponerse a trabajar.

El trabajo como publicistas en la J. Walter Thompson no sólo les dio de comer a Gerardo y a ella. También fue una experiencia memorable, por los descubrimientos que reunieron, las emociones que compilaron, el reconocimiento como profesionales del arte.

El matrimonio no iba ni bien ni mal. Gerardo y ella habían pasado esos momentos difíciles, de celos e incomprensiones, y empezaban a vivir la desidia y la indiferencia, sin el fragor de los temporales, sino más bien con el rencor callado, sobre todo por parte de Lizarraga, porque Remedios por su parte nunca lo había experimentado.

Pero para ella resultaba más fácil vivir esa situación. Aunque se lo propuso, no pudo impedir que Benjamin Péret entrara en sus vidas, que invadiera la existencia de ella y de su marido de manera sumamente seductora.

Ella lo admiraba como poeta surrealista, como uno de los padres del surrealismo. Su actitud política la seducía porque hacía comprender las injusticias por una vía menos impositiva, por la vía más humana; la visión excéntrica de la política de Lizarraga nada tenía que ver con la suya. Benjamin usaba la razón únicamente para la política; para todo lo demás, el subconsciente. Lizarraga se llenó de una rabia irracional que la perturbaba. Benjamin matizaba sus discursos, sin llegar jamás a traicionar sus ideales; resultaba mucho más civilizado que su marido en esos aspectos, y para ella, esta forma de aprehender la vida era muy novedosa.

Benjamin visualizaba su obra desde otros criterios, indagó en ella a través del psicoanálisis, y halló misterios que Remedios no habría podido desvelar por sí sola. Esos misterios, todos apasionados, todos amorosos, todos deseosos, configuraban el centro de su vida y de su obra. A su lado jamás tuvo miedo, o el miedo tomó otra dimensión, la artística.

Gerardo la sacaba de quicio con su brutalidad, se ponía patético con sus complejos físicos y de personalidad, intentaba aplastarla con su imperiosa ambición de convertirse de la noche a la mañana en el artista imprescindible para el resto de la humanidad.

Para colmo, la tomó con burlarse constantemente de ella, de su físico. De buenas a primeras no era guapa, según él, y se lo hacía saber delante de todo el mundo, a cada instante: le señalaba los defectos con sorna, que si la cara pecosa, que si la nariz prominente, que si los labios finos, que si el conjunto le daba a sus expresiones una frialdad rayana en lo asqueroso. Terminó por no soportarlo. Y se fue escapando poco a poco de él, huía de su presencia abominable. Esa fuga ocurrió después de que le vociferara que su perfil era el de una curiela (la hembra del curiel, desde luego).

Y sin embargo, lo seguía queriendo como a un hermano. Y también como al esposo que la representaba legalmente, así era todavía por aquellos años. Y como al artista que admiraba y reconocía y reconocería para la eternidad. No podría abandonarlo nunca, se repetía una y mil veces.

Gerardo alquiló un estudio en la plaza Lesseps, que compartía con el pintor Esteban Francés. Él y Remedios se carteaban bastante con Paul Éluard, le enviaban juegos de cadáveres exquisitos y dibujos y *collages* a la manera de los cadáveres exquisitos. Visitaban mucho también a Óscar Domínguez; allí conocieron a un escritor y artista francés, Marcel Jean, que los acompañaba en sus paseos por la ciudad.

Lizarraga iba también, pero a veces refunfuñaba; su humor era muy variable por entonces. Subían al Parque Güell, descendían hasta la basílica de la Sagrada Familia, deambulaban por el Barrio Chino, iban hasta el puerto por Las Ramblas, divertidos a la vista de la masa de gente que atestaba las terrazas de los cafés.

Al mudarse a la Ronda de San Álvaro (de nuevo otra mudanza a petición de Gerardo), las relaciones empeoraron. Le molestaba que su mujer dedicara tantas horas del día al trabajo fuera de casa, le reprochaba que viera más a otros hombres que a él. Y que les dedicara tantas horas de conversación. ¿Por qué no hablaba con él lo que hablaba con otros?, la intimidaba con preguntas como ésa o similares. Sencillamente no le hablaba de esos asuntos porque le temía, le había perdido el respeto como esposa y el deseo como amante.

¿Qué haría ella? ¿Qué esperaban los demás que hiciera? Desde luego, nada por nadie, y menos por ella, tan apasionada, tan aventurera, tan a la medida del surrealismo. Remedios apenas podía ya pensar, apenas deliraba: presentía y sentía. Vivía en una dimensión totalmente onírica, influenciada por Péret y su atípica visión de lo cotidiano.

Cada vez se adentraba más en el surrealismo, no sólo de la mano del amante y jamás por capricho. Era consciente de lo que valía cruzar el umbral guiada por la mano sabia de Péret, y con mayor intensidad penetraba en los senderos que se bifurcan del sexo.

Sin embargo, aunque el placer la obligaba a perder la noción de lo real, jamás se atrevió a perder la vergüenza y el honor, si es que estas palabras tienen todavía algún sentido, se decía. Esa libertad sexual del surrealismo resaltaba más en su obra que en ella misma. Jugueteaba consentidora con sus escabrosidades, con sus escatológicas variedades de interpretación de la verdad o de la mentira, pero la pintora sólo lo aceptaba a través del arte.

La vida no merece la pena ser vivida sin arte, se repetía sin cesar.

Mantuvo fríos su cuerpo y su mente, demasiado maniatados, y fieles a la rigurosa educación que había recibido, sin saber por qué, porque suele ocurrir lo contrario en personas, que como ella, se instruyeron bajo el yugo de la austeridad familiar y de la religión. Este tipo de gente responde siempre ubicándose en el otro extremo, el del libertinaje, pero no había sido su caso.

En el tema de la liberación sexual bajo el pretexto de modificar la sociedad como tanto promulgaban los surrealistas, nunca se atrevió del todo a traspasar el umbral del atrevimiento, a deslizarse más allá de sus afectos. Ella primero tenía que amar, todo en ella pasaba por el amor. El deseo no constituía para Remedios una fuga incierta. El deseo era el motor de todo, y el amor contenía ese combustible. O era el amor la materia prima para que el deseo no muriera.

Además, no necesitaba ser un icono de nada, mucho menos de ningún tipo de confusa libertad, desprovista de deseo y de amor. Detestaba a los representantes voluntarios de la libertad, a los mensajeros de la paz que sólo usaban la guerra para saciar su apetito de enriquecimiento. Y el sexo muy a menudo ha sido manipulado, o se ha prestado, para ese tipo de jugadas sucias. El sexo para ella era libertad, limpia, transparente.

Con posterioridad, el componente erótico desapareció por

completo de su pintura, y prevalecieron el sueño, la idea, la espiritualidad, el destino y el tiempo, ese putillo miserable con el que hay que echar un pulso cada mañana ante el espejo; y el espacio, lo que creyó que es el arte *tout court*.

Curioso, suponía que esa sensación de indiferencia del cuerpo empezó a rondarla cuando se enamoró de Esteban Francés, más joven que ella y sumamente atractivo. Vivía con tres hombres al mismo tiempo, y por lo que verdaderamente sentía curiosidad, ternura, a la vez que pasión, era por ese hilo invisible que los unía a cada uno de ellos diferenciándolos: el pensamiento, excesivo en los tres, distinto en cada uno.

Si Benjamin Péret la introdujo en el surrealismo, fue Esteban quien la consolidó en ese movimiento. A Remedios las escuelas le dieron bastante poco, sólo formación académica. No es mucho cuando esa misma formación traiciona la imaginación.

De la Escuela de la Grande Chaumiére, la del arte libre, salió como el diablo que ve las tres cruces. No tenía necesidad de recibir clases, necesitaba vivir, y vivir el surrealismo, en el surrealismo, y por el surrealismo. Esta escuela no era tan libre como se autonombraba y su juventud le exigía aventuras: Remedios quería volar, hacer travesuras, aprender y a la vez divertirse.

En aquel entonces era muy pobre, pero convivía con Lizarraga y eso la animaba, la hacía olvidar la pobreza; llevaban la vida bohemia requerida, indispensable para cualquier artista. No era un ama de casa, era la amante, la artista, y su gran universidad fueron los cafés parisinos. Por eso volvieron a Barcelona, para ser menos pobres, y porque Barcelona era lo que más se parecía a París en ambiente cultural, cosmopolita.

Esteban le hizo dar el salto al experimentalismo. Lizarraga

sabía de esta relación, como también conoció la de Péret. Todos sabían de sus relaciones con los otros.

Nunca negó nada, ella podía amar a uno y a otro, no deseaba esconderlo, la traición no le iba en absoluto. En los cánones del surrealismo estaba la libertad de sentimiento, ella no se permitía acostarse con éste o aquél por mera necesidad de evacuar una ansiedad natural y luego seguir adelante, tan campante; ella se refería al amor verdadero, al amor artístico. Y la severidad de los códigos con que la habían criado sólo sirvieron para hacerla más rebelde, si bien la ayudaron en su formación y gracias a ellos se convirtió en una mujer audaz.

Creía en la libertad sexual y despreciaba la moralina convencional. Pero tampoco estaba de acuerdo con hacer del cuerpo y de los sentimientos una especie de campo de batalla en protesta permanente, en guerra sin cuartel contra todo.

Remedios quiso a Esteban como quería a Lizarraga y como adoró a Péret, ésa es la razón por la que conservó la amistad de los tres toda su vida.

Esteban tenía el poder que tuvo Gerardo al principio, el de hacerla reír y hacerla inmensamente feliz. Esteban la llenaba de ideas, de alegría sabia. No sólo era guapísimo, además se encariñaba con todo, respondía con una afabilidad sorprendente a cualquier desconocido, y la gente se mataba de la risa con sus bromas; su simpatía le granjeó muy buenas amistades. Brillante, divertido, amoroso. Esteban Francés la protegía, caminaban juntos, y su mano siempre apretaba dulcemente la de ella.

Conocieron a artistas más jóvenes, de su barrio, y colaboraron con sus proyectos. Trabajaban como locos, producían cuadros, dibujos, carteles, *collages*, se comprometieron más y más con el surrealismo. Ingenuamente lo tomaron como plataforma política, en aquella Barcelona que comenzaba a cargarse de una energía muy negativa; ingenuamente se volvieron militantes.

Con Lizarraga ella compartía el trabajo comercial en la Walter Thompson, con Péret se diluía en la poesía y los ideales puros del surrealismo, con Francés creaba lo mejor de su arte, multiplicaba su fuerza. Esta variedad le permitía ser todos los personajes que habitaban en ella, dar cara a todos sus fantasmas.

A todos estos pasajes de su vida les está dedicando demasiado tiempo. El recuerdo late en sus sienes con una precisión absurda, y esto ocurre mientras sufre esta presión en el pecho que ahora la hace boquear junto al teléfono, mientras le cuenta a Sebastián cómo se está muriendo, mientras escucha la voz de Leonora Carrington, que desde la calle vocea su nombre. Mientras el murmullo que viene del comedor se le abarrota en los tímpanos. Las voces en un plano alterado del sonido son como un bramido del oleaje.

Leonora le comentó que un escritor que ella ha conocido en sueños (Leonora es así, siempre conoce gente en sueños que luego se hacen reales) le ha puesto su nombre a uno de los personajes de su novela, una novela realista y mágica a la vez. En la misma se llama Remedios la Bella, y le gusta comer trozos de paredes. Esto último siempre le agradó, devorar cal, pero de bella, de bella, le da risa… no le queda nada de bella. O bien poco.

Hará unas cuatro noches había salido al patiecito, y sentada en el quicio de la puerta que comunica el desván con los sembrados de violetas, se quedó toda la madrugada contemplando las estrellas. Olía fresco, muy fresco, a rosa árabe. Nunca ha sido de contemplar estrellas y de embriagarse con la noche, pero la luna es su amiga, y ella buscaba la luna. De sus citas con la luna siempre ha salido un cuadro intenso, precioso. Esa noche no consiguió ver nada, más allá del vértigo de estrellas. La luna no se apareció, por primera vez no acudía a su reclamo.

Ahora que supone que se está muriendo, desea aprovechar lo más que pueda los instantes que suman el preámbulo al túnel luminoso, ¿o es que ya entró en él sin darse cuenta? ¡Cuánto le gustaría observar de nuevo el cielo, este cielo mexicano, tan lindo, como dicen por acá! Por acá todo es lindo, bonito… y mande usted, doña… Viajar a esta tierra, y quedarse en ella, en este México tan querido, fue la mejor elección de su vida.

También iría con gusto a ver una película. Si le otorgaran dos horas más de vida, iría al cine. No, no leería un libro, ni siquiera visitaría una exposición. Iría a ver una película, y si encontrara una como *La aldea maldita*, sería mejor. Incluso volvería a ver *La aldea maldita*, de Florián Rey.

Para pintar al demonio que en la cinta acaba con la aldea, con sus terribles garras tentaculares, se inspiró en el sueño que tuvo de niña, aquel en el que el diablo abusaba de ella. La realización del decorado de *La aldea maldita* fue para ella muy especial; era una película rara, una obra muy singular, y por eso magnífica. Una obra de culto. Una obra de las que ya no se verán nunca más.

¿Por qué la invaden todas estas imágenes ahora?

Imágenes duras, reacias, que van y vienen como en una moviola, desde el año 29 al 36.

Años inciertos para España, terribles para Barcelona. No había orden policial, reinaba la anarquía, los niños de buena familia, los «señoritos», se cambiaban las casacas elegantes por los trajecillos humildes de los obreros, luego volvían a recuperar sus atuendos primorosos. Las iglesias ardían, asesinaron a curas y a monjas, reinaba la euforia revolucionaria, pero también las delaciones, los maltratos, las burlas, hasta que estalló la Guerra Civil, y todo fue aún mucho peor. El despotismo, el terror, la tensión, el militarismo físico y mental, la venganza a sangre fría, todo eso instauró la guerra. Impuso el dolor, y ese dolor perpetuo la horrorizó.

Nunca más vivir fue igual que antes. La maldad destruía, e instruía, desgraciadamente, y los inocentes se dejaban engatusar por lo nefasto. Ella formaba parte de todo eso, y los hombres a los que amaba también. Benjamin Péret había viajado desde Francia para apoyar a los españoles.

Al mes de estar allí le escribió a André Breton: «Si pudieses ver cómo está hoy Barcelona, salpicada de barricadas, decorada con iglesias quemadas de las que no están en pie más que las cuatro paredes, te sentirías tan jubiloso como yo».

Pero a esas alturas de tanta confusión, Benjamin ya se había marchado a cumplir con lo que los demás llamaban, con tono de orgasmo artístico más que patriótico: su deber de poeta airado, su henchido estigma colérico, su instinto hiperrealista de eterno combatiente; sin embargo, a Remedios le daba náuseas toda esa tensión amarga alrededor de la ausencia que se reproducía en su interior y que no podía compartir con los demás. Nunca pensó que Benjamin moriría, no temía por eso. Más bien no soportaba la idea de que la hubiese abandonado en nombre del deber, ¿qué deber?

Supo que Lizarraga le escondía las cartas de Péret, y le repugnaban sus celos, su egoísmo.

Benjamin Péret envió una carta a Ramón Marinel·lo, en la que se quejaba de que sus cartas no llegaban a Remedios.

Mi querido Marinel·lo:
Junto a ésta encontrará usted una carta para Remedios que me he permitido enviarle con el deseo de que se la haga llegar, puesto que las siete u ocho precedentes que le he enviado no le han sido entregadas. Si, como yo creo, ella no está en Barcelona, le ruego que me informe *discretamente* del lugar en donde se encuentra y que le haga llegar esta carta con toda urgencia.

Supongo que mis cartas han sido interceptadas al llegar a Barcelona por quien yo imagino, así que no debemos confiarnos.

Perdón por pedirle este trabajo y mil veces gracias.

Aparte de eso, nada que señalar. ¿Y usted?

Su amigo,

Benjamin Péret,
1ª Compañía del batallón Néstor Majno,
división Durruti, Pina de Ebro.

No se equivocaba Péret. Nada ni nadie era igual que antes, tampoco Lizarraga. Pero en medio de la estupidez que reinaba en el ambiente, Remedios no se atrevía a reprocharle absolutamente nada a su marido, que era víctima de su impotencia, como ciudadano, como artista, como idealista, como surrealista, como esposo.

Barcelona se había puesto imposible. Esteban no se separaba de ella, y ella encontraba en él el apoyo para seguir con todo, soportar y amar a Gerardo, extrañar y no olvidar a Benjamin, no perder su camino como artista, y amarlo a él, a la vez que lo iba descubriendo como amigo y amante.

Entonces, en 1937, se largó a París; la mayoría de ellos se marchó a París, con la convicción de que sería por poco tiempo.

Remedios se fue primero con Benjamin, que entretanto había regresado. Luego irían los otros. Se aseguró de que así sucediera y al menos Esteban pudo seguirla. Gerardo se quedó hasta que acabó la Guerra Civil.

¿Cómo podía imaginar que con la victoria franquista se le cerrarían para siempre las puertas de su país y que pasarían muchos años antes de volver a ver a su pobre madre y a su hermano Rodrigo?

Nunca más pisó suelo español.

—Morir lejos —musita— ya importa tan poco…

En menos de un mes acontecieron varios sucesos diversos entre sí. Desde hacía tres meses iba dos días a la semana a la tienda de videos a cumplir con mi compromiso, remunerado puntualmente por demás, de fotografiarme encuera. Y, como en el sueño que había tenido, me habían brotado unas bolas raras debajo de la tráquea; lo descubrí al salir del metro, e intentar acomodarme el pañuelo alrededor del cuello.

Pude ver a un médico francés, autorizada por la embajada. Luego de la primera consulta en la que me diagnosticaron dos nódulos en la tiroides, hubo una segunda para realizarme una punción y extraer el líquido de los nódulos. El doctor recomendó operarme, y después de varias llamadas y correos al Ministerio de Relaciones Exteriores cubano decidieron que yo debía viajar a Cuba, que el gobierno no podía costear a un médico francés y mucho menos una operación de ese calibre. Estuve una semana en La Habana, las bolas desaparecieron después de la punción y el endocrino aseguró que todo andaba bien y que podía regresar a París, aunque debería volver en unas semanas para chequearme.

A mi regreso, no falté a las tandas de fotos. El hombre trajo una colección deslumbrante de sombreros de todos los diseños habidos y por haber, con plumas de distintas aves, con rejillas, con velos, con flores, de piel de visón, de terciopelo, de cuero, kepis militares de caqui, gorras de marinero, hasta de soldado americano de la guerra de Vietnam. Con todas me hizo fotos, y luego me pagaba al contado.

El asunto que enfrentaba era que no podía gastar ese dinero, no debía ostentar prendas de vestir en cantidades anormales, ni perfumes, ni zapatos, ni invitar a nada a nadie, todo era rigurosamente controlado y debía evitar sospechas acerca de mis entradas de dinero. Empecé a ahorrar, y también eso me ponía sumamente nerviosa; guardaba los billetes en escondites que encontraba en los resquicios de las vigas del techo, o entre los ladrillos de debajo de la moqueta del piso.

Una tarde nos convocaron con urgencia a una reunión en la embajada cubana, en la calle Presles. Se trataba de una de esas asambleas oscuras, más ministeriales que misteriosas, que me ponían los vellos de punta, porque no sólo me aterraba que hubiesen descubierto el lío de retratarme en pelotas, sino que, además, en cualquier momento podían enterarse de que, casada con un diplomático, le pegaba los tarros con otro de la misma oficina. Cosa que no hacía yo sola. Me había enterado de que varias mujeres de la embajada mantenían relaciones extraconyugales no sólo con cubanos de la embajada, sino también con becarios, y hasta con franceses, incluso una de ellas tarreaba al marido con un célebre actor cómico.

Pero no, esta vez tuve suerte. Me encontré con un bulto de cubanos citados por la embajada, todos los cubanos de París, diplomáticos y no, es decir, también habían convocado a los chivatos tapiñados. El embajador pronunció tres o cuatro palabras plenas de simbolismo nacionalista para que nadie olvidara que todavía era el embajador. La guerra sin cuartel entre él y el jefe de la inteligencia era cada vez más evidente en la competencia que mantenían por hacer ver quién mandaba más que el otro. Heriberto, el jefe de los espías, tomó la palabra y nos informó de que un alto cargo de la seguridad del Estado había pedido asilo político. Se trataba de un hombre que poseía información muy valiosa, altamente sensible. Mostró la foto del sujeto, y agregó que ellos tenían la convicción de que el individuo se hallaba entre Londres y París y que la orden estricta, sin excusa ni pretexto, era eliminarlo. Se hizo un profundo silencio. Nadie se miró entre sí, pero Heriberto sí que nos observó cuidadosamente, fijando sus pupilas en cada una de nuestras pupilas; yo ni siquiera me atreví a pestañear.

Añadió que la embajada poseía armamento suficiente para entregarnos a cada uno un arma, y que, como había dicho hacía unos minutos, la orden era, no olvidarlo, apuntar a la cabeza, tirar a matar. Presentí que iría a desmayarme, porque sabía que poco se podía hacer en contra de estas directivas. Yo jamás había aplastado tan siquiera a una cucaracha, me pasaba la vida leyendo a Marcel Proust, a Claude Lévy-Strauss, a François Rabelais, a Racine, a Molière, me fascinaba la música de Serge Gainsbourg, de Renaud, adoraba la frágil voz de Jane Birkin, de Bárbara, de Juliette Gréco, de Cindy Lauper… Pasaba tardes y domingos enteros en el Louvre y en el Museo Rodin, escribía poesía, y muy en secreto, a escondida del Gran Escritor que mi esposo se creía que era, había empezado una novela sobre una pintora catalana, que había vivido en París, y en México, surrealista, Remedios Varo… Mi mente voló… Y ahora este anormal, este simpático y exquisito socotroco, me venía con la orden, irrebatible, de que asesinara a un fugitivo de nombre Azpillaga.

El único que se atrevió a levantar la mano fue justamente el único amigo del que podía enorgullecerme en aquel momento dentro del círculo de la UNESCO. Poppy Hecheverría habló despacio:

—Lo siento. Nunca he disparado ni dispararé sobre una persona ni sobre nada. Odio las armas. Azpillaga es, por demás, mi amigo, o lo era, poco importa lo que esté pasando por su cabeza ahora. Será un traidor, pero hace dos días no lo era. Incluso yo no sabía que fuese policía, o sea seguroso... No podré cumplir semejante orden... Y para que así conste, propongo que me devuelvan a Cuba mañana mismo.

El abejorreo de un murmullo general y desaprobatorio inundó el salón de conferencias. Mi marido no asistía nunca a ese tipo de reuniones, por muy urgentes y secretas que fueran. El embajador lo autorizaba a ausentarse, bajo el pretexto de que dedicaba su preciado tiempo a escribir el *master piece* de la literatura universal.

Levanté la mano:

—Yo tampoco podré cumplir esa orden. Estoy enferma, tengo dos nódulos en la tiroides, me tiemblan mucho las manos. Además de que nunca antes he tirado ni con un tirapiedras, podría matar a cualquiera menos al traidor de marras.

—Me consta —el embajador se espabiló— que la joven dice la verdad. Tuve que firmar un permiso de regreso a la isla con el objetivo de que fuese vista por los médicos de allá, por ese mismo problema de la tiroides, debido, si mal no recuerdo a la nube que tuvimos como producto del accidente en la central nuclear de Chernobyl.

—¿Accidente o sabotaje? —me secreteó Poppy entre dientes.

—En cuanto a Poppy Hecheverría, le he destinado a algunas tareas que lo exoneran de verse en la disyuntiva de enfrentar a un antiguo camarada de modo tan... definitivo.

—Bien, estudiaremos ambos casos —rezongó el alto oficial.

Suspiré aliviada. Salvo Poppy y yo, los demás aceptaron como corderos, no sólo portar armas, sino asesinar a un compatriota en plena calle en París, o Londres. Cuando se dio la contraorden, se supo que el «desertor» (en este caso lo era dada su categoría de militar) ya se encontraba en América, cantando más que los Tres Tenores juntos.

A Poppy Hecheverría no lo castigaron; el embajador le tiró

la toalla y le dio la misión de organizar exposiciones de pintores cubanos oficiales en Europa. Pero desde ese día nos pusieron a él y a mí en el punto rojo del colimador.

—De la que nos salvamos. Escapamos en tablitas —me susurró Poppy, a sabiendas de que nada se podía comentar en alta voz a menos de cien metros de la sede diplomática por los captores de voces que poseían.

Aquella noche quedamos invitados al guateque que daban las traductoras del ESTI el sábado, con motivo de la celebración del cumpleaños colectivo de los niños de la embajada, hijos de los diplomáticos. Aceptamos porque no nos quedaban más excusas.

El sábado nos plantamos en un apartamento decorado con gusto pésimo, en un feísimo edificio próximo a Montparnasse, a la hora prevista, ocho de la noche. Olía desde abajo a puerco asado, a yuca, a frijoles negros. La música se escuchaba a todo meter desde la entrada del inmueble.

Los niños correteaban de un lado a otro, sin parar, alterados, excitados; se pasaban la semana encerrados en el sótano de la embajada o en la escuela soviética, de este modo les evitaban el contacto con la realidad francesa, les impedían que el capitalismo francés los contaminara con su «atroz veneno».

Las traductoras bailoteaban medio borrachas, flirteaban, intentaban empatarse con los solteros de la embajada, y también con los casados. Una de ellas me pidió que sacara el tambuche de helado Coppelia que llegaba cada semana en el avión de Cubana expresamente para satisfacer el gusto del embajador, que era un fanático del helado Coppelia.

—Ten cuidado —advirtió—, no vayas a romper los experimentos del sida que hay al lado del tambuche.

Así fue como me enteré de que en el congelador, junto al helado de Coppelia, ellas guardaban tubos que contenían investigaciones sobre el sida.

—Los becarios cubanos tienen la misión histórica, que les ha dado el propio Comandante, de robarse estos experimentos del Instituto Pasteur...

En medio de su borrachera, la mujer no se daba cuenta de que cometía una peligrosa indiscreción.

—Nosotras somos las encargadas de esconderlos. Nadie sospecharía de las intérpretes del ESTI...

No podía salir de mi anonadamiento. Enterrada en un butacón, mi cabeza daba vueltas, y no salí de allí hasta que Poppy me haló por una mano y nos pusimos a bailar. Él se extrañó de que yo me moviera como una autómata. Después de aquella fiesta, Candita, la traductora, fue reclamada con urgencia por La Habana. No regresó a París, ni yo volví a verla.

No niego que de allí salí atontada, no podía ni sospechar que mi país cometiera, tan a la ligera, semejante delito. Pero yo era muy joven e ignoraba muchas cosas, así que decidí borrar el asunto de mi cabeza; a mí aquello me importó un bledo. No había venido a París a meterme en líos políticos, yo era la esposa acompañante de un falso diplomático, un diplomático, no de carrera, sino hecho a la carrera. Yo deseaba vivir París de la manera más bohemia y artística posible, como imaginaba yo, con una visión romántica, que habían vivido los artistas, en el pasado, la bohemia parisina.

Algunos días más tarde, Álvaro, que no había podido asistir al fetecún porque había atrapado una gripe terrible, me dio un ultimátum. No podía continuar en solitario, no se contentaba ya con nuestras citas clandestinas. Me amaba demasiado para renunciar a poseerme como esposa.

Yo debía elegir, debía pedir el divorcio, volver a La Habana, esperarlo allí. Él se casaría conmigo, enfrentaría los problemas derivados, asumiría los daños colaterales.

Me dio la sensación de que me estaba acorralando; sabía que si le hacía caso, tendría que regresar, tal vez para siempre.

Y yo renunciaba a regresar. Extrañaba La Habana, mi ciudad natal, pero París me había enseñado la libertad, y aunque apenas podía saborearla con la punta de los labios, y siempre de manera oculta y antinatural, le había tomado el sabor con agrado.

—Dame seis meses para decidirlo.

—No, te doy dos meses, no más. Ese marido tuyo te odia, ¿por qué te empecinas en quedarte a su lado?

—No es eso. No quiero irme y dejarte. ¿Y si nos sale mal la separación? ¿Si en el intermedio encuentras a otra? No quiero abandonar esta ciudad que tanto me ha dado.

—Te prometo que volveremos juntos a París y que será maravilloso vivir aquí juntos, sin miedos; normalmente... como cualquiera... —Señaló a la gente que pasaba fuera del café.

No esperó seis ni dos meses. Esperó un año. Pero aún no habíamos llegado a ese punto de la historia. Todavía yo me hallaba varada en el *shock* que me habían producido toda esa retahíla de acontecimientos. Las fotos, la enfermedad, la reunión de la embajada, el robo de experimentos...

—¿Habrías sido tú capaz de acribillar a Azpillaga, a sangre fría, en plena calle?

—No lo sé —evadió la respuesta como pudo—, eso no se pregunta. No se pregunta lo que no tiene respuesta. A propósito de nosotros, cada vez nos vemos menos.

Confirmo que no se equivocaba. De repente, mi agenda se había cargado irremediablemente de tareas. No sólo veía a escondidas al fotógrafo de la tienda de videos; también frecuentaba a un grupo de venezolanos que habían sido castristas, pero que con los relatos de mi vida en Cuba, se habían convertido sin más, de modo fulminante, al anticastrismo, asqueados de oír hablar de tanto fascismo perpetrado. No eran burgueses, eran artistas en su gran mayoría. Y eso que sólo habían escuchado relatos míos y de otros amigos. La realidad cubana, vivida allí, la conocían poco o nada en carne propia; algunos ni siquiera habían puesto un pie en la isla.

Además de estos encuentros subversivos, me desvivía con los viajes en metro de mi casa a la casa de mi amante, de La Tour Maubourg a Montparnasse-Brenvenüe, varias veces por día, con discreción para que no me siguieran y para que no me vieran entrar en el número 90 de la avenida del Maine. La angustia de aguantar las pesadeces de mi marido y luego los reproches de mi amante comenzaban a fatigarme sobremanera. Y aunque adoraba a Álvaro, su actitud, bastante exigente, la mayoría de las veces me deprimía y me ponía en dudas.

—Al menos, ¿consigues escribir?

—Lo intento.

—Yo tengo que estar el maldito día metido en los consejos ejecutivos, en las reuniones, los almuerzos de trabajo, estoy harto… No puedo ni siquiera actualizarme con el cine, no he ido a ver una buena película desde hace meses…

También él había sido transformado de célebre crítico de cine, con programa televisivo y páginas en los periódicos, en diplomático a la carrera.

—Cuidado, ahí viene el seguroso de la oficina.

—¿Y qué? Sólo estamos compartiendo un café en un sitio público. —Me asombraba a veces su valentía.

—No, más que eso, se adivina a la legua que somos amantes, en el brillo de los ojos —riposté en broma.

Nazario venía directo hacia nosotros; sin embargo, de pronto, por no sé qué motivo dio la espalda y se perdió por una de las puertas del ascensor.

—Ahora sí creo que tienes razón. No quiso interrumpirnos, mala señal.

—Te lo vengo diciendo desde hace rato, están sobre la pista. Bueno, otra cosa… Álvaro, debo volver a chequearme con el médico. Será sólo una semana, ya tengo la firma del embajador autorizándome al regreso. Pero no me ha llegado el billete de avión. ¿Crees que la oficina podrá autorizarme a ver un médico de aquí?

—Eso habrá que consultarlo con las altas esferas. Con el MINREX, y con el Consejo de Estado. Es un asunto que se me escapa de las manos. Enviaré la comunicación, pero ya sabes, no decido nada.

Acepté que él se ocupara de los trámites y le recordé que no podía esperar demasiado para los análisis médicos. Nos despedimos sin besarnos, pero nos miramos con mucho deseo de templar. Ya había terminado mi jornada laboral.

Salí a la calle Miollis, atravesé por debajo del arco elevado que sostiene los raíles del tren, y me dirigí a la entrada del metro Ségur. Iba pensando en que ésta no sería la misma ciudad en la que había vivido Remedios Varo, que había cambiado mucho, pero seguramente un poco de su espíritu vagaba aún por ella. Y me dije que quizás algún día, cuando todo cambiara, cuando tuviera unos cuantos años más, me iría a vivir a México.

—¡Zenia, Zenia! —Era el seudónimo que utilizaba para escribirme con Álvaro; y era él quien me llamaba a grito pelado.

Comenzó a caer una lluvia fina. Llegó corriendo hasta mí, no pude verle los ojos, con las gafas ahumadas por el vapor de la lluvia.

—¿Qué te pasa? ¿Estás loco? ¿Cómo me caes atrás así? Hay mucha gente que sale a esta hora de la UNESCO, pueden vernos.

—Estoy loco por ti —me besó, mordió mis labios, sin importarle el paso de los transeúntes—, ven a la oficina, se han ido todos.

Subimos al sexto piso. En la oficina todavía olía a la última colada de café que había hecho la secretaria antes de partir, de este modo se ahorraba el café de su casa; anochecía, Álvaro bajó las persianas, me encaramé encima de su escritorio con las piernas abiertas, me la metió sin preámbulos, mientras debajo de mí se arrugaban numerosos cuadernos del CRICAL, siglas de Centre de Recherche et Investigation de la Literatura Latino-Américaine.

Terminamos; Álvaro volvió a introducir su camisa dentro del pantalón, ajustó el nudo de la corbata, se puso la chaqueta del traje azul prusia.

—¿Por qué no podremos olvidarnos ahora mismo del mundo, irnos a cenar a un sitio de ensueño y luego a casa, a escuchar boleros de Panchito Riset, o a leer poemas de Carilda Oliver Labra y de Hugo Mercier, mi tío matancero, que se enamoró de Carilda, aunque no fue un amor enteramente correspondido...?

—Ya sé —murmuré—, no es justo que no podamos hacer lo que queramos.

—¿Qué harás ahora?

—Me iré a casa, le prepararé la cena a mi marido y me pondré a hacer lo que más me gusta en la vida —me miró desconfiado—, leer, leer. No seas mal pensado. Quizás pueda escribir algunas páginas, tengo ganas de adelantar la novela.

—¿Por qué no te escapas aunque sea una sola vez, por esta noche? Llámalo, dile que te han retenido en la oficina para pasar a máquina un discurso que tendré que dar mañana.

—¿Y qué comerá?

—¿Quién, él? Ya se las arreglará, no te inquietes. O que coma de lo que pica el pollo.

Llamé a Pablo, me aseguró que no había de qué preocuparse, estaba invitado a una cena con unos editores franceses.

—Y me han pedido que vaya solo, o sea que si quieres podrás ir a un McDonald...

—Está bien, Pablo, comeré lo que sea.

En esos instantes, cuando percibía su actitud indolente, cuando notaba que me despreciaba de tal manera que conseguía, hasta por teléfono, que me sonrojara de humillación, era cuando me entraban ganas de mandarlo todo al bendito carajo, de largarme para siempre con Álvaro. Pero no podía arrebatarme. Ecuanimidad, calma, pedí en silencio; colgué el auricular, me traqueé los dedos muy fuerte.

—Vamos, llévame a un lugar bonito.

—Te invito a *La closerie des Lilas*. ¿Has estado antes?

—No, y me encantaría ir contigo por primera vez.

Mientras bajábamos en el ascensor, Álvaro se puso de repente muy serio. Llegamos al garaje donde guardaba su automóvil.

—¿Te sucede algo?

—Me acabo de dar cuenta de una cosa. Tú y yo apenas hablamos de política.

—¿Es malo?

—No, para nada. Pero me gustaría saber si… en fin… eres joven. Catorce años más joven que yo… ¿Sientes verdaderamente algo por la revolución?

No pude aguantar la carcajada. ¿A qué venía esa pregunta? En fin, estaba allí, en París, trabajaba en la UNESCO, había tenido que pasar mil verificaciones para poder salir de Cuba, aun casada con un diplomático, a quien también le habían verificado un millón de veces. ¿Y él dudaba de mí?

—No dudo de ti. Dudo de tu marido. No creo para nada que sea simpatizante de la revolución, es un farsante, si no lo sabes, lo que me parecería poco probable.

—Por favor, Álvaro, no, no, no me hagas esto… Mira —vacilé, pero tenía que mentir—, Pablo es revolucionario, a su manera, pero él cree profundamente…

—¿Y tú?

—¿Yo? No he conocido otra cosa.

—No, ya conoces otra cosa, esto.

—Álvaro, si te tranquiliza, soy revolucionaria. No llegué a ser militante porque tuve un percance en la secundaria, un asunto de enfermedad. —Detestaba seguir mintiéndole.

—Qué casualidad, otro asunto de enfermedad...

—Oh, no, no es cierto que me esté pasando esto contigo... En fin, la verdad es que no era muy disciplinada, aunque sacaba buenas notas, pero —mentí de nuevo— me hicieron una hijoeputá en la escuela. Te contaré más tarde.

En realidad había hecho todo lo posible por no salir militante, para evitarme los compromisos de las reuniones, de los trabajos extra horarios de la escuela, porque no me dio la gana, vaya, y porque odiaba la burocracia que significaba todo aquello, y sobre todo porque no deseaba convertirme en una burra desalmada...

—No me importa lo que seas o no, te quiero, eso me es suficiente. —Acarició mi rostro, pellizcó mi barbilla—. Eres una buena mujer, y con eso me basta.

—Odio los extremismos —musité.

—Yo también.

El pavimento relucía mojado, las luces de los establecimientos rutilaban en los charcos de lluvia. Pese al mal tiempo, el restaurante estaba muy concurrido. Álvaro acarició de nuevo mis cabellos, me tomó la mano, yo se la solté al segundo, sentí miedo de que alguien nos descubriera. Pasé la mirada por las mesas; en una de ellas, en una posición poco discreta, se hallaba Pablo, sentado de espaldas a mí, frente a una hermosa mujer, trigueña, elegante.

—Tenemos que irnos, rápido. Ahí, Pablo está ahí. —Corrí hacia la salida.

—Espera —me alcanzó—, iremos a un sitio mejor.

Dentro del auto empecé a llorar.

—¿Quién es esa mujer? ¿Has visto lo acaramelados que estaban?

—Es su amiga...

—¿La venezolana?

—No, ésta es la otra, la mexicana. No llores, ¿o es que no te da igual?

—Es que... tengo miedo... Y no puedo entender... Con lo que me amaba Pablo, fueron cuatro años de intenso amor en Cuba. Desde que llegó a París se echó a perder, lo echó a perder todo...

—En el extranjero la gente cambia mucho, se marean con la abundancia.

Dobló de prisa por la primera esquina. Cenamos en *Fouquet's*, en los Campos Elíseos, tomó el ticket, dijo que lo presentaría en la oficina como gasto de representación, como si hubiera cenado con Federico Mayor Zaragoza, el director general de la UNESCO.

Álvaro pasó toda la noche tratando de entretenerme. Contaba anécdotas de Simone Signoret, de su actor preferido, Yves Montand, de Maurice Chévalier.

Yo había enmudecido, de tristeza, de rencor.

Lo que más temía al llegar a París era la pobreza. Sabía que esa ciudad ponía a prueba a los artistas, les exigía cumplir con dos condiciones: había que resistir y sobrevivir a la pobreza, e ineludiblemente enamorarse. Aquel que no se enamoraba en París a los veinte años no podía decir que conocía el amor, y no tenía entonces derecho a ser un gran artista. Y desde luego, necesariamente el artista se veía obligado a cumplir el canon de la *pauvreté.*

Ya había pasado hambre en París: las sobras anuales de lo que comieron Gerardo Lizarraga y ella en su primera estancia no llenaban un tacho de basura. Los platos sucios se amontonaban en una esquina en espera de que su madre tomara el tren y viniera a fregarlos. Ella no haría jamás ese trabajo, el de criadita del maridito; no, ni hablar, y mucho menos tenía dinero para pagar a nadie que lo hiciera. Su padre vivía todavía, le mandaba un poco de dinero, y su madre podía desplazarse y ayudarla. Los tiempos habían cambiado desde entonces. Y ella se sentía sin fuerzas para empezar de cero, aun cuando Benjamin estuviera para representarla.

Lo que más temía, se repetía una y mil veces, era mendigar por las calles, tener que vestirse con andrajos, pasar frío, no poseer un techo donde guarecerse de la lluvia, de la agresividad del invierno, o de la perenne *grisaille* impertinente de París. Trabajaría en lo que apareciera, no temía al trabajo digno, pero tampoco permitiría que la humillaran. Y los parisinos esperaban que todo aquel que llegara de España fuese su criado. El castellano, para ellos, era el idioma de los sirvientes. Remedios hablaba correctamente francés, con un ligero acento, menos marcado, menos fuerte, y para lograrlo se remitía al catalán. Allí al menos nadie gritaba: «muera la inteligencia».

Lizarraga le aseguraba que el hambre ayudaba a esclarecer, a inspirar; casi llegó a estar de acuerdo con que los artistas hambrientos son los que mejor han creado en la historia del arte. En su gran mayoría era cierto, pero no todos…

Iba por una calle del Marais, la calle Charlemagne; se dirigía a la calle Charles V, buscaba la dirección de un afinador de violines, quería ver por sus propios ojos al mejor afinador de Stradivarius; algún día lo pintaría. De repente tuvo un vahído: no había probado bocado en todo el día. Se encontraba sola y tuvo miedo de caerse, de que nadie la auxiliara, de que no la reconocieran, y terminar en un hospital de desahuciados o en un asilo para dementes.

En éste, su segundo viaje, el que ella creía definitivo, lejos de su tierra, las cosas no empezaban bien. Diría que comenzaron más bien mal, grises con pespuntes negros.

Andaba sola. Casi siempre iba sola recordando a Lizarraga, que en este segundo viaje había quedado en su tierra, ya separado de ella. Ni siquiera quería averiguar en qué lugar de España se encontraba, y él se lo había advertido: no deseaba ser cómplice de su relación con Péret y con Esteban, su idea del surrealismo no llegaba a aguantar semejante torpeza. Todo había terminado entre su marido y ella. Esteban, el joven que la había seguido y que le juraba que la seguiría al confín del mundo, no tendría que ir tan lejos esa tarde: la esperaría en el estudio de Óscar Domínguez. Los surrealistas se daban cita allí muy a menudo, en la calle Froi de Vaux frente al cementerio de Montparnasse.

A Domínguez no le hacía mucha gracia ese vecindario tan estirado y gélido, y para olvidar lo inexorable tapaba el gran ventanal con una sábana, pero se decidió a pintar cruces y tumbas en la tela, con el afán de darle un tinte expresionista al hecho. El «Drago de Canarias», así llamaba André Breton al pintor canario, fundador de la revista tinerfeña *La Gaceta de Arte*, y quien había servido de mensajero, de puente, entre los artistas españoles y los surrealistas franceses; Domínguez era el más simpático de todos, el aglutinador de caracteres, por muy distintos que fuesen entre sí.

Había sido también Óscar Domínguez quien presentó a Remedios a Benjamin Péret, cuando aconsejó al poeta que visitara a esa alegre muchacha con una cierta tendencia surrealista en su incipiente obra. Eso ocurrió en 1936 cuando, en uno de los primeros grupos de franceses, se alistó en la brigada de voluntarios, para luchar a favor de la República frente a la rebelión nacionalista. Péret era ya un connotado comunista, expulsado de Brasil por sus actividades de ferviente militante; lo habían prendido y narraba su experiencia de la cárcel con cierto orgullo. Se declaraba seguidor de León Trostki, y predicaba que «el poeta no puede ser reconocido como tal si no se opone al mundo en que vive con total inconformismo».

Remedios trastabilló, tenía que seguir adelante, hizo un esfuerzo, su vista se aclaró, pero la atacó un agudo dolor en el estómago. La debilidad agujereaba sus tripas. Al cabo de un momento llegaría a la *boutique*, y más tarde iría a encontrarse con su amante; seguramente estarían también Benjamin y André Breton. A ella Breton le daba pavor, todas esas figuras le parecían demasiado grandes y autoritarias para su gusto. No pasaba por alto que la habían aceptado en el círculo surrealista debido a su relación con Péret, lo sabía y esa espinita le hincaba en algún sitio de su orgullo. Benjamin Péret, sin duda alguna, era su carta de presentación; en aquel ambiente ella no existiría sin él, incluso había comprendido que Esteban no le daba el espaldarazo o la suficiente credibilidad para ser respetada, o simplemente aceptada, pero eso a ella empezó a importarle menos que un comino.

No obstante, frente a los padres fundadores del surrealismo se volvía tímida; apenas hablaba, ya no reía como antes, en Barcelona, y participaba en los juegos de los cadáveres exquisitos con menos espontaneidad, y con mayor gentileza en las improvisaciones y yuxtaposiciones. De todas maneras, con el exilio había perdido aquella ingenua alegría que tanto apreciaba Péret. Casi se había amargado. No aprobaba las bromas, si es que lo eran, o en todo caso, los comentarios malsanos, de André Breton sobre su amante, porque antes que ser su amante, era compañero de movimiento, y por eso mismo le molestaba que Breton se burlara de su mejor aliado y no vacilaba en afirmar que «la imagen mental de los primeros días de la revolución española nos presenta la visión de un Benjamin Péret sentado delante de una de las puertas de Barcelona con un fusil en una mano, mientras que con la otra acaricia un gato que tiene en su regazo».

De un tajazo, Breton eludía otras realidades, como el indiscutible peligro que había corrido el poeta, de quien durante un tiempo se rumoreó que los republicanos habían fusilado por pertenecer al POUM, el Partido Obrero de Unificación Marxista, una de las alas del izquierdismo radical. Pero Remedios nunca temió su muerte, sabía que no sucedería, que Benjamin vivía con tal inconsciencia todos los acontecimientos que podría sobrevivir a cualquier contienda. Finalmente, ¡qué ridiculez!

Mientras revisaba los violines y oía, como si se tratara de un alarido de las cuerdas, la verborrea del afinador de violines que le explicaba los arduos secretos de la madera, la cuerda, la melodía, recordó las palabras de Péret: «Estoy tan metido contigo que nada podría separarme de ti, no me iré de Barcelona sin ti, así que iremos juntos a París». O aquella otra dedicatoria: «A Remedios, cuyos dos pechos son mis dos hemisferios». Y la última: «A Remedios, mi aliento, mi sangre, mi vida». Sonrió y se dijo para sí que Benjamin era más romántico que surrealista; esto último lo era solamente en la forma, pero en el contenido solía ser bastante idílico.

Volvió a nublársele la mirada, y su cuerpo se desequilibró hacia delante. El restaurador y afinador de Stradivarius le preparó un té, hirviente, a la rosa, que le acalló las tripas.

El silencio empezó a rumorearle en los oídos, y ella se entretuvo en dibujar en el fondo de la taza, con las últimas gotas de té: «A veces escribo como si trazase un boceto». Le gustó esa frase que acababa de hallar. Se la regalaría a Esteban.

Como cualquier niño, de pequeña, se entretenía en dibujar por todas partes; en la mayoría de las ocasiones, incluso lo hacía con la mente. Fijaba los ojos en una nube y, mientras el tiempo transcurría y el cielo se iba despejando, la nube tomaba diferentes formas: el rostro de perfil de una mujer, el lomo erizado de un gato, el cono de un sombrero de mago o de brujo. Imaginaba, desde luego, que la nube se iba desdibujando y rediseñando en la medida que el poder de su mente lo deseaba. Así pasaba horas, sentada junto al ventanal del cuarto, en una calle de Tánger, o de San Sebastián. Hasta que llegaba la abuela, le sonaba un sopapo en la oreja, y la obligaba a despertar de la ensoñación.

Ella siempre se propuso transformar la imagen real en ensoñación, en quimera, e invariablemente a partir de una mancha, o de un accidente, de una propulsión interior.

En Barcelona, las paredes del viejo caserón en que vivía estaban descascaradas; la pobreza les impedía comprar materiales ni pintura para arreglar el cuartito en el que vivían hacinados ella, Esteban y tantos amigos. Las conversaciones iban de un tema a otro, era la locura, la algarabía cotidiana catalana. Las mujeres sobre todo, que no paraban de debatir en torno a cualquier banalidad, pero también en torno a la actualidad, una película, un libro, un crimen pasional de barrio.

Ella, desde luego, quería huir, refugiarse en un sitio donde quedar sola, con el silbido del silencio, su silencio interior. A conseguir esa evasión la ayudaron las viejas y desmoronadas paredes del cuarto. Comenzó a rascar con la uña, abría agujeros y sembraba semillas dentro, ampliaba las manchas y les daba formas de animales, de rostros humanos, de objetos, o simplemente de cosas, y sólo rasguñando con la uña, descascaraba aún más las múltiples capas de pintura que el tiempo había depauperado. Las vecinas llegaban y veían aquel desastre, que ella empezaba a considerar, más que su gran obra de arte, su gran aventura. Preguntaban que qué era aquello, y los amigos comentaban que andaba en busca del centro de la tierra, que le seguía los pasos a Julio Verne, y los demás se echaban a reír. Ella los oía como en un murmullo lejano, en un zumbido que transformaba en algarabía de grillos, siempre con la ayuda de la fabulación.

Muchos años después, ya de adulta, pasó por su antigua dirección en una visión onírica, frente por frente a donde nació, sólo quedaba un hueco en el lugar del antiguo edificio. Miró hacia arriba, en donde se situaba antes el cuarto, y ahí continuaban otras manchas, sus dibujos infantiles, los agujeros que ella misma había horadado, desde donde emergían, en diáspora salvaje, gajos florecidos de matas silvestres; la calle estaba desierta, el solar yermo, desolado; ella, en solitario, contemplaba el extraño paisaje. Volvió a refugiarse en el recuerdo de aquella niña que había dejado atrás, y que no paró de crear manchas hasta que no llegó al techo.

Se dijo que no había cambiado mucho, incluso cuando escribía lo hacía de esa intensa manera, y ésa también era la máxima razón por la que pintaba. Escribir la llenaba de voces, pintar la devolvía al silencio, tan ansiado por ella, en su infancia, y le agrada alargar las manchas hacia arriba, en un alarido ascendente de violonchelo, hacia mucho más allá del límite de la medida del cuadro.

Fijó las pupilas en una palabra; permaneció durante algunos minutos así, intentó no pestañear. La palabra había perdido el significado, su único sentido ahora era el de la imagen. Los ojos le ardían, aguados, la palabra iría a emborronarse, a dibujarse ella misma en su inexistencia, ya es una mancha de tinta en el papel, un dibujo incongruente, sin aristas, un botón de una flor desconocida.

Escribir es como montarse en un tren y tratar de atrapar los paisajes, nombrarlos de un tirón. Pintar es como un viaje en barco, cerrar los ojos, y dejar que el salitre y el viento salpiquen la cara de gotas saladas; en esas gotas amargas, encontraremos miles de proposiciones visuales, como en las nubes pinchadas por el resplandor de los rayos solares que juegan en el borboteo del océano, justo dentro del iris de la pupila.

Su cultura literaria y pictórica era vasta, pero caótica, y a ese caos ella intentaba darle un sentido cósmico; se aferraba a una imagen que viajaba, como en un cadáver exquisito, de un deseo a otro, y que en su trayecto se introducía en otra imagen, siguiendo el orden que dictaran los sentidos.

Observar una obra surrealista la adentraba en el universo profundo y fundacional del arte, en las raíces del mestizaje de las razas, pero sin tener que recurrir a los elementos tortuosos de la historia; la sumergía también no sólo en la manigua, sino en el río tibio y dulce que apaciguaba las heridas del machete; de ahí daba el salto a Caravaggio, y vuelta al surrealismo reflexivo, narrativo y autobiográfico. Después, en cualquier momento, a través de un pasadizo inesperado de su obra se introduciría en el bosque nocturno de los sentimientos, en su tejido de escrituras rematado con yemas de huevo y trocitos de ají picante.

El afinador de violines le propuso otra taza, esta vez de café, y un trozo de pan mojado en aceite y ajo; ella aceptó. Pero antes ocurrió que, al pasar al lado de una silla un clavo que sobresalía le rasgó la piel a la altura de la rodilla, y una gota gorda de sangre espesa afloró a un lado de la pierna. Como no tenía a mano una servilleta, cogió un trozo de papel y lo pegó a la herida: de ella surgió un hermosísimo dibujo.

El hombre le trajo el oloroso café colado, el pan chorreaba aceite, bebió un sorbo de café, mientras contemplaba la sombra del árbol en el cristal de la ventana.

No quiso ensuciar el mantel de la mesa, colocó la taza encima del papel que le había servido para limpiarse la sangre; el fondo de la taza dejó un círculo preciso que encerraba la huella de la cicatriz.

Y todo eso sin quererlo, sólo por azar. Entonces no oyó nada más, ni el vaivén de las ramas del árbol, una seiba, contra el cristal de la ventana, ni el tráfico, ni el chapoteo de las tortugas que, encerradas en una pecera, se peleaban por comer.

Se hizo el más divino silencio en torno al breve rumor de una mancha.

Al salir a la acera, pudo comprobar que nunca había existido el árbol, ni tan siquiera la ventana, ni tampoco el restaurador y afinador de Stradivarius.

Introdujo sigilosamente la llave en la cerradura, pero el marido tiró desde dentro con tal fuerza que ella cayó a sus pies, y la tierra de la maceta que llevaba en las manos se desparramó en el suelo; trató de salvar las violetas, expurgándole la tierra de las raíces, recogió lo que pudo y volvió a sembrarlas.

Su marido no podía soportar su ausencia, pero ni siquiera la ayudó a incorporarse del polvoriento suelo: escapó malhumorado a acurrucarse, como un niño majadero, en el camastro desvencijado.

La casa estaba tal como ella la había dejado temprano en la mañana: sucia, la ropa regada por encima de los pocos muebles, la vajilla sin fregar, la cocina, tiznada, apestaba a grasa y a humedad.

El decorado la entristeció, y cuando el decorado empezaba a entristecerla era señal de peligro, de inestabilidad. Abrió las ventanas, para que corriera el aire y refrescara el ambiente. Benjamin refunfuñó.

Se quitó el sombrerito. No pretendía dar ninguna explicación; ni siquiera justificaría su ausencia. Hizo silencio.

—¿Dónde estabas?

—En la reunión de los surrealistas. En casa de Breton... —cambió repentinamente de idea.

—Mentira. Yo acabo de venir de allí. E hice el ridículo, todos preguntaban por ti, hace días que no te ven...

—Esteban me pidió que lo acompañara a...

—¡Esteban, Esteban! ¡Estoy harto de que tu excusa se llame Esteban Francés! Fíjate, Remedios... —Estrujó sus manos nervioso—. No estoy en contra de que seas una mujer libre, uno de los propósitos de los surrealistas es liberar a las mujeres, y más si eres de las nuestras, no me opongo a que tengas aventuras... Pero ese Esteban Francés es un pedazo de tonto, un auténtico mediocre...

—*Mon amour,* no todo el mundo puede ser tan brillante como tú... —protestó mientras encendía un cigarrillo.

—Te diré algo, tampoco estabas con ese pintorzuelo... Remedios, sabes que te permito hacer de todo, te doy entera libertad, pero con una condición: yo te exijo la verdad, tengo derecho a la verdad... Antes que nada, la verdad... Esteban Francés nos acompañó toda la tarde, con Óscar Domínguez, con Breton... ¡Y tú no apareciste! ¡Necesito la verdad! ¿No te das cuenta? Por otro lado, Esteban deberá marcharse de aquí. No puede vivir más con nosotros.

—Esteban no se irá. No sólo es mi amigo, también lo es tuyo, aunque ahora te haya dado un ataque de celos.

—No sé si me quieres, no sé cuánto me quieres. No te das cuenta de lo que significa para mí la verdad.

Claro que se daba cuenta. Mentira. No necesitaba para nada la verdad. Todo lo contrario, su alimento espiritual esencial era la mentira. Mientras más le mentía más la veneraba.

Argumentó que era tarde, que hablarían al día siguiente, que se sentía profundamente cansada, que había caminado mucho por los alrededores del parque Monceau; se tiró en la cama; los flejes del colchón chirriaron en cómicos quejidos.

Péret gruñó, se levantó de la cama. Anunció que daría una vuelta y advirtió amenazador que a su regreso su mujer debería contarle la verdad. Otra vez con lo mismo, con la cantaleta de la dichosa verdad. Y que no quería ver más, ni en pintura, a Esteban.

No le contaría nada, se dijo ella, o le diría lo que le pareciera.

Remedios seguía amándolo, o sea, lo amaba realmente. Las mujeres, pensó, se amparaban con eso del amor perpetuo, el amor al padre, al esposo, al amante. O al menos ese tipo de culto al amor dependiente del hombre les sirve de pretexto para acabar de sentirse mujeres completas, y así creer, de modo tortuoso, eso de que ellos las protegen. Para las mujeres, reflexionó, resultaba esencial sentirse protegidas, como si fuese imprescindible vivir con esa incómoda protección, que más que nada es posesión.

Ya lo ha dicho, nunca dejó de querer a los hombres con los que vivió. Ahora que se encuentra en la recta final, Remedios no hablará mal de ellos, pero tampoco ocultará lo evidente: ninguno fue fácil.

Con Péret fue y sigue siendo diferente, no sabe por qué, quizás la sedujo como ninguno, la impresionó como nadie, la marcó con su incuestionable nivel de inteligencia, con su hombría, con su edad; le llevaba unos cuantos años...

Aunque la edad nunca había sido una barrera para ella... A Péret siempre lo ha querido, porque él fue muy tierno con ella. No es cierto lo que se dice, que llegó a ser violento, no, jamás la maltrató, se malhumoraba, eso sí, pero nada más.

Ella, por su parte, nunca dejó de estar al tanto de él, de su salud, siempre le enviaba dinero, se ocupó de él hasta su muerte.

Pero confiesa que, aquel día, en ese instante en que salió por la puerta al bar más cercano, se le acabó la pasión por Benjamin y comenzó a respetar, con cariño, al celoso Péret, a ocuparse del inmenso poeta, como de un tesoro heredado. Porque además, se había vuelto tristón, amargado. Y la espiaba.

Por aquella época Remedios era muy joven; no entendía de estos revolicos de los sentimientos, y se empeñaba en amarlo, pese a esos inconvenientes, porque no podía ser de otra manera.

Hizo de su amor un altar y se volvió más que piadosa, beata de su pasión.

Pero ella ya conocía a amigos nuevos, otra gente más fresca, surrealistas también, que aunque frecuentaban a sus ídolos, los padres fundadores del surrealismo, empezaban a perderles un poco la confianza. Ella particularmente observaba con cautela la forma que tenían estos «pensadores mayores» de tratar a las supuestas damas del surrealismo. Y no le agradaba para nada la paciencia de la que ellas se tenían que armar para poder aguantarles sus groserías.

Reconocía que sólo una de ellas consiguió librarse del yugo de los hombres de la época: Gala, que junto con Dalí se alejó de lo que algunos llamaron la dictadura bretoniana. Porque incluso hasta la pobre Dora Maar había caído en las redes de Picasso y sufría los ultrajes en cabizbajo silencio. La mejor fotógrafa del surrealismo, la liberada sexual, antigua amante de Georges Bataille, que había participado abiertamente de sus peripecias erótico-literarias, bajó los brazos, dejó de hacer su obra para adular e imitar la obra de Picasso; y el convencimiento no le llegó solo, sino del propio genio, quien no le perdonaría jamás aquellas magistrales fotos que constituyeron el primer reportaje gráfico de un cuadro en plena creación. Y el cuadro fue, nada más y nada menos, que *Guernica*.

Mucho le debía Picasso a la presencia física de Dora Maar en aquellas largas y laboriosas jornadas en el *quai* de Grands-Augustins, en las que, entre otras observaciones, Dora le dijo que no debía pintar un sol, que él no sabía pintar soles, que debía pintar un bombillo.

A Dora Maar se le debe el bombillo, dentro de esa luz alargada y horizontal del *Guernica*. Pero el pago que ella recibió, fue el desprecio y la rebaja moral y creativa. Picasso la ingresó en un hospital para dementes donde el mismísimo Lacan aplicó a la artista unos cuantos electrochoques que acabaron por convertirla en una fanática, paranoica y aberrada religiosa.

El hecho es que Remedios también empezaba a aburrirse con el batiburrillo y la monserguería barata de las cabezas pensantes del surrealismo; la defraudaba escuchar siempre lo mismo, incluidas las teorías de Breton y las de Péret, sobre todo estas últimas. Le asqueaba la manera tan oportuna con la que utilizaban a sus mujeres. Nadja fue aplastada por Breton, después de hacer de ella su musa principal. Además, el suicidio revoloteaba alrededor de todos ellos, y Remedios, por el contrario, deseaba vivir largamente.

Las mujeres eran usadas más para sus cocinados estéticos, como adornos peculiares del tema tal o mascual, pero lo que era escucharlas y tomarlas en cuenta, lo hacían bien poco. Debía excluir a Óscar Domínguez, a Esteban Francés y algún otro de estas feas y manipuladoras jugadas.

Extrañamente se interesaban en su obra; habría sido demasiado evidente apartarse, pero debía confesar, en honor a la verdad real y no a la surrealista, que siempre fue una mentira sermoneada con arte, que jamás la consideraron de igual a igual. Ellos tenían la impresión de que Remedios se divertía perteneciendo al movimiento surrealista, que se lo pasaba bien, y a su vez se divertían estudiándola en medio de la travesura, contemplándola como a una ninfómana más que como una ninfa aturdida con la melodía de la flautilla del dios Pan.

—A las mujeres siempre nos ha costado el doble, no, el triple de esfuerzo, ser reconocidas por lo que hacemos —murmura una fatigada Remedios—, por lo que valemos a partir de nuestro sacrificio, de nuestro trabajo. Los críticos, pese a que nos reserven algunos pasajes ditirámbicos, encontrarán invariablemente una falta grave, el error imperdonable, y cacarearán más de ello que de los hallazgos afortunados. Pero lo peor no son los críticos; lo peor son los plagiadores, las plagiadoras, las que vendrán después de mí, a copiar mi obra, y hacerse una historia a mi costa.

Tuvo varias así. Recuerda a la Tina Borrell Damián, y a la Wina War Pérez, y a la Deborah Paul, todas unas copiadoras de su obra y de su vida. Obsesionadas por la pureza del arte, qué poca cultura, qué pobre talento, qué carentes de vida. Por momentos se habló más de ellas que de Remedios, pero ninguna llegó a vivir lo que ella vivió, ni a pintar lo que ella pintó, ni a escribir lo que ella escribió.

Benjamin Péret le exigía la verdad, pero ¿qué significaba la verdad o la mentira para los surrealistas? Mientras esperaba a que regresase, Remedios pensó que le contaría un sueño; esto seguramente calmaría su furia.

Apretó los ojos con fuerza y su rostro se puso de un morado tirando a verdoso.

La puerta se abrió. Por ella entró el poeta, las orejas peludas, el rostro de un ogro; de sus labios colgaba un hilo de saliva que se entretejía con el tacón afilado y derretido de un zapato de charol, en forma de cáliz, del que se derramaba un líquido muy oscuro, vino o sangre, viscoso.

—Sé breve… —suplicó el poeta.

—Sea usted breve —repitió ella en un eco—. Aquí no sucede nada de particular, esa señora se pasea con un talismán en la mano, el sombrero es una nubecilla que va dejando trozos tras de sí, en el primer piso de la casa trasera, a la derecha, vive un caballo.

—No entrarás en esa casa, ni montarás a caballo.

—No, desde luego que no, querido poeta, lo pintaré, lo he dibujado ya, en el borde del castigo.

—¿Qué castigo?

—La pesadilla que tuve contigo, cuando me dejaste con las piernas abiertas, y el sexo latiéndome, y tuve que masturbarme, y me abandonaste con mis deseos, los que interpretaste como ataques apabullantes de ardillas corriendo en sentido opuesto a las agujas del reloj, encima del cartílago del tronco de tu oreja izquierda.

—Calla, calla, ya me acuerdo, ya estoy recuperando la memoria de aquella tarde infortunada en que te exigí la verdad, y tú me regalaste un ramo de gladiolos.

—No fueron gladiolos. Galanes de noche, fueron galanes de noche, cuyo aroma es incomparable.

Luego el poeta arremetió con toda esa sarta de imbecilidades heroicas. Que si Breton lo llamaba: «mi más querido y más antiguo compañero en la lucha». «De todos los surrealistas el que se había lanzado sin ambages a la aventura poética.» El más extremista también, el loco intransigente, el jugador escatológico, el hombre de principios, más violento que un tigre.

Su modestia, su generosidad, su honradez, formaban parte de la estrategia de su egocentrismo. Ansiaba ser reconocido por esas cualidades. Comilón, devorador, «el gran inquisidor» también, el que requería o expulsaba almas del paraíso surrealista, el glotón de la excomunión, un maestro en purgar conciencias. Severo, repudiaba, acusaba; cura y mandamás a su vez de esa religiosidad fanática que tanto exigía de los demás.

—¿Por qué renunciaste a tu nuevo trabajo de lector de pruebas?

—Me enorgullece ser bohemio e indigente... «Si las alondras hiciesen cola a la puerta de las cocinas para que las asasen, / si el agua se negase a mezclarse con el vino, / si yo tuviese cinco francos, / algo nuevo habría bajo el sol...» No olvides que te aceptaron en el círculo surrealista gracias a mí, te salvaste de las pruebas que todos deben pasar...

Es cierto, lo era, se había salvado él, pero al mismo tiempo le aterraban los patriarcas de ese famoso círculo, donde nunca se sintió a gusto. Ya había confesado antes que «sí, yo asistía a aquellas reuniones donde se hablaba mucho y se aprendían varias cosas; alguna vez concurrí con obras a sus exposiciones; mi posición era la tímida y humilde del oyente, no tenía la edad ni el aplomo para enfrentarme con ellos, con un Paul Éluard, un Benjamin Péret o un André Breton, yo estaba con la boca abierta dentro de ese grupo de personas brillantes y dotadas. Estuve junto a ellos porque sentía cierta afinidad».

Después empezó a ver que se valían de la intimidación para conseguir notas excelentes de sus discípulos en los exámenes rigurosos de ingreso, y como no siempre lograban esas notas, se transformaban en seres depresivos y deprimentes, que humillaban a diestra y siniestra.

Escribió de eso que: «Las sesiones de aperitivo se convertían en reuniones casi permanentes para los surrealistas. Asiduamente concurridas, eran una ceremonia de acatamiento a Breton... Las reuniones eran siempre una especie de pruebas para los recién llegados... Los forasteros, los buscadores de novedades, algunos invitados... se sentaban a una mesa y se sometían a un examen de entrada. Breton era el supremo juez de admisión. Remataba su bienvenida con una cortesía irónica, y su tono de voz estaba cargado de matices diferentes... Casi siempre había uno o dos neófitos, más o menos de paso, que se quedaban mudos de admiración y miedo».

No se sentía cómoda, se sentía provinciana, temblorosa, asustada, deslumbrada. Y lo peor, no sólo la invadía miedo ante Breton, también empezó a sentirlo delante de Péret, que ya no era aquella persona encantadora por la que hubiera dado su vida en Barcelona.

Dejó de amarlo para idolatrarlo.

Jacqueline Lamba, la mujer de Breton, tambien la atemorizaba con su rigor, sus palabras que pesaban como una bolita de azogue circulando y golpeando en el interior de una vena tupida. Remedios no le era simpática, sin embargo, no cesaba de repetir a los otros elogios sobre la pintora:

—Remedios es maravillosa, alegre, inteligente, creativa… Me cae muy bien esa chica, y ella lo sabe, que me cae como una onza de oro, aunque hablemos poco entre nosotras. Se la ve intimidada, pero es normal, porque es demasiado joven.

Remedios siempre se quitó cinco años de edad; los surrealistas se sentían atraídos por la eterna adolescencia, sobre todo en las mujeres. Ella nunca abdicó de su pose de *femme-enfant*, y fingía ser más ingenua de lo que en realidad era, por el cómodo papel que le habían ajudicado, tallado a su medida.

—Llegará el tiempo en que las ideas de la mujer se afianzarán a expensas de las de los hombres… —Ah, cómo y qué bien mentía Breton; lo que más fastidiaba a Remedios era esa última frase «a expensas de las de los hombres».

Por siempre jamás.

No podía considerar como amiga a ninguna de esas mujeres. Entre ellas se debatían por llamar la atención de los hombres. Nunca le interesaron demasiado las mujeres, salvo una, una que llegó por aquellos años, y fue una luz que no sólo iluminó sus ideas, sino también su obra y su existencia.

Se trataba de una joven inglesa, de melena desenfrenada, que pronto se transformó en su querida Leonora Carrington, una auténtica artista.

A la mañana siguiente le anunció de nuevo a Péret que tenía que salir a llevar un dibujo a la revista *Minotauro*. Se lo enseñó, se titulaba *El deseo*, a su marido le gustó, sin más.

—Es una mezcla de tus amores. Salvador Dalí, Max Ernst, René Magritte, Wolfgang Paalen y Victor Brauner… A propósito de Brauner…

Remedios intuyó por dónde iría la discusión.

—No son mis amores, son mis artistas, a los que admiro y sigo, e inevitablemente influyen en mi obra, lo acepto con placer.

—¿Y Brauner?

—Todavía es un amigo, sólo eso, por el momento. ¿Más?

—No más. Puedes marcharte. ¿Nos veremos en la reunión o me olvido de ti?

—No me olvides nunca o lo pasarás mal. Te lo advierto, si te deshaces de mí lo pasarás muy mal. Iré a la reunión, si es ése tu deseo.

«Sí, yo asistí a aquellas reuniones donde se hablaba mucho y se aprendían varias cosas; alguna vez concurrí con obras a sus exposiciones… Estuve junto a ellos porque sentía cierta afinidad.» Ciertamente, jamás habría pensado que en el futuro ella sintetizaría su experiencia surrealista con tan cortas y frías frases en uno de sus cuentos.

Péret la martirizaba con sus exigencias, la obligaba a sentirse como clavada en una plancha de metal como si ella fuera un trozo de madera ondulada, y la estuvieran estirando hasta partirla en dos, o fragmentándola en múltiples pedacitos.

Él no hacía esfuerzo alguno por hacerse agradable. Péret no sólo se vestía mal; además no le agradaba asearse a menudo y vivían como mendigos: cenaban gracias a la caridad de los amigos y debían sumas de dinero astronómicas.

Ella tuvo que ponerse a trabajar duro para poder pagar las deudas, y para que la situación mejorara, porque Benjamin se negaba a rentabilizar su fama como poeta, reivindicaba el derecho rotundo de ser un bohemio, perennemente.

«No es fácil vivir de la pintura en París. Tuve muchas otras especialidades, entre ellas fui locutora que traducía conferencias para latinoamericanos. Algunas veces no tomaba más alimento en todo el día que una tacita de café con leche. A ésa la llamo "la época heroica". Creo que un gran número de artistas hemos pasado por ella.

»Recientemente volví a ver a un pintor sudamericano, pero no pareció muy complacido de recordar la época heroica. Supongo que quiere olvidarla. Esa vida bohemia que se supone necesaria para el artista, es muy amarga.»

Remedios dijo esto en una entrevista en el año 1960. Pero ella no pensaba así en aquellos años de la época heroica. Tuvo que hacer de todo para mantenerse económicamente, a ella y a su pareja, hizo tonterías poco éticas, pero lucrativas.

Esteban la ayudaba, y finalmente Óscar Domínguez y ella se asociaron y falsificaron cuadros de Giorgio de Chirico. Se hallaban desesperados y Chirico era fácil de imitar; hasta él se imitaba a sí mismo, y al final de su vida pintó sus propios falsos Chiricos.

En cuanto a la falsificación en sí, para lograr la calidad del tono mate en la pintura había que rociarlos después de que los hubiera terminado con bicarbonato de soda. Así el lustre mate resaltaba, lo que daba un resultado impecable.

Remedios aprendió mucho de esos fraudes. Le propiciaron una técnica precisa, aunque ése no fuera el objetivo. El objetivo simplemente era conseguir dinero, para comer, para vestirse, para sobrevivir.

Fueron años de mucha miseria, aunque, repite, también de una alegría preciosa.

Por otra parte el *ménage à trois* de Remedios divertía a Óscar Domínguez. En una ocasión le preguntó si dormían los tres juntos en la misma cama.

—No, no —le respondió aturdida.

Esteban entraba y salía y ella a veces lo acompañaba. Benjamin se quedaba en la cama, dormía hasta muy tarde, estaba siempre fatigado. Entonces, es cierto, apareció Victor Brauner en el instante en que la relación empezaba a aburrirla.

Artista rumano nacido en Bucarest, Brauner era joven, tan bello como Esteban, aunque es cierto que también se parecía a

Benjamin de veinteañero. La piropeaba todo el tiempo, presumía de muy galante. Le decía cosas como que ella era sencillamente espectacular, excepcional, que no había conocido a ninguna mujer tan limpia de espíritu, tan libre de corazón, tan brillante y deliciosa.

Con semejantes elogios se enamoró enseguida de Victor, y empezaron a verse; entonces Remedios visitaba de vez en cuando su *atelier*.

Óscar empezó a temer que sus otros amantes y el marido se enteraran. Pero a ella no le preocupaba, porque nunca engañó a nadie, jamás negó nada. Tanto Gerardo como Benjamin como Esteban sabían que lo que más la unía a ellos era el arte, la pintura, el movimiento surrealista, y a todo eso ella le llamaba deseo.

Y ellos sabían que vivir de este modo significaba para Remedios vivir con arte. Y que la vida no valía la pena vivirla de otra forma, de manera mezquina.

Victor Brauner no sólo le dio un estilo en la pintura porque no tenía hasta ese momento ninguno: los tomaba de todos, la influían todos. Victor le dio un estilo en el amor.

Con Victor Brauner conoció algo muy diferente, el amor impetuoso, la pasión y el erotismo sin límites, sin inhibiciones, porque además se amaban con sofisticación, con elegancia, se sentían protagonistas del acto más sublime que existía en el mundo y fuera de él.

A ella le volvía loca el cuerpo masculino. Todos los hombres con los que había vivido habían sido agraciados por una belleza muy singular, incluido Lizarraga, que era más bien delgado pero de huesos hermosos; recorrió esos cuerpos como nadie, ni siquiera sus madres los estudiaron tan minuciosamente como lo hizo ella.

Victor le gustó más que ninguno, por su corporeidad que rozaba lo divino, porque Victor entraba en su cuerpo y emergía, con suavidad felina, y quedaba amoldada en su huella, y él en la suya.

Sin embargo, por su culpa, o por la culpa del destino, la huella de Remedios en su cuerpo fue sin quererlo mucho más honda, más dura, más criminal.

Al día siguiente de aquella discusión con Benjamin, un 27 de agosto de 1938, Remedios se dirigió al estudio de Óscar Domínguez en Montparnasse. Iba acompañada de Francés, Domínguez y Brauner; habían estado bebiendo en el bar habitual demasiado vino, demasiada cerveza; habían fumado demasiados cigarrillos, demasiado opio (salvo Victor y ella) y soltado demasiadas palabras.

—Remedios, ¿te has fijado en el cuadro de Pijigé? —Domínguez inició la polémica—. No diré su verdadero nombre. Es una copia de tu pintura, absolutamente, no es que esté influido, es una burda copia.

—Lo he visto. Y lo que es curioso, todo el mundo lo alaba por lo mismo que me han criticado a mí. Y yo fui la primera en hacerlo. El discurso erótico como cuestionamiento político. Pero a los hombres siempre los reconocerán antes que a las mujeres.

—Ya lo sabemos. No se trata en su caso de discurso erótico, es pornografía pura —sentenció Domínguez.

—¿Y qué? ¿La pornografía no puede ser un arte? —inquirió Francés.

Victor aspiraba del narguile y callaba; rozaba con su rodilla la rodilla de la mujer.

—Podría serlo. ¿Por qué no? —acentuó ella—. Si lo hace un hombre, todo irá bien; si es una mujer la que se atreve, la aplastarán como a una cucaracha.

—Sobre todo si esa mujer es como tú, valiente —subrayó Domínguez.

—No soy valiente, digo lo que pienso.

—Dice y hace lo que piensa, lo que le da la gana. Estoy viendo cómo os estáis acariciando, tú y Victor, por debajo de la mesa, sin ningún recato ni respeto por nosotros. —Francés fue subiendo el tono—. Ni siquiera por mí, que no soy cualquiera para ti, soy tu amante. ¿Hasta cuándo estarás en ese ajetreo con tantos hombres? ¿No te cansas? ¿Eres una devoradora de amantes? ¿Qué te traes?

—Déjala, hombre, ¿no estábamos hablando de erotismo, de libertad sexual? ¿Qué te pasa? —protestó Domínguez.

—No me pasa nada que no sepa ella. Que no soporto el juego con éste —señaló a Victor—, ya está bien, ¿vale?

Salieron trastabillando del bar y se dirigieron al *atelier* de Domínguez.

En medio de la calle Esteban manoteó en dos ocasiones, masculló insultos. Victor intentaba controlarlo, pero él no se dejaba ni tocar por el rumano. Domínguez esperó a que se hallaran bajo techo.

—Basta, Esteban, en mi presencia no se insulta a ninguna mujer, y mucho menos a Remedios —replicó Óscar.

Esteban le fue encima, con los puños cerrados. Domínguez se defendió también a puñetazo limpio. Victor y ella se metieron a separarlos, y en eso llegaron otras personas porque la puerta estaba abierta. Victor sujetó a Francés, mientras alguien agarraba por la cintura a Óscar, pero éste liberó uno de sus brazos y cogió un vaso; tenía el rostro y las venas del cuello hinchados de roña. El vaso salió disparado hacia la cara de Francés, Victor intentó esquivarlo, pero le dio en la cara. El rumano se derrumbó; no podía levantarse porque estaba completamente aturdido. El rostro parecía una máscara veneciana teñida de punzó, del hueco le borboteaba sangre. El ojo había saltado con el golpe, el hombre lo buscaba a tientas en el suelo.

Remedios lo encontró, lo tomó en sus manos, suave, ardiendo, resbaloso, como un pollito recién nacido.

—No importa, siempre quise perder un ojo —balbuceó Brauner—, todo está en mi obra, siempre quise perder un ojo, lo he pintado muchas veces, mi autorretrato tuerto.

Semanas más tarde, Pierre Mabille, un médico del entorno de los surrealistas, analizó el acontecimiento y llegó a la conclusión de que no era más que un deseo del subconsciente, ansiado por el propio Brauner, quien desde 1931 se había estado pintando sin el ojo, y creaba personajes tuertos. La tragedia fue clasificada entonces como acto surrealista, y Victor tuvo la gentileza de confesar cada vez que le preguntaban:

—Es el hecho más doloroso y más importante de mi vida... esencial para mi desarrollo. A propósito, yo andaba a la búsqueda de una visión interior, y este drama me la ha facilitado.

En 1939, unos cuantos años más tarde, Victor regaló a Remedios un cuadro fabuloso, una quimera extraviada que indaga a tientas, en la oscuridad de la luz, en su núcleo, en el huevo, en el torso donde se pierde una mujer como en un castillo gótico.

Ella nunca quiso deshacerse de ese cuadro. El ojo de Victor es el huevo, el huevo que ella colocaba con suma delicadeza, como símbolo de vida, en sus obras.

A la noche siguiente de la discusión en casa de Óscar Domínguez, Remedios decidió acompañar a Péret.

—¿Quieres por fin la verdad?

Benjamin la miró con las pupilas más angustiadas del mundo.

—Te amo. Pero amo a Esteban. Amo a Gerardo. Y amo a Victor. A ti nunca dejaré de amarte.

—No se trata de amor, Remediosanto. Se trata de arte.

—A eso me refería, Benjamin. ¿Cuál es la diferencia? Vamos a acostarnos, anda, ven. Es tarde, hace frío y Esteban se quedará hoy en el *atelier* de Óscar.

Eso era vivir en grupo, así se amaba en grupo, o al menos ella lo experimentaba de esa manera caótica... «Hoy no pertenezco a ningún grupo; pinto lo que se me ocurre y se acabó. No quiero hablar de mí porque tengo muy arraigada la creencia de que lo que importa es la obra, no la persona; no me interesa la polémica, ni ninguna actividad, soy esencialmente pacífica, necesito la paz.»

Sí, eso lo diría muchísimo tiempo después, en una entrevista con Raquel Tibol, pero antes le tocaría vivir diferente, con menos precisión de los términos, para poder llegar a tan ecuánime conclusión.

Y para interpretar a través de su vida las filosofías orientales, investigaba sobre el sentido de la vida humana en su contexto terrenal.

Gurdjieff fue su maestro. Vivía en casa de un hermano fallecido, en el número 6 de la calle Colonel Renard. Ouspensky, su fiel discípulo, reuniría a Eva Sulzer, Leonora Carrington y a ella, tres mujeres surrealistas que se negaban a ser únicamente musas surrealistas.

De las teorías filosóficas del maestro, lo que ella separaba era la idea, el concepto, unido por supuesto a la imagen que Remedios se hacía de la vida en la tierra y del sueño que cuelga de una telaraña.

La mujer se restregó las manos bajo el chorro de agua gélida que salía del grifo con una pastilla gruesa de jabón de Marsella. Corrió el palanganón de bronce hacia una esquina, lo llenó de agua tibia calentada en la pequeña hornilla del fogón. Lavó su rostro, también las axilas, vestía un refajo color rosa pálido, de seda, e intentó que las gotas de agua no mancharan el delicado tejido.

Secó las partes de su cuerpo con una toalla de felpa suave, regalo de una amiga. Posó sus ojos en el empapelado de la pared, con motivos florales y rayas doradas. Se dijo que le gustaría arrancar ese papel, y en su lugar reproducir un fragmento de *El jardín de las delicias* de su pintor favorito, El Bosco.

Tuvo deseos de roer con sus dientes pequeños la cal del muro. No lo hizo. Sonrió porque en otras ocasiones lo había hecho, y recordarlo le divertía.

Benjamin no se encontraba en casa; ella tenía que correr al *atelier* de Victor Brauner y ya estaba retrasada. Esteban encendió la radio. La voz dentro del aparato, forrado en madera con diseño *art-déco* anunció que los alemanes avanzaban hacia París, que muy pronto tomarían la capital de Francia.

Después de que los alemanes se apoderaron de Austria, Francia comprendió que debía empezar los preparativos para una muy posible larga y cruenta guerra. «Otra vez la guerra —pensó Remedios—. Esto son las imbecilidades de los hombres, nada que ver con las mujeres, si por nosotras fuera no habría guerras.» Pero de cualquier manera sabía que la humanidad siempre estaría involucrada en el horror de la guerra, culpa del dinero, todavía las mujeres no podían decidir nada, quizás algún día, en el futuro, sería diferente...

Se sintió muy cansada, harta de oír el traqueteo de las excavaciones. La gente, atemorizada, cavaba trincheras por todas partes. Hasta ella misma, al igual que los demás, compró víveres y llenó la despensa como para un año. Los parisinos tomaban medida, y hasta los más botarates se volvieron precavidos; la Primera Guerra Mundial los había transformado en seres desconfiados, cautelosos, tacaños. De aquella primera contienda guardaban no sólo malos recuerdos: también las huellas del hambre, de la enfermedad, de la muerte.

Los oficiales nazis, además, ya era sabido, robaban arte; para nadie era un secreto que por dondequiera que pasaban se hacían con un botín de guerra. Fue la razón por la que Francia decidió cerrar los museos, empezando por el Louvre, y las obras fueron escondidas en otras provincias. La ciudad no perdió su vitalidad; más bien se puede afirmar que sólo la vida cambió de ritmo. Pero los artistas se resintieron por el cierre de los museos, la vida artística cambió ostensiblemente y, aunque algunos conservaban la esperanza, la mayoría temía lo peor.

Remedios se sentó en el borde la cama, tomó un sobre de la mesita redonda junto a ella. Lo acababa de dejar el cartero, era de Dorothea Tanning: «Julio de 1939, París, Francia. ¿El París alegre? Una ciudad paralizada por la inquietud, casi vacía, respirando con dificultad ante la inminencia de la guerra. Tengo un permanente nudo en la garganta mientras camino por las bellas calles».

No pudo contener las lágrimas ante las palabras de la pintora americana. Intuía que todos estaban en peligro, pero el que más tenía que cuidarse debido a su pasado y a su militancia comunista, era sin duda Péret.

Esteban vio caer sus lágrimas gruesas encima de la seda del refajo, se incorporó y le tomó la mano.

—No te preocupes, Remediosanto, no nos iremos de aquí; resistiremos.

Ella negó con la cabeza, sin voltearse. No pudo contestar, tenía un nudo en la garganta, rehuyó su mano protegida por la de Esteban. El hombre se quitó la colilla de los labios y la lanzó a través de la ventana. La ceniza dibujó un arco de chisporroteos en el aire.

La mujer recogió de encima de un viejo butacón un par de medias negras de seda. Se puso una, se dio cuenta con desgano de que se le había corrido un hilo. Ajustó el liguero con suavidad cansina, desenrolló la otra media sobre la pierna extendida y levantada por encima de su cintura. Dejó caer la pierna, encorvó la espalda, bajó la cabeza, se mordisqueó la uña, las manos le temblaban.

—No quiero irme, Esteban, no quiero irme. No puedo regresar a España.

—No regresaremos, no temas —respondió él con voz firme.

Ella avanzó unos pasos, tomó el vestido, lo deslizó por su cuerpo. La tela le marcaba el contorno de sus formas, el tejido era resbaladizo y caía con perfección por debajo de la rodilla. Al andar la falda ondulaba al compás del vaivén de sus muslos. Remedios se sintió ridícula al pensar en esos detalles mientras la guerra se aproximaba.

Ajustó el cinturón ancho con manchas de leopardo en su estrecha cintura, se tiró el impermeable por encima de los hombros, caló el sombrerito hasta las cejas, y se despidió del hombre.

—Voy a salir, Esteban, creo que me quedaré unos días con Victor, debo acompañarlo. Teme que lo deporten, algo que nos puede ocurrir a mí, a ti, a todos... Pero como sabes él...

Esteban se levantó de un salto, contuvo mal su ira, hizo como que observaba los techos parisinos a través de la ventana, los ojos humedecidos. Encendió otro cigarro. Ella lo miró como temiendo no volver a verlo; sin embargo no dijo nada; se dio media vuelta y cerró la puerta tras de sí.

—Todo es posible, nos pueden descubrir —farfulló mientras descendía los peldaños.

En la calle se cruzó con Janine, la guardiana del inmueble:

—*Drôle de guerre, ma petite dame...* —comentó la mujer en un tono compungido.

Ella asintió, palmeó afectuosa el hombro de la mujer, y siguió de largo. Era cierto que los franceses denominaron el fenómeno que se les avecinaba como la «guerra rara»; no sospechaban que más tarde serían testigos de la indiferencia, de una entrega estúpida. La verdadera resistencia se jugaría el todo por el todo en otros sitios, en la campiña francesa de tantas pinturas bucólicas, los «desayunos y almuerzos sobre la hierba» convertidos después en campos desvastados, aunque defendidos.

—Soy extranjera, señora, ya ve usted... —fue la frase que soltó Remedios a modo de despedida—. Y a mi país no puedo volver, allí hay otra dictadura...

La guardiana asintió con la mirada pesarosa.

Avanzó unas cuadras. Leyó de reojo una pintada en la pared de la acera de enfrente:

MUERAN LOS JUDÍOS, FUERA LOS EXTRANJEROS

Corrió con el pecho repleto de rabia, se torció un tobillo, tuvo que detenerse. Sabía que al salir del cuarto, que al poner ese mismo pie fuera del umbral, había dejado atrás la juventud.

En los momentos claves de su vida siempre le habían asaltado esas corazonadas, la sensación muy fuerte de pérdida, de vacío. Se preguntó si todo esto tenía sentido, correr a los brazos de su amante, intentar olvidar a su primer marido, pelearse a diario con Péret, abandonar a Esteban sin darle ninguna explicación.

¿Tendría sentido el arte, vivir la vida con arte querría decir todavía algo? ¿Serviría para algo después de la guerra? ¿Sobreviviría ella para contarla? ¿Por qué, sin embargo, no dejaba de pensar en la cara que le pondría a uno de los personajes de un cuadro que había dejado inconcluso, y en la forma del huevo, relleno o ahuecado, y en el vestido de madera, los clavos, los hilos dorados, las pinceladas que formarían el plumaje?

Le dolía el pie, sacó un pañuelito y se lo entisó. Cuando llegó al *atelier* de Victor Brauner, descubrió a su amante acostado en una cama de sábanas revueltas, en posición fetal, con los párpados apretados. Ella se acercó suavemente, besó su altiva frente, acarició sus ensortijados cabellos revueltos, húmedos de sudor. Le preguntó si había comido algo, él negó con la cabeza. Remedios besó sus labios, ardían de fiebre.

—Tengo miedo, sé que suena ridículo que diga que tengo miedo, pero no puedo decir otra cosa. ¿Te han dado la carta de identidad a ti también? Yo no la he recibido, ni siquiera la convocación.

Victor asintió.

—Yo la tengo desde esta mañana. Nos controlan, nos podrán deportar en cualquier momento. Pero no nos atormentemos, aunque tengamos miedo, debemos guardar la calma. Y resistir, ya se nos ocurrirá algo. Mi miedo es lógico, es más por Péret que por mí. Ya sabes que lo pueden hacer desaparecer en cualquier momento, le he dicho que se vaya… que se esconda lejos… Pero ¿cómo salir de Francia, y hacia dónde?

El hombre se incorporó lentamente, la atrajo rodeándola con sus brazos, se tiró hacia atrás en la cama. Ella era tan liviana, tan menuda y manuable que quedó encima de él, apretada a él. Victor besó apasionado su boca, ella le correspondió.

—Algún día, mi querida Remedios, nos quedará el consuelo de las cartas y de haber vivido nuestro amor en París —susurró el amante.

—Victor, me has pintado de diversas maneras, pero jamás me has escrito una carta. ¿A qué cartas te refieres?

—Pienso en las cartas futuras, en las que te escribiré, porque no podré vivir sin ti, y estaremos separados, y yo casi me moriré de dolor por no tenerte, por no poseer tu amor, y mucho menos tu piel...

—Siempre tendrás mi amor, Victor, aunque estemos separados.

—Pero no como ahora, que te sostengo entre mis brazos, que estoy dentro de ti y tú dentro de mí, que te siento vibrar, y podría estrangularte, y luego pegarme un tiro, y se acabarían los problemas... No tendríamos que inquietarnos por lo que suceda, porque ya no nos podría suceder nada más...

—Bromeas. —Ella levantó la cabeza y lo fijó con una mirada dura.

—Claro que bromeo, pequeño pájaro absoluto.

Volvieron a besarse. Él fue quitándole cada prenda de sus vestimentas; lentísimo, curioso de cada movimiento de su cuerpo. Pese a la delicadeza no supo impedir rasgarle varios hilos de las medias. Remedios se preguntó si Victor estaría pensando lo mismo que ella, que probablemente sería ésa la última vez que harían el amor. Que deberían separarse, y él marcharse también al sur de Francia para intentar refugiarse en algún sitio al abrigo de la contienda, o en un barco, e irse hacia ese lugar desde donde su ausencia le inspiraría largas y martirizadas cartas.

Se hallaba entretenida con sus pensamientos y con las caricias de su amante, imaginaba ya los posibles escenarios. Su imaginación sólo concebía habitaciones, pero no podía ubicarlas en ninguna ciudad, no se le ocurría ningún país.

Podía ver a Victor escribiendo y pintando detrás de una ventana de cristales nevados, un poco sucios; y a ella siempre con Benjamin, caminando por unas calles estrechas, buscaron un hotel donde pasar la noche, sin encontrar nada, por lo que debían echarse a dormir en la hierba, bajo la luna, debajo de un frondoso árbol. Y de detrás del árbol aparecía un hombre enmascarado que llevaba un disfraz de esqueleto. Su máscara representaba la cara de una calavera, era un muerto, y se reía, y repartía bombones, caramelos, y se moría de la risa, porque él mismo confesaba que precisamente la causa de su muerte había sido un ataque de risa, mientras cenaba, en casa de unos amigos, después de una tertulia de poetas; se atoró con su propia risa, se partió una vena del cuello y quedó patitieso, y volvió a carcajearse. Remedios le preguntó su nombre, y él repitió: «Julián del Casal, poeta cubano, Julián del Casal, poeta cubano». Remedios despertó de sus ensueños, con un alarido. Victor le había mordido el hombro muy fuerte, tan fuerte que le dejó los dientes marcados, y le rasgó la carne, le sangraba.

—¿Qué hiciste? ¿Por qué me muerdes así?

—Perdón, perdón, estás tan sabrosa…

—Estás loco.

—Loco por ti. Quería comerte.

—Acabo de tener una visión. Será porque estuve leyendo la correspondencia entre el pintor Gustave Moreau y un poeta cubano, Julián del Casal, que no conozco, ni he leído. Es un poeta del siglo pasado, y se me apareció ahora, en semivigilia, disfrazado de muerto, y además se reía, y me contaba que…

—Es bueno soñar con muertos que ríen, es buen augurio.

—¿Eso crees?

—Pues vaya que sí, claro que lo creo, porque acabo de inventarlo.

Ella cayó de nuevo encima de él, desnuda, las mejillas encendidas, el pelo negro revuelto, los ojos perdidos en el placer. Y lo besó como si lo besara por primera vez, y un agradable escalofrío recorrió su cuerpo. Victor posó sus labios en cada parcela de su piel, desde el pelo hasta los tobillos, los diminutos pies, los calcañares suaves, rosados.

—Mi Remediosanto, te voy a extrañar mucho… —suspiró.

—¿Recuerdas quién me puso así, Remediosanto?

—Aquella chica cubana, amiga de Wifredo Lam, la escritora…

—Lydia, se llamaba Lydia. Pero no fue ella, fue Gerardo, mi primer marido… La gente piensa que fue Lydia, porque a ella también se le ocurrió llamarme de esa manera, sin saber que Gerardo ya lo había hecho; fue una bonita coincidencia. Lydia Cabrera era… es una mujer muy hermosa.

—Hermosa no. Simpática sí, pero más bien poco agraciada.

—Muy inteligente, la mujer más inteligente que he conocido.

—Remediosanto, ¿me extrañarás?

—No hablemos de eso, Victor, no adelantemos las desgracias. Será una desgracia si tenemos que alejarnos. Te amo tanto.

Ella observó la mano abierta del hombre, grande y enrojecida, las líneas perfectas, aunque un poco rotas, semejante a un árbol, con ramas desgajadas, y flores secas, y frutos podridos… Y exploró con su lengua en el fondo de su ojo hundido, vacío; besó la cicatriz. Con la saliva mezclada con la sangre silueteó con el dedo, en la madera de la cabecera de la cama, algo parecido a una fruta recién cortada.

—¿Es una manzana? —preguntó Victor.

—Es tu corazón.

Antes de irse a comprar un trozo de pan, Victor tomó un lápiz, la retuvo, agachado le delineó en la parte trasera de las piernas las costuras negras, como si llevara unas medias imaginarias, que sustituían las que él había roto sin querer.

«Mi querida Leonora —escribe con mano temblorosa—, ésta será probablemente mi última carta...»

No puede continuar, le habría gustado escribirle una larga carta a su mejor amiga, con la intención de avivar algunos recuerdos, que ella misma no desea olvidar, que precisamente teme olvidar. Siente terror de que la mente le juegue una travesura, que no pueda acordarse de nada más, nunca más.

No está tan segura de sentirse vieja; ni siquiera es tan vieja. Se siente cansada, siempre ha sido una persona ágil, jamás le ha entrado semejante agotamiento.

Aun así, con los dedos engarrotados por los calambres, le entra ansiedad por pintar un nuevo cuadro, crear unas líneas, reiniciar el dibujo perfecto, dar en ralentí las pinceladas doradas.

Sería un sol inmenso; en un lienzo por primera vez grande, horizontal, trataría de hacer un sol que copara con sus rayos una tela gigante. Como cuando el astro enceguece desde el horizonte, en esa hora fulminante de la mañana, en que todo es claridad, fulgor desmesurado. No era muy devota de pintar soles, prefería la luna. A la luna la había pintado de mil maneras, cazándola inclusive, jamo en mano, y encerrándola después en aquella jaula odiosa.

De sólo evocar la jaula en su pintura, pasa a rememorar aquel episodio real, tan triste, ocurrido durante la Segunda Guerra Mundial, cuando hizo la extraña asociación de ella encerrada, como en una jaula, por dondequiera que iba, desplazándose con una especie de vestimenta imaginaria en forma de jaula que la acompañaba cercándola, aislándola, ¿protegiéndola?

«¿Te acuerdas, Leonora? —murmura—. Todos huían como podían. Nosotras ayudamos, también como podíamos. Yo ayudé, como sólo sé hacerlo, usando mi imaginación. Disfracé a algunos, por ejemplo a José M.Viola; por su parte, Óscar Domínguez removió cielo y tierra para conseguir material y hacer excelentes falsificaciones de documentos. Yo me aproveché de estas falsificaciones para cambiarme un poquito la edad, sólo me puse un poquito más joven, no por coquetería, por necesidad surrealista, para no traicionar la idea de la *femme-enfant*. Yo sería una adolescente eterna, eso me propuse.»

Tout le monde s'en va, título robado a uno de sus cuadros, y de uno de sus escritos, por una mediocre que se dice escritora cuyo nombre no mencionará, una cretina, farsante que se hace pasar por redentora de las causas perdidas.

Todos se fueron, se marcharon a sitios más seguros.

Quedó sola en París. Victor se fue a Canet-Plage, por los alrededores de Perpiñán. Esteban también desapareció. Péret fue movilizado, en Nantes: Estado Mayor XI Región, en la place Maréchal Foch. En el mes de mayo del mismo año, en el cuarenta, lo encarcelaron en la prisión militar de Rennes, en Bretaña.

Contaba Péret en aquella carta enviada desde la prisión, que Remedios se le apareció, entre otras imágenes que se le aparecieron pintadas en los cristales de los ventanales de su celda.

No fue el primero al que se le apareció: lo hacía con frecuencia, a muchas personas y todas lo cuentan después, a su manera, que es su manera de aparecerse en ellos. Reproduce con su escritura temblorosa ese fragmento tan hermoso de la carta de Benjamin, su pobre marido:

… una encantadora hada que ahuyentaba unas mariposas por encima de la cabeza con un gesto ligero y airoso… El hada inmediatamente me trajo a la mente el recuerdo de mi compañera. No había tenido noticias suyas y su suerte me preocupaba más que la mía. Sabía que estaba amenazada, tanto de internamiento en un campo francés como de expulsión, lo cual habría significado un campo de concentración. Yo no podía olvidar la expresión de aterradora angustia que le había visto en la cara cuando la había dejado, ocho o diez días antes, en París. Estaba de pie en el andén de la estación Montparnasse cuando yo, esposado y rodeado de una imponente escolta de policías, me había subido al tren de Rennes. Todos estos tristes pensamientos —que yo podía parangonar con las mariposas negras— los estaba apartando el hada. Bien es verdad que las mariposas del cristal eran de color claro, pero mi compañera había tenido siempre un miedo nervioso de los insectos, incluso de las mariposas. Yo siempre había bromeado con ella sobre esto diciendo: «En los países tropicales hay a veces verdaderas nubes de mariposas. ¿Qué sería de ti si fuésemos alguna vez a México?». La presencia de mi compañera en el exótico paisaje demostraba lo mucho que yo deseaba verla libre, fuera del alcance de la vil policía. Por supuesto que para ella sería mejor el espantarse mariposas de colores claros que las «mariposas negras» que le debían estar atacando noche y día. Finalmente, si hubiésemos conseguido marcharnos a México, estaríamos libres y ¡qué iba a importar siquiera una nube de mariposas!

Piensa que la visión de Benjamin de verla como un hada era sumamente tierna, estaría delirando al escribir esos párrafos; es verdad que sentía pánico de los insectos, pero años más tarde se vio obligada a perder el miedo… en Venezuela, cuando tuvo que ir a trabajar precisamente con insectos, con moscas…

A Benjamin siempre lo había venerado más que querido. A pesar de los pesares, habían vencido todo lo malo de la época, no sucumbieron a los embates de la pobreza, él aguantó las mutuas desavenencias amorosas. La dejó ser, en cierta manera, una mujer libre, aceptó sus decisiones y la libertad que ellas exigían, y desde luego, en medio de la guerra y de los trastornos que el horror conlleva, aprendieron a compenetrarse más, a cuidarse como padre e hija, como hermanos, a amarse sin resquicios.

Pero ella, como repetía siempre, no había olvidado a ninguno de sus amores. Y lo peor que le podría acontecer, uno de los sucesos más dolorosos en medio de la guerra, en el que el azar tuvo un papel esencial, fue un extraño encuentro con Lizarraga, su primer marido, de quien aún no se había divorciado.

Sucedió que otro refugiado, su amigo húngaro Emerico Weisz, a quien llamaban Chiqui cariñosamente y que era un excelente reportero gráfico, le pidió que lo acompañara al cine.

La película venía precedida por un documental corto, en el que precisamente Weisz había colaborado, donde se informaba de los campos de concentración franceses.

De súbito, en la penumbra de la sala, Remedios pegó un brinco en el asiento, sintió como un corte agudo en el vientre. Entre los numerosos internados emergió el rostro delgado de Gerardo. Hacía mucho tiempo que no sabía nada de él, pero tenía por seguro que se hallaba en Francia y que corría peligro. Debido a su condición de anarquista, a haber luchado en España a favor de la República, había tenido que huir de su país.

Al salir del cine hizo varias visitas, averiguó y se enteró de que los militares lo habían atrapado mientras regresaba a Francia y cruzaba la frontera francesa, entre los cientos de refugiados españoles. Había pasado las de Caín, de un campo de concentración a otro, de Adge a Argèles-sur-Mer y luego a Cler-mond-Ferrand. Por nada se volvió loco, por nada se murió de pura locura; dibujaba sin embargo para evadirse. En uno de los dibujos representó a su mujer.

Sí, pensaba constantemente en Remedios, Gerardo nunca dejó de verla a ella, sonriente, como cuando se conocieron, como cuando se casaron.

Ahora que han pasado tantos años, Remedios todavía puede escuchar con claridad sus palabras:

«Como es natural, de vez en cuando pensaba en mi mujer. Oficialmente aún no estábamos divorciados, pero entre nosotros sí. A pesar de todo, éramos y seguimos siendo buenos amigos hasta su muerte.»

Remedios sonríe. Gerardo siempre pensaba en su muerte, la de ella; para nada en la suya propia.

Ella salvó a Gerardo, o tal vez lo salvó el azar. De no haber asistido al cine aquella tarde, nada hubiera sabido del estado de Gerardo, y los nazis lo hubieran trasladado posteriormente a los campos de exterminio en Alemania. Lo primero fue movilizarse y movilizar a sus amigos para encontrar a Lizarraga.

El dolor físico en la boca del estómago no se le quitaba, pero ella seguía en pie de lucha, de un lado a otro; una vez que lo hallaron tuvieron que dedicarse a la tarea de sobornar a los carceleros. Lizarraga tuvo suerte, y su esposa logró sacarlo del campo de internamiento con el apoyo de sus amistades.

El día en que tuvo a Gerardo delante de ella, y que pudo abrazarlo, entonces consiguió respirar a plenitud y el dolor en el estómago desapareció. En sus brazos Lizarraga se perdía, prácticamente era un saco de huesos, demacrado, balbuceaba palabras, y no cesaba de llamarla: «Mi Remedio, mi Remedio-santo, gracias, te debo tanto…». Ella lo separó suavemente, lo miró a los ojos, sus ojos oscuros como dos pozos ciegos.

—No me debes nada, Gerardo. —Lo volvió a abrazar, y su

olor de hombre herido sembró un cariño más fuerte en su corazón.

Un amigo le tendió unos francos. Remedios los rechazó.

—Mejor dáselos a Gerardo. Llévenlo a comer algo. Yo regreso a casa, necesito dormir.

—¿No nos acompañas? —preguntó Gerardo, angustiado.

—Mañana nos veremos sin falta, amigo mío; mañana nos veremos en este mismo sitio.

Pero ella no asistió a la cita del día siguiente, porque esa tarde llegó a casa, y sólo le dieron tiempo de quitarse el abrigo, de echarse en una esquina de la cama, de cerrar los ojos. La despertaron unos golpes en la puerta, ella abrió.

Los hombres vestidos de gris le anunciaron que estaba detenida; esposada la montaron en un camión, con otros detenidos, y la condujeron por bulevares anchos y oscuros a las afueras de París.

Hacía mucho frío, no le dieron tiempo a ponerse el abrigo. Una mujer le prestó una manta que llevaba echada encima de sus piernas; ella se dio cuenta de que la señora era inválida. No quiso aceptarla, pero la mujer insistió; tenía un golpe en la cabeza, el cabello endurecido con plastas de sangre seca; ella se fijó en sus medias gruesas, pero así y todo no podía quitarle la manta a la enferma… Entonces se agachó, se sentó a los pies de la mujer, puso su cabeza en su regazo y colocó la manta encima de ella. De este modo ninguna de las dos pasaría frío. La mujer acarició su cabeza. Es lo último que Remedios recuerda, la mano desconocida que alisaba sus cabellos con ternura.

Después todo se volvió negro, sombrío, como el camino por donde fue arrastrada, hasta un viejo caserón, una especie de cuartel improvisado. Muros, muros a ambos lados, y ella empujada por esos muros.

La interrogaron, claro que la interrogaron. Ahí fue donde

dejó de ver a los demás detenidos; nunca más volvió a ver a la inválida, pero la recordaría cada día de su existencia.

Le escupieron nombres en el rostro, todos conocidos, pero no habló, ni pestañeó, ni siquiera temblaron sus mejillas, aunque toda ella temblaba por dentro. Recibió varias bofetadas, pero ella quedó impávida, le ardía todo el cuerpo; después la empujaron a una esquina de la habitación sucia, llena de excrementos, de orines. Y ahí la abandonaron durante horas.

Al rato fue a buscarla una mujer vestida muy sobriamente, con juego de falda y chaqueta y un kepis militar del que salía una hermosa melena rubia. Hizo otras preguntas, sobre su pasado en España, sobre su pintura, sobre los amigos, y finalmente sobre Benjamin Péret, sobre Gerardo Lizarraga. ¿Sabía dónde se encontraban ambos?

Marido y amante, la mujer conocía toda su vida, secreto a secreto, aunque a fin de cuentas no lo eran, porque ella no ocultaba nada. Un hilo de sangre empezó a correr por la comisura de los labios de la detenida. La mujer comprendió que la pintora intentaba morderse la lengua, cortársela con los dientes, le dio otra bofetada. Reclamó la presencia de unos ayudantes.

Los hombres entraron, obligaron a Remedios a abrir la boca, le introdujeron una bola dura de papel, y le sellaron los labios con papel precinta. La golpearon hasta que cayó desmayada. Al despertar ya estaba en una celda, oscura; todo a su alrededor era prieto y un líquido viscoso inundaba el lugar y le daba a ella por la cintura. Comprendió que se hallaba en un sótano, pero nunca llegó a saber qué era aquel líquido viscoso, ¿lo habría imaginado? Eso tiene la tortura, nunca consigues apresarla en tu mente con precisión.

De ahí la sacaron unos días después, cuando ya había perdido la noción del tiempo, y con los ojos vendados la condujeron hacia otro sótano. Le desvendaron los ojos, había una silla, un camastro. El hombre quitó el papel precinta de un tirón y la carne de los labios se partió adherida en el pegamento. La bola de papel se había deshecho dentro de su boca, y no le quedaba saliva, la lengua completamente dormida le escocía, las encías le hormigueaban.

El carcelero le colocó un plato con un mejunje extraño por comida. Era la primera vez que comía y bebía en días. El hombre la ayudó metiéndole la cuchara a la fuerza en la boca, pero ella apenas podía masticar, el bocado de comida le salía por los bordes. Pudo sorber agua, a duras penas.

Y de nuevo cayó contra el piso, de frente.

«Nunca quise contar esto, perdóname Leonora, nunca quise hacerte cómplice de este sufrimiento», recuerda y se arrepiente Remedios.

Tampoco a Georgette Dupin, la amiga parisina, que después de que la liberaron le dio cobijo en su casa, y a la que le esbozó algunos sufrimientos, pero ni siquiera a ella le contó todo. Sin embargo, Georgette pudo presenciar el estado en que la soltaron, profundamente herida en lo más hondo, humillada, enferma, traumatizada para el resto de sus días. Ni Remedios sabía que podía ser tan fuerte, que podía resistir tanto.

Después de unos cuantos meses, casi nueve, de encierro (de los que sólo logra decir que visitó el infierno), para no alargar el tormento que le proporcionaba el regodeo en la tortura y la obsesión de aquellos días, la botaron de allí, la dejaron en medio de una calle, hecha un guiñapo humano. Aun así encontró la energía suficiente para arrastrarse hasta la casa de Georgette Dupin, ni siquiera supo cómo acudió a aquella puerta. Ni cómo reconoció a Georgette, quien la recogió sin vacilar. La amiga fue testigo de su lenta mejoría, aunque de aquel horror no se recuperó nunca del todo, ni creía que ya hubiese tiempo para ello.

El cobro exigido fue grande; si su cuerpo era un andrajo, su mente había sido apisonada con un tanque.

París vivía también la más horrorosa de las pesadillas, los nazis entraron como perros por su casa el 14 de julio de 1940, cuando aún no había aclarado, pero el alba estaba casi al despuntar. La ocupación acentuó sus miedos, vivía en una Francia dividida en una parte que esperaba resistiendo, y en otra en la que ya cundía el terror. Ella apenas podía respirar, y pasaba horas y horas, sentada en una silla, junto a la ventana, observaba la calle, la cabeza vacía de recuerdos y de pensamientos, las manos secas. Escribió lo siguiente en el cuaderno que le había enviado su hermano Rodrigo: «Perdonadme, por haber callado tanto tiempo, aunque no debería pedir perdón por un asunto tan personal, nunca ha sido ése mi estilo cuando de mi vida se trata, no me gusta airear los trapos sucios, además de que detesto ponerme como la víctima. Ha pasado mucho tiempo, y otros sufrieron más que yo, otros perdieron la vida».

Desconocía con exactitud adónde, a qué prisión, habían trasladado a Benjamin, y no deseaba huir como los demás, quería esperar a que lo liberaran o a que pudiera escapar, no guardaba nefastos presentimientos en relación a él, intuía que saldría sano y salvo. Pero las banderas nazis y las esvásticas fueron copando los sitios emblemáticos de la ciudad: empezaron por la Torre Eiffel, invadieron los hoteles, el Lutetia, el Maurice; no tenía otra alternativa que la de partir.

Ocho millones de personas se convirtieron en refugiados, escapaban como podían, en vehículos, por peligrosas carreteras, incluso a pie. Remedios anduvo con suerte, ya hacía buen tiempo, había interrumpido un mes de junio soleado, fresco, florido. Su amigo Óscar Domínguez le ofreció su plaza en un automóvil perteneciente a unos americanos antropólogos que coleccionaban fósiles.

Óscar Domínguez estaba a punto de partir, cuando quiso saldar la vieja deuda que tenía con Remedios y con Victor. En definitiva había sido él el culpable del accidente que causó la pérdida del ojo al pintor rumano, y de alguna manera se sentía deudor; de esta forma, dejándola partir a ella, que seguramente se reuniría con Victor, se sentía un poco menos culpable. Al menos ya estaba perdonado por parte de los demás, pero él guardaba un cargo de conciencia que no le abandonaba. La pintora no aceptó con facilidad, pero su amigo insistió hasta que consiguió convencerla.

El trayecto resultó más largo y duradero de lo previsto, no solamente debido al carácter remolón y entretenido de los conductores, que se detenían cada vez que podían para contemplar el paisaje o los monumentos históricos, sino también porque los nazis comenzaron a bombardear las carreteras a sabiendas de que por ellas escapaban miles de personas.

El caos era total. Remedios rememora ahora, mientras el dolor le estruja el pecho, aquellas caras sucias, hambrientas, las espaldas encorvadas con los trastos a cuestas, el hambre, los robos, la desesperación por la falta de comida y de agua. Las manos extendidas mendigaban cualquier cosa, un trozo de pan viejo, un poco de agua derramada en el cuenco de la mano herida.

Desde los aviones disparaban a matar, debían esconderse durante días en los matorrales, o lanzarse de cabeza, de modo imprevisto, en las cunetas, en los recodos, en los huecos.

Finalmente pudo llegar a Canet-Plage. Aquello le pareció un tranquilo y común pueblo de pescadores, y así era; se hallaba muy próximo a Perpiñán. Ella respiró aliviada al encontrarse con el mar Mediterráneo, y con la majestuosidad de los Pirineos.

—¡Jacques, oh, gracias, querido Jacques! —Remedios se abrazó al hombre que la esperaba en la puerta de la casa.

Era alto, delgado, ojos pequeños y claros, vivarachos, sonriente, extremadamente amable. Jacques Hérold, artista surrealista también, se había encargado de recibir y acomodar a los colegas que llegaban de París. Él correspondió cariñoso al abrazo de ella, la invitó a pasar al saloncito, le preparó un café fuerte, le encendió un cigarrillo y lo colocó entre sus labios, en gesto de confiada amistad.

—Te quedarás aquí hasta que quieras... Conmigo sabes que puedes contar. —Jacques le tomó las manos.

—Creo que buscaré a Victor Brauner... —Ella agradeció aquel gesto con los ojos brillantes.

—Sé dónde está, yo mismo lo he instalado en una choza cerca de la playa. Ayuda a los pescadores, y de esta manera consigue su ración diaria de comida.

—Me uniré a él, haré lo mismo, me ocuparé de ayudar en todo lo que pueda.

—Pero, no lo olvides, eres bienvenida en esta casa. Descansa y luego decidirás.

Ella agradeció con los ojos inundados de lágrimas, pero esta vez sacó rápido el pañuelo y no permitió que el llanto echara a perder la alegría de encontrar de nuevo a este buen amigo.

Al día siguiente fue a ver a Victor y a los pocos días se mudó con él a la choza. En su compañía pasó los días más pobres de su vida, trabajando como una bestia. Comía poco, una ración diaria de pescado fresco, como había dicho Jacques; pero era consciente de que estaba viviendo los mejores instantes de amor que hubiese podido imaginar, y además se consagraba a una especie de retiro espiritual, disfrutaba de lo esencial, de lo mínimo, sumergida en un estado sobrenatural, febril, donde lo único que importaba era comer, trabajar, descansar, hacer el amor, amarse, decirse mutuamente palabras amables, esperar que la guerra acabase. Victor la amaba y la admiraba, y ella a él.

No poseían nada más que el amor del uno hacia el otro. Su único vestido estaba raído, la piel demasiado quemada, andaba descalza para ahorrar el par de zapatos que le quedaba. Pero era feliz, presentía que nada malo podía ocurrir, que nada peor que la guerra les caería encima. Y aprendió a trabajar arduo, sin atender a la fatiga. Manipulaba las redes de pesca como una verdadera experta, y mientras pescaba soñaba que un día pintaría muchos cuadros, cuadros repletos de personajes atrapados como peces en redes quiméricas, que significarían algo más que auténticas redes, que tendrían un porqué insólito, y que más tarde le explicarían a ella...

Como explicaban ahora, en este instante, frente a su pasado, de qué modo había logrado ser tan fuerte, y cómo había podido amar de una manera tan vehemente, cuando apenas podía sostenerse, cuando creía que moriría de inanición y de melancolía. Piensa que, con toda certeza, lo que la salvó fue que no se dejó vencer por el odio; detestaba las guerras, pero no se dejó vencer jamás por el resentimiento, supo aferrarse a eso que la gente común llama esperanza y que ella denominó subsistencia, ansiedad por recuperar la belleza de la vida. Así nomás...

«A veces escribo como si trazase un boceto», piensa.

Con un dardo de seda como lápiz y la ballesta de arena, semejante al árbol que citaba en un verso, para musitar: «Eres un árbol de arena», como un verso de aquella pintora y poeta cubana... Y entonces avanza de puntillas, con el calzado prestado de una bailarina rusa, toda verdecida, con gajos de framboyán, por los poemas que le recuerdan los ojos repintados y egipcios de una de sus mujeres. Las mujeres que son ella misma y que también son pájaros, picotean en las barajas, zurean y susurran con aleteo de plumas; he aquí el naipe elegido, el destino vulnerable.

Entraban ella y Víctor sobrecogidos en el océano; él le anunció que estaba delante de un cuadro inusitado, el del agua.

Quedó hechizada por la majestuosidad de la figura femenina, marítima, vestal pura como el diamante y descotada con ojeras de insomnio. El colorido se derramó en sus brazos, los trazos recorrieron sus venas, surgieron promontorios en su cuerpo, acantilados en los ojos, nubes en la boca, tierra por todo el cuerpo, un trabajo de alfarero en el vestido, piedrecillas celtas en los pies, y nueve olas que bañaban el espacio. Entró en el cuadro vestida de aguas.

Para ella había sido como leer entre los pañuelos de la pintura, como adivinar en esa carta olvidada en el fondo de un bolso antiguo, o desenredar la célebre trenza cortada de un tajo y guardada en el fondo de una gaveta de un antiguo bargueño, de aquella amante que se clava el alfiler del sombrero en el corazón.

Victor le entregó una rosa desenterrada de la arena, con espinas y humo, y poco a poco ella la fue deshojando, hasta dejarla en el botón que pudiera latir en el ombligo de un recién nacido, o en el sexo núbil de una adolescente.

Una de las alegrías que más aprecia de la vida es recibir y redescubrir una obra de la naturaleza en los temas que ella ha hecho imprescindibles, las mujeres, los pájaros, la vida a la altura del tiro de la ballesta, certero, prudente, pero con flecha de estambre, dardo de lana, punta de seda; y ahora, desde luego, la luminosidad que brinda a las palabras, estrategia de las sombras, victoria del dragón que danza en el fuego de su propia boca. Muy acertada en metáforas, amorosa en su falsa pretensión de olvidadiza, Remedios recuerda cómo besó el oleaje y danzó en la orilla sujetando las puntas de su raído vestido.

La artista, la poeta, era la mujer que pintaba en la memoria y que describía el olvido con las migajas de pan trabadas en los pelos de los pinceles. Gotas de óleo doraron las grutas del dolor y un sudor ascendió; era la miel que se fugaba entre la tierra y el cielo, y se estancaba en el océano, ese mar que ella había mordido, y pinchado entre las rodillas. Al abrirlas, regaba de oleaje noctámbulo las heridas saladas del recuerdo, que cicatrizaban pronto entre los algodones que había colocado encima de un caracol para descansar las sienes.

Víctor le dijo que ella representaba lo esencial del supremo desprendimiento, ese instante en que el pájaro del dibujo batía alas, y se echaba a volar del cuadro hacia el horizonte, caótico de sonidos y cantos; en esa caída, ella extendió la mano, estiró el paisaje, atrayéndolo hasta aquí, hasta sus ojos, que se nublaron agradecidos del diluvio. Y su canción irradió reminiscencias explosivas, en el tambor y en el violín, en el dado cargado, y privilegiada por la resonancia de los sueños, se transformó en un sueño. Sin trampas, entregaba lo único de lo que no se puede privar jamás un artista: el deseo, y una breve sensación de belleza y libertad.

Canet-Plage,
21 de agosto de 1940

Mi querida Remedios:

He aquí esta carta que te envío y que me inquieta, ya que resulta incompleta; no expresa el estado muy particular en el que me hallo, aquel de una contemplación nueva y desconocida hacia ti y este deseo de verte (cada vez estás más lejos y cerca), y sobre todo de oír el sonido de tu tono de voz. La marcha hacia la tierra, hacia la mar, cuando yo estoy tumbado, posición que me conviene mucho. Como ya te he dicho, yo creo que hay otro punto de vista no habitual que desencadena un nuevo estímulo en el juego de la imaginación, juego que nos es muy precioso y luego la marcha. Tu marcha es como un vuelo sutil a manera de los pájaros o de las mariposas hacia lo alto del cielo: entonces solamente el cielo también cambia de significado y tu cuerpo se destaca de ese color azul en el que los cabellos, tus cabellos, son las raíces de las estrellas invisibles y el día tiene en los ojos su huella negra, pues no hay que olvidar que durante el día las estrellas son negras. No es cierto que la contemplación sea el estado permanente en el que late el corazón; es la prueba misma de la vida y de la emoción que se respira en las venas, ampliando el espíritu de observación que es más y más objetivo.

Victor le envió esta carta cuando ella ya había regresado a París. Es necesario aclararlo porque Remedios podía escribirse mentalmente cartas extensas sin separarse con todos los hombres con los que ha vivido. Podía estar en una esquina del cuarto y Victor en la otra; se las enviaban con la fuerza de la telepatía, con un guiño, con la mirada.

Con Benjamin, con Esteban, con Lizarraga, con todos Remedios establecía correspondencias oníricas, aun a pocos pasos unos de otros.

Pero esta carta de Victor la recibió en París. Ella había escogido escapar de aquella vida salvaje en Canet-Plage. Además, debía reencontrarse con Benjamin en la metrópoli.

Los tres meses pasados con Victor en aquella choza al borde de la playa, mientras se alimentaban con los pescados que atrapaban en las redes junto a los pescadores del lugar, débiles, enfermos, achicharrados por el sol, fueron temperamentales, idílicos, bellísimos en cuanto al amor y la pasión, pero en relación a la economía fueron lo más desastroso que pudo haber hecho. Dilapidó el dinerito que había reunido en un intento de supervivencia, en tonterías cotidianas.

Podría decir que gastó, en lugar de usar el verbo dilapidar, pero en verdad ese dinero podía haberlo ahorrado mejor en París, e incluso habría podido guardarlo para tiempos peores, como el viaje que vendría más tarde, y que sería el definitivo.

Pero no, Remedios jamás se arrepintió pese a sus quejas íntimas. El tiempo con Victor le enseñó que el amor es lo más importante de la vida, ese amor en el que la persona que ama se entrega sin nada más que su cuerpo y sus sentimientos.

Pasaban buena parte de la noche y del mediodía, acostados, mirándose a la cara, descubriéndose los accidentes de la piel, la espalda cuajada de lunares o de cicatrices, los promontorios de los brazos, del cuello, sus pequeños senos, sus nalgas perfectas.

Remedios puede ahora mismo cerrar sus ojos y pintar a Victor de memoria, jamás ha olvidado un detalle de su piel.

Y ella, en aquel momento, también cerraba los ojos, tomaba el pincel, y el ocre chorreaba encima del dorado, y le salía ese hombre que levita por un pasillo encendido con bujías antiguas, y sus pies inflamados del salitre y del sol se hundían en un lago, un lago de vino tinto, o de cerveza espumeante.

Ella lo seguía por senderos ramificados con gajos secos, y florecillas silvestres, y desembocaba en una playa, con el cielo de acero, y el mar también con destellos dorados.

Victor se reía cuando ella lo pintaba así, cuajado en oro: ella murmuraba los fragmentos del cuadro y Victor llegaba a desprenderse del óleo riendo a carcajadas. Besaba los pies que, con la edad, se habían vuelto diminutos.

«Tus cabellos son líquidos o casi una llama líquida que golpea el viento que envuelve los objetos en los que desearía estar o de los que quisiera formar parte.»

Así pintó Victor sus cabellos, y a ella que camina desnuda, con una mano encima de la cadera, por un laberinto de estrellas, y sus pelos son agua, y sus ojos y sus cejas son como un bosque enmarañado:

«À ma trés chère amie Remedios avec le souvenir d'une époque ineffaçable de ma vie. Son admirateur ami, Victor Brauner, Marseille, 1941».

De este modo pasaban la vida pintándose mutuamente, y luego tiraban los dibujos al mar. Los peces devoraban aquellas imágenes desnudas.

Victor dormía del lado derecho, ella del lado izquierdo. Él siempre le recordaba que no era saludable dormir del lado del corazón, que estaba aplastando su corazón. Ella besaba su cuello, mordía su garganta, lamía sus orejas. Él besaba sus labios, tierno, suave, luego cubría con su boca la suya, parecía que iría a tragársela viva.

Victor y Remedios tuvieron tiempo de amarse en la más absoluta soledad, frente al mar, alimentados de lo necesario, vestidos pobremente; vivieron el amor como pocas personas en este mundo lo han vivido. Y nada más había que voltear la cabeza y la guerra estaba ahí.

Remedios tiene la certeza de que ésa fue una hermosa manera de resistir la guerra.

«El color del olor de tu piel perfumada con sabor a Oriente que recalienta el blanco de los dedos que tienen un temblor espasmódico como las hojas de los plátanos y ahora quizás los cabellos son el follaje de las almas llorosas y los cabellos son lágrimas de cristal rojo. La raíz del cuello que se planta tan bien en este engranaje es como el cuerpo en movimiento. El cuerpo en movimiento siempre se mantiene, tu cuerpo en movimiento posee el ruido del viento ligero llamado Zéfiro o el chasquido de la cascada pequeña llena de sonidos. "Tu Marcha Fértil".

»Tu Marcha Fértil es el eje que es la talla que talla mi cerebro de la realidad conocida hacia la desconocida, como una talla dulce de una piedra de luna, como metal el mercurio que representa el oro o el león.»

El oro o el león, eso eran, así se veían, semejantes leones de oro.

Y también pudieron haber perdido la razón, porque estuvieron verdaderamente a punto de volverse locos, y de nunca más volver de aquel laberinto, perdidos como se encontraban en sus puros deseos, entrampados en sus recuerdos.

Ella no dejaba de pensar en sus otros hombres, sobre todo en Benjamin y, no le avergonzaba confesarlo, extrañaba la vida parisina. Victor le aseguraba que él no lamentaba nada, que no se había aburrido de los salones parisinos porque jamás había sido recibido en ellos, que tampoco le faltaban las monsergas de los políticos porque jamás los había atendido más de cinco minutos, ni siquiera los reconocía, pero que temía haber inventado la ciudad de París, haber imaginado un mundo que sólo ellos habían interpretado a la manera surrealista, que los literatos y artistas no significarían nada en el futuro, que una época se cerraba con esta guerra y empezaba otra. Que el arte dejaría de ser filosofía que cuestiona la historia y la vida, o sencillamente actos autónomos, pensamientos autómatas, que todo estaría dirigido al delirio de la sinrazón, a la decoración, a la simpleza. Y que los escritores jamás volverían a ser leídos como antes, porque una nueva generación de escritores surgiría después de esta guerra, una cohorte de amargados, de resentidos, que no dejarían pautas, que impondrían su estilo, que el periodismo impregnaría de banalidad el lenguaje y que la audacia se transformaría en quejas de plañideras insaciables.

La mujer le tapó la boca con la mano reseca; no le gustaba verlo así, tan alterado, las venas del cuello botadas, la sangre agolpada en el rostro, pronunciando palabras como truenos, y su único ojo relampagueando de ira.

«Tu Marcha Fértil ha mezclado después de mucho tiempo estas nociones de los elementos, como un importante gesto de prestidigitadores, que con la vara mágica *cambia* o *despista* los objetos como Tu Marcha Fértil en la que la noción alquímica T.M.F. cambia la mar en cielo y es por ello que tus cabellos al viento son animales marinos, son las llamas que las sepias imperceptibles proyectan hacia la fertilidad de la mar-villa, es por ello que los cabellos-llamas peces anclas-rojas de raíces hada oscuros te recuerdan la existencia de la tierra, también la fértil condición de la función vital y del espíritu de conservación. ¿T.M.F. será la fórmula hermética de la piedra filosofal? Entonces solamente el prisma amplifica los problemas científicos de la verdad.»

Sí, claro que estaban enloqueciendo, minuto a minuto.

Una tarde corrieron hacia el centro de un promontorio,

hundieron los brazos en un hueco, y hurgaron, cavaron, desesperados, buscando algo sin saber qué.

Ella le preguntó a Victor, y éste le respondió que hallarían
por fin la piedra filosofal, que se volverían alquimistas, que era
la única manera que había encontrado para que sus vidas tuvieran un sentido. Y se quedaron así días y noches. Cavaban con
ardor, con rabia, se fueron ahogando en un charco gigantesco
de agua salobre, hasta que por fin el agua se fue escapando por
un cauce, y entonces sus cuerpos empezaron a secarse, afron-
tando una sequía siniestra. Ella no reconocía su piel ni la de
Victor.

Y del ojo tuerto del amante empezó a correr un riachuelo
aceitoso, como un líquido dorado, que se agrietaba al llegar a la
barbilla, y se convertía en piedrecillas, en minúsculas partículas
de polvo, de sol, de aire, y volaban en dirección al horizonte.

—Tengo que regresar —susurró Remedios.

—No, si te vas, tendré que emprender el viaje yo también.
Y no sé si llegaré a alguna parte. O tal vez me quede aquí, y me
convierta en fósil.

—No seas niño, Victor. Tengo que ir a buscar a Péret; sabes
que sigue corriendo peligro, no puedo abandonarlo.

—¿Cómo de repente te vuelves tan práctica?

—Soy un hada, pero soy una mujer.

«Recibe, mi querida Remedios, el humilde homenaje de tu
Victor tumbado horizontalmente para contemplar toda su vida
T.M.F.»

Hoy, la mujer de cincuenta y cinco años reflexiona, ha conservado durante toda su vida esta carta y el retrato que Victor
le hizo.

Vuelve a doblar el papel y lo introduce en el sobre, piensa
en aquellos días en Canet-Plage, mientras observa el va y viene de los transeúntes por la acera de su casa mexicana y se
acuerda de que una tarde leyó por primera vez aquella carta y

vio pasar a los transeúntes por su acera en el París que tanto amaba.

La puerta se abrió y entró Esteban con una *baguette* debajo del brazo. Cuando se quitaba el sombrero que llevaba encajado hasta las cejas lucía tan guapo, desabotonó su chaqueta y se desabrigó. Colocó el pan en la mesa, sacó del bolsillo de la chaqueta un trozo de queso envuelto en papel de cera, abrió una gaveta del mueble de la cocina y se dispuso a preparar unos bocadillos para Remedios y para él.

—Mi amor, tendrás que irte a Marsella. Yo me iré también, llevo demasiado tiempo escondido, con miedo a salir a la calle, y cuando salgo tiene que ser disfrazado. Aunque pronto conseguiremos la excarcelación de Benjamin y tendré que ayudarlo a vivir clandestinamente en París, luego lo mandaré como pueda a Marsella, para que se reúna contigo. He conseguido que algunos carreteros lo conduzcan camuflado en las cargas de paja, espero que los caballos se porten bien y no huyan en desbandada si los detienen los alemanes.

Ella no quería dejar nuevamente París.

Hubiera podido resistir en París, pero no lo hizo, se dejó llevar por el terror y la inseguridad generalizados.

Ella habría podido seguir a la espera. Pero la abrumaba el cargo de conciencia, necesitaba facilitarle las cosas a Benjamin a su llegada, no podía fallarle. Ya bastante había disfrutado con Victor de la evasión a través del placer carnal.

Además añoraba volver a tener a Benjamin delante de ella, necesitaba abrazarlo, ansiaba escucharle sus poemas, deseaba tararearle una canción, y asegurarlo con su presencia. Y ella asegurarse con la de él. Remedios, como en tantos de mis cuadros posteriores, se había atado a las barbas de su marido, con sus barbas había hecho un nudo alrededor de su cuello. Y apenas conseguía estudiar seriamente, sumergirse en sus escritos, retomar sus dibujos.

—No sé qué me sucede, Esteban, no quisiera moverme de este sitio, de este ladrillo que tengo debajo de mis pies.

—Bromeas, ahora es cuando más tenemos que movernos. Óscar Domínguez te espera en Marsella con Wifredo Lam, el pintor cubano. Luego te alcanzará tu marido, y más tarde yo, o antes, todavía no he planeado bien esto.

No entendía los propósitos de la huida, y ella se había pasado la mitad de la existencia buscándole propósitos a los acontecimientos reales e irreales, pero aquí no veía nada realista ni surrealista, sólo el absurdo. No veía ningún fundamento mítico, ni siquiera un argumento científico; tampoco le atraía lo profano de la situación y ni siquiera sabía si la consolaría lo sagrado.

Su madre le había inculcado el temor al demonio; por el contrario, su padre buscaba que ella estuviese siempre más cerca de la razón, que la razón moviese y condujera sus pasos. ¿Iría directo a la muerte? No le preocupaba en absoluto, siempre cabía la posibilidad de la reencarnación, para eso era fiel a las teorías de G. I. Gurdjieff, y con la desaparición física se veía trasmutada en uno de los múltiples personajes de *El jardín de las delicias* de Hieronymus Bosch o en el personaje solitario de *Caronte atravesando la Laguna Estigia* de Joachim Patinir.

—¿Crees que es buen momento para psicoanalizarme?

—No, Remedios, no andes detrás de alternativas inútiles.

—No es un pretexto, busco la verdad, y la solución para enterarme de lo que debería hacer. De cualquier modo no hay nadie aquí ahora que piense en soluciones; ni siquiera el psicoanalista más experto estaría interesado por lo que atraviesa mi mente ahora.

En su mente, en aquel instante, ya se estaba fraguando aquel cuadro, *Mujer saliendo del psicoanalista*, pero no se veía a ella en los rasgos de la paciente, más bien vislumbraba el rostro de su amiga Juliana González, aunque aún no la conociera, porque predijo su presencia mucho antes de conocerla. Es lo que le sucedía a menudo: cuando extendía la mano a una persona que le presentaban por primera vez, tenía la certeza de que se habían conocido antes. La había visto en sueños o en una de sus obras. Ya la había pintado antes de saber que en algún momento se la encontraría.

—Voy a salir un momento. Daré un paseo.

—Ten cuidado, Remediosanto, no vuelvas tarde.

Recorrió el borde del Sena, desde la altura de la torre de Nesle hasta la catedral de Notre-Dame. Respiró el aire empapado de una fina lloviznita. Sus manos temblaban, sintió unos deseos enormes de ver a su familia, de sentarse a conversar con su madre, de tomarle sus manos en las suyas y de hundir la cabeza en su regazo, de olerle los vestidos. Le habría gustado mucho que Luis y su padre estuviesen vivos para correr hacia ellos. De hecho tuvo la sensación de que los veía entre la neblina y que ambos iban cogidos del brazo; los divisaba como dos figuras elegantes, con abrigos caros y bombines que cubrían sus cabezas, cual dos caballeros afortunados. La afortunada era ella, que podía imaginarlos, así, yendo hacia ella, lentos, seguros de haberla visto, y entonces extendió los brazos.

—Señorita, ¿le sucede algo? ¿Puedo ayudarla?

Una voz interrumpió su visión. Era un señor muy guapo, bien vestido; a pesar de que Remedios tenía los ojos llenos de lágrimas, pudo distinguirlo.

—No, sólo estaba soñando.

—Soñar no cuesta nada. Me gustaría invitarla a un café.

Tenía hambre y aceptó. Se sentaron en un cómodo asiento de un elegante café frente a la catedral.

—¿Cómo se llama?

—Remedios Varo Lizarraga Péret Francés Brauner.

—Demasiados apellidos.

—Remedios Varo. Pero pretendo ser fiel a los hombres de mi vida.

—Vaya, ha habido unos cuantos por lo que suena en su árbol genealógico. ¿O ginecológico?

—Eso es de mal gusto. No es propio de un señor de su clase. Y no soy una prostituta, se confunde usted. Tampoco soy una mojigata, pero no estoy de humor para soportar ese tipo de groserías. —Hizo ademán de retirarse.

—Perdone, he sido brusco y maleducado. —La retuvo de la mano, su mano hervía—. Le ruego, quédese, acompáñeme.

—Me siento con usted porque, no se lo voy a negar, tengo hambre. Soy pintora y no tengo ni un céntimo en el bolsillo, y ni siquiera traje un cuadro para vendérselo u ofrecérselo en pago.

—No se preocupe, reitero mi demanda de perdón. Sí, lo reconozco, son tiempos malos.

—Malos para la mayoría, pero desde luego algunos —lo miró de reojo— consiguen enriquecerse con el dinero de las guerras.

—No es mi caso. Me llamo Rodrigo Heredia Zarzamendía Sánchez Abreu, soy cubano, pero de origen francés por mis padres, hijos a su vez de franceses que se cambiaron los apellidos; una larga y compleja historia. También mis tías son cubanas.

—No tiene usted acento.

—Me crié en París.

—Rodrigo, tengo un hermano que se llama Rodrigo. Cuando lo encontré a usted, presentí a mi padre y a mi hermano Luis, fallecidos los dos. Podía verlos, me hice la idea, pero era una idea muy clara, casi palpable, de ellos, junto al muro. Y se aproximaban poco a poco, casi pude tocarlos cuando me habló usted.

—Siento haber roto la ilusión.

Cenaron, bebió vino, más de la cuenta.

Rodrigo aprovechó un descuido y la besó en los labios, poco después la invitó a su apartamento, en la calle de la Université.

Un hermoso espacio con ventanas inmensas y cortinas de terciopelo color champán, alfombras orientales, *bibelots* de porcelana; un lugar amplio, repleto de muebles relucientes, antiguos, de buena madera, caros.

—Es usted rico.

El hombre asintió sin mirarla.

—Mi familia es rica. Yo soy poeta. Y médico, estudié medicina para complacer a mi familia. Ejerzo en La Habana. En París soy sólo poeta. Puedo permitirme ese lujo.

—Debí adivinarlo, pero no se viste usted como los poetas, resulta demasiado deslumbrante todo lo que lleva puesto.

—Parece que los poetas cubanos siempre han sido de una elegancia fuera de lo común en el gremio —bromeó.

Rodrigo la condujo a su cuarto. Una cama mejor vestida que ella misma, limpia, perfumada, y sintió vergüenza. Se quitó las ropas, tomó un baño.

Acostada junto a Rodrigo, él besó todo su cuerpo, besó su sexo. Fue muy ardiente. «Un amante que goza dando placer no se encuentra todos los días», pensó.

—Me agradaría que pintaras algo aquí, en esta casa.

Remedios reflexiona en la actualidad, agotada, a punto de morir: «Antes te encontrabas a alguien en la calle, y te pedía cosas a la medida de tu arte. Ya no ocurre así. O yo tuve esa suerte en medio de tantas desdichas».

Terminaron de hacer el amor y le colocó delante un caballete con un pequeño lienzo, potes de pintura y polvos costosos de oro y plata.

—¿Quién pinta en esta casa? —preguntó curiosa.

—Nadie. Adquirí todos esos materiales un día, en la tienda que está al pie del muelle de Grands-Augustins. Lo compré porque me pareció que todos estos potes y pinceles, y hasta el caballete, y los óleos, los bastidores, las telas, todo en su conjunto era sencillamente maravilloso. Tal vez los compré y con semejante acto invoqué tu aparición.

Inició en la tela un cuadro entre blanco y plateado, pintó el salón, las cortinas que volaban, una alfombra en el centro, y encima de ella una mujer de larga cabellera pelirroja, que lleva en su mano una pelota de estambre que el hilo la enlaza con la figura de un hombre, en cuyo pecho se abre un laberinto de puertas góticas y de ellas revolotean pájaros, no sabemos si salen o entran. El hombre fue tejido por la mano de la mujer, o ella lo está destejiendo, no tiene rostro, en el piso de madera brillan regadas las hojas de otoño que han entrado a través de la ventana.

No pegó un ojo, pero al amanecer había terminado el cuadro.

—¡Precioso! —exclamó Rodrigo, quien había pasado toda la noche escribiéndole una larga carta a su madre en Cuba.

—Es tuyo, te lo regalo.

—¿Soy yo el hombre?

—¡Qué pretensión! Pero ¿por qué no? Claro que eres tú. Se titula *Las hojas muertas*.

—Me gusta, mucho, eres una gran artista.

—Algún día lo volveré a pintar, si me lo permites. Me agradaría conservar el recuerdo de esta noche, aquí, contigo.

De repente se acordó de Esteban. Había vivido un auténtico sueño surrealista, y tenía que volver a la machacona realidad. Esteban estaría inquieto por su ausencia.

—Le enviaremos a Esteban un correo con un mensajero, así podrás pasar el día conmigo —planeó él.

—Rodrigo, ¿en qué mundo vives? ¿En qué época?

—No en ésta, desde luego, soy un hombre del pasado.

—Despierta, que eres más joven que yo.

—No lo repitas, me empequeñeces con esas comparaciones.

Se vistió de prisa, justo antes de despedirse con un beso en los labios del hombre del que bien poco conocía; él le abrió la mano y le colocó un rollo de billetes en ella. Protestó, soltó el dinero, el hombre se agachó a recogerlo y se lo colocó de nuevo en la palma de la mano.

—Te compro el cuadro. Es la compra de mayor valor que hice en mi vida y no me saldrá cara. Por favor, acéptalo, me harías un inmenso bien, porque poseer algo tuyo me acompañará y me arropará.

Fingió que guardaba el dinero en el bolso, las mejillas se le pusieron calientes, de color púrpura; había olvidado cómo era sentirse avergonzada. En un descuido de Rodrigo tiró el fajo de billetes dentro de un jarrón.

—¿Te veré de nuevo? —preguntó él, volviéndose con una botella de coñac en la mano.

—En La Habana. —La pintora sonrió y quiso dar la impresión de que disfrutaba de la picardía de la respuesta.

—Ésta es mi tarjeta, seguro que te reencontraré, lo sé, tengo la sensación de que no tardaré en volver a verte.

Introdujo la tarjeta entre el cuero y el forro agujereado de seda de su vieja y usada cartera.

—He cambiado de parecer, te llevaré hasta tu casa.

Rodrigo la acompañó hasta la misma puerta; detenidos en la acera, ella se puso en puntas porque advirtió la ventana iluminada, y de súbito a Péret desandando de un lado a otro de la sala. Sintió una alegría infinita, se volteó hacia Rodrigo, los ojos del hombre parecían dos azabaches, tanto brillaban, sonriente ella le dijo:

—Vaya, cubanito, me has traído suerte. Han soltado a mi marido.

Rodrigo acarició su mejilla con la mano enguantada, dio la espalda, y desapareció por la esquina más próxima.

Ella corrió escalera arriba, hacia el primer piso. Tropezó

con Esteban en los últimos peldaños, antes de cruzar el umbral de la puerta del apartamento. Francés cerró suavemente, hizo ademán de que hiciera silencio, y le habló bajo:

—Está muy nervioso. Y yo también, de hecho. Me temí lo peor al ver que no venías anoche, ¿dónde estuviste?

—Deambulé por París, hasta el amanecer. Perdóname, Esteban, pero necesitaba una noche de felicidad. Necesitaba olvidarme de todo, tirarlo todo en un baúl y cerrarlo con llave, botar la llave…

Le entró un escalofrío. Esteban la abrazó.

—Bueno, bueno, tranquilízate, iré a comprar el periódico. Acaba ya de entrar de una vez, te está esperando como un tigre enjaulado.

El avión aterrizó en el aeropuerto José Martí, los motores hicieron estrepitoso ruido, como de último estertor. El viaje había sido bastante pesado, con tormenta, y demasiadas turbulencias, y había durado casi toda la noche. Pero yo me había refugiado en la escritura, en un pequeño cuaderno, e incluso las nueve horas y pico de viaje me parecieron cortas. Feché en el renglón final de la página: La Habana, 1987.

Contaba con una semana por delante para visitar a mis amistades, entregarles los regalos que traía de París (nada más y nada menos que regalos de París, con la escasez que había), contarles de mi vida en aquella luminosa ciudad que ya había comenzado a amar con locura, porque en ella había conocido la verdadera significación de la palabra libertad, pero eso mejor me lo callaba.

Pero sobre todo contaría con una semana para la visita al médico, para realizar nuevos análisis y ver si por fin los especialistas decidían operarme o ponerme bajo un tratamiento.

Hacía un año que no regresaba a mi ciudad.

Emergí por la escalerilla del aparato de Cubana de Aviación, y una bocanada de aire caliente estampó una capa fina de gotitas de sudor en mi cara.

Reparé en que había dos entradas, la común y la de protocolo, enseñé mi pasaporte diplomático al militar de la aduana y enseguida me abrió el paso por la entrada protocolar.

No me revisaron el equipaje, y me permitieron pasar todo lo que llevaba, incluso la bandeja con los alimentos que no había probado durante el trayecto y que guardaba para mi madre.

Afuera me esperaba el chofer del embajador, que me condujo en un Lada 2107, el de funcionarios de alto rango, por todo Rancho Boyeros hasta la calle Empedrado, en La Habana Vieja. La avenida que engarza el aeropuerto con la ciudad se hallaba en penumbras, y aunque aprecié el paisaje, las palmas, los árboles, la belleza de la noche estrellada, percibí la enorme pobreza de los bajareques al borde del camino. Advertí a muchas personas vendiendo cosas, tarecos o sencillamente frutas o vegetales que, por mi madre, sabía que no se podían encontrar en el mercado estatal.

—¡Ahí tienes a los merolicos! Te dan la bienvenida… —comentó el chofer irónico y confianzudo—. ¡Los pobres de solemnidad!

El auto atravesó las calles habaneras y no pude evitar que me palpitara el corazón a un ritmo desacompasado. Me sentía muy emocionada de poder regresar, de darle la sorpresa a mi madre, ya que no le había avisado de que llegaría ese día.

El coche dobló frente al Museo de Bellas Artes, luego por la calle Villegas, de inmediato otra vez dobló a la derecha y ya nos hallábamos en la calle Empedrado, frente a mi casa.

Era muy temprano, pero en el balcón del número 503, divisé asomada a la vecina Cora, quien al verme bajar dio un grito, y voceó el nombre de mi madre.

Mi madre se asomó en el balcón, vestida como siempre, con una amplia bata de casa, y en chancletas; la vi un poquito más avejentada, aunque, me fijé mejor, no tanto: todavía conservaba su pelo sin una cana. Sonrió, los ojos achinados, y dio la espalda apresurada hacia la puerta del pequeño apartamento para recibirme.

Corrí escaleras arriba, el chofer, detrás, cargaba la pesada maleta y un maletín de mano.

—¡Mami! —Nos abrazamos.

—¿Cómo no llamaste al teléfono de Cora para avisarme de que vendrías? Menos mal que yo no salgo nunca ni tan temprano en la mañana, ni de noche. Entro a trabajar a las tres de la tarde hasta la madrugada. Las noches me las paso trabajando.

Freí un huevo en salida.

—¿Que no sales de noche, tú, que no sales de noche? Eso será los días entre semanas, pero ¿y los sábados y los domingos? ¿Quién te lo va a creer? ¡Mentira! Como decía la canción.

—Descanso los martes, me quitaron los fines de semana de descanso.

Salí al balcón, me subí en el murito que separaba los dos balcones y sin mirar al vacío erguida peligrosamente en las puntas de los pies, logré darle un beso en la mejilla a mi vecina.

—¡Niña, a ver si te matas! ¡Bájate de ahí! Oye, que a esta muchachita ni París la cambia —rió mi madre.

Salté hacia atrás y volví a entrar en la salita del diminuto apartamento enlazada con mi madre por la cintura.

—No te avisé porque no quise asustarte. Vengo a lo del médico, a lo de las bolas en el cuello, los nódulos…

Mi madre se puso seria.

—Nada, no pasa nada, sólo el chequeo habitual… —la tranquilicé—. Mami, ¿me haces un cafecito rico de los que tú sabes hacer?

Mi madre se metió en la cocina de tamaño aún más liliputiense y preparó y puso la cafetera en la llama azul del fogón de queroseno.

Mientras colaba el café observé a mi alrededor las paredes pintadas de verde claro, donde colgaban dos afiches de dos chinas; uno era un almanaque. Los muebles seguían siendo los mismos desde mi nacimiento: la mesa de formica, las chapuceras sillas de hierro, con unas sentaderas de madera pintada en un azul oscuro, las espalderas tejidas con tubos de nailon, el sofá forrado en vinilo verde oscuro, los dos butacones haciendo juego. Con el calor que hacía las corvas chorreaban de sudor al rato de estar sentada en esos muebles. Pero todo se veía limpio, ordenado.

Mi madre no se quejó de nada. Se conformaba con poco, aunque afirmó que su salario no llegaba a cubrirle el mes; malamente le alcanzaba hasta la mitad, para dos semanas, el resto vivía del mercado negro. Trabajaba duro, eso sí, más de ocho horas diarias, voluntario, y, como todo el mundo, revendía los cortes de tela que le tocaban por la libreta de abastecimiento y los productos que ella no adquiría por ser demasiado caros. Eso le permitía subsistir, porque además no derrochaba el poco dinero que ganaba.

Le ofrecí dinero. Ella se asombró al ver el fajo de billetes. Dijo que lo aceptaría, pero que previamente yo debería cambiarlo en moneda nacional, la posesión de divisas estaba penado por la ley, podría costarle caro, unos cuantos añitos en el tanque, en la cárcel. Yo también tendría que arreglármelas para cambiar los francos, asegurándome de que los negociantes del mercado negro fuesen gente de fiar y no me dieran gato por liebre.

Le pregunté a mamá si se encontraba sola, si no andaba arrimada con algún hombre. Tenía a alguien, en efecto, vaciló antes de hablar, probó el café con la punta de los labios, sopló en la taza para refrescar el líquido oscuro. Era más joven que ella, mulato, trabajaba en la construcción, hablaba poco porque siempre andaba borracho, y ella para poder soportarle la pea se veía obligada a emborracharse también; pero eso sí, la guafarina la pagaba él.

De su lado, ella quiso averiguar cómo me iba con mi esposo. Traté de disimular, pero mi madre se dio cuenta de que las cosas no marchaban bien, al menos no como yo lo deseaba.

Mamá cerró las persianas que daban al balcón. Comentó que jamás le había agradado Pablo, que nunca le había escrito ni una sola carta desde París, aunque fuera para hacer ver que se preocupaba por ella; tampoco le escribía a su madre, o muy poco. Un hombre demasiado arrogante, subrayó, y añadió que su hija por el contrario era demasiado generosa.

—No tienes razón. En mis cartas siempre te manda saludos. —Intenté justificar a mi marido.

—Eso no viene de él, eso es iniciativa tuya. No es un buen hombre, no es de ley, y hasta con su madre es tacaño, no creo que debas aguantar, eres joven, y un tipo agarrado es lo peor que hay...

Me llevé un dedo a los labios; mi madre comprendió que no deseaba seguir la vía que había tomado la conversación. Me amaba demasiado para molestarme en los pocos días que tendría la ocasión de tenerme con ella.

—¿Cuándo regresas?

—Dentro de una semana.

—Te extrañaré, hija mía.

—Pronto acabará todo, mamá, te lo prometo.

Deseé contarle cómo era realmente mi vida, confirmarle que no le faltaba razón en relación a Pablo, contarle que tenía un amante y cómo era ese otro hombre de generoso, también explicarle el otro trabajo clandestino, ese en que hacía de modelo, además de hablarle acerca del misterioso hombre enfermo que había encontrado.

Pero sabía que mi madre no entendería, que me reprocharía ser tan ligera, tan poco seria, que se alarmaría con lo del amante y con las fotos de desnudos, porque opinaría, y estaría en lo cierto, que todo eso era sumamente peligroso. Entonces preferí hablarle de los museos que visitaba, le comenté que asistía a un curso de pintura en el Louvre, porque había descubierto a una pintora que me fascinaba, y estaba escribiendo sobre ella, y a partir de ese instante decidí experimentar lo que era crear un cuadro.

—Ah, ahora que hablas de eso... Te llegó esta invitación; siempre me las mandan, para una actividad en el Palacio del Segundo Cabo, un homenaje a un escritor, y habrá además una exposición de pintura... Creo que debes aprovechar que estás aquí para que vayas, y conozcas gente nueva.

Leí la invitación, caía para esa misma tarde. No me interesaba demasiado ese tipo de actividades oficiales, pero en el Palacio del Segundo Cabo habían abierto una nueva librería y sentí curiosidad por ver qué libros ofrecían; mamá me aseguró que vendían libros «raros», de autores de los que no se hablaba en ninguna otra parte de la isla.

—Eso sí, el precio de los libros es en dólares, pero al menos te dejan hojearlos.

Acostada en la cama en la que había dormido hasta los diecinueve años, junto a mi madre, me recuperé del cansancio del viaje.

Apenas dormí dos horas; al cabo de ese tiempo desperté, almorcé arroz con huevo frito, un potaje de chícharos, un plátano de fruta y ensalada de pepinos.

Me bañé con agua tibia, calentada por mi madre en una lata y en un reverbero y recogida en un cubo.

Aconsejada por ella decidí vestirme con un atuendo sencillo, una combinación de saya y blusa blanca y alpargatas de loneta también blanca.

—Recemos para que no llueva, porque esas alpargatas son muy bonitas, pero chupan todos los charcos de La Habana Vieja. Tú me mandaste unas y se me desbarataron en los pies.

—Éstas me las regaló Socorro, la primera esposa de Imanol

Arias, y mira cómo me han durado, claro. Para el verano que hace en París, tan corto, me son suficientes.

La besé antes de irme, en las mejillas. Mi madre tenía los pómulos suaves, olía a mandarina, y yo quedé un rato largo abrazada a ella. Mamá me separó:

—Llegarás tarde.

—¿Por qué me pusiste Zamia?

Mamá me miró extrañada.

—¿Por qué no me llamaste Zenia, o simplemente Eva?

—No me vengas con esas majaderías. —Le acarició el rostro.

Una vez en la calle me viré hacia el balcón, desde ahí mi madre me dijo adiós; también Cora, la vecina, desde el balcón de al lado.

Esa sola visión significaba mucho para mí, toda mi vida.

Significaba de dónde había salido, de lo más humilde; me dije que si un día volvía y no hallaba a mi madre parada en ese balcón para recibirme ya no tendría sentido regresar porque para mí, en aquel momento, mi patria era mi madre y aquel apartamentito modesto, sus vecinos y su barrio.

—Volveré temprano.

—¿Tienes la llave? —se preocupó ella.

—Ay, concho, se me olvidó cogerla, tíramela, por favor.

Mamá entró, volvió a aparecer con un monederito, dentro la llave, lo lanzó y lo atrapé en el aire.

Ese gesto, repetido desde la adolescencia, también formaba parte del ritual.

El hombre, bigotudo y gris, vestido con una camisa de mangas cortas estilo safari, se acercó a la joven trigueña que bebía un trago de ron acomodada en el muro de la terraza del Palacio del Segundo Cabo.

—Pina Brull.

Ella se volvió, melena trigueña, ojos almendrados, vestida con elegancia, a la moda.

—Ah, hola. —La muchacha no disimuló su disgusto.

El vasto salón empezaba a llenarse de invitados. Alrededor de doscientas sillas se hallan desplegadas en varias hileras frente a una tribuna.

—Ya llegó la persona de la que te hablé. Recuerda, nos interesa que te hable de sus amigos latinoamericanos en París, de la gente que ella frecuenta allí. Intenta sacarle algo de lo que escribe el marido, y de ella misma.

—Ya, ya, no te preocupes, entendí perfectamente. ¿Tendré el programa?

—Lo tendrás. Aunque no será fácil; el viejo Alemán pide acostarse contigo, al menos que le hagas unas cosquillitas, o una buena mamada, ya sabes cómo es. No está mal para tener un programa de televisión tú sola, no está nada mal que lo complazcas.

Pina le reviró los ojos. Pero ni chistó. El hombre la dejó sola. Antes de partir le indicó con el rabo del ojo a la joven que acababa de aparecer entre los invitados, un poco perdida. Se trataba de mí. De Zamia, el objetivo. Pero eso lo sabría mucho después por boca de una de mis perseguidoras, Wanda.

—Ataca, es toda tuya —ordenó el hombre a Pina.

El policía, camuflado de civil se perdió entre el gentío, dio varias vueltas y se dirigió hacia otra chica, pero antes comprobó que Pina ya entablaba conversación conmigo, la joven vestida de blanco.

El policía se interpuso entre la otra muchacha y la mesa de las bebidas alcohólicas.

—¿Qué hay, Wanda? ¿Te extraña verme sin el uniforme? —preguntó irónico.

Parecía mucho más joven de lo que era a causa de su tamaño: muy bajita, ojitos de ratón, pelo corto, cuello enterrado, senos pequeños sin embargo, caderas anchas, piernas gordas, casi elefantiásicas, aunque también de tramo corto.

—Aquí me ves, a la espera, y el que espera desespera —respondió la joven.

—No esperarás mucho. Ya Pina Brull conversa con Zamia, pero a mí lo que me interesa es un informe detallado de Pina, ya sabes: sus amigos extranjeros, sus planes con el programa de televisión, aunque lo tenemos todo controlado, pero necesitamos verificación… Ella me está trabajando ahora a Zamia, no la interrumpas. Luego te tocará a ti con ella. Ah, una cosa, te prohíbo que bebas, cuando bebes te descontrolas, y eso no está nada bien.

—Tranquilo. La madre del marido de Zamia es mi vecina, cualquier información que necesites por ese lado, cuenta conmigo. No te preocupes, me tiene confianza, soy su mejor amiga… Pero no esperaba eso, no me refería a ese tipo de espera, yo lo que es-pe-ro es que me den un chance también a mí en la tele, necesito una telenovela, y con éxito, un personaje fuerte…

—Sólo me ocupo de la vigilancia, pero si haces bien tu trabajo, informaré a mis superiores, y ellos sabrán qué habrá que hacer… De hecho, el último informe sobre tu novio gustó mucho. Eso de la exposición que está tramitando sin permiso en Brasil.

—Se comprará una moto.

—¿Quién, el pintor?

—¿Qué otro novio me han autorizado ustedes que yo tenga que no sea otro que el pintor?

—¿Y eso?

—Vendió un cuadro en dólares, mandó el dinero al extranjero y le enviarán la moto por barco desde España.

—¡Vaya, vaya, vaya con el pintorcito! ¡Jugándonos cabeza! ¡Ésa sí que es dura! ¿Y no tenía una moto ya?

—Esa moto está hecha leña, es una antigualla, y él quería

una cosa moderna, despampanante, para epatar a todo el mundo aquí.

—Cuidado, ahí vienen Pina y Zamia, ya sabes. Tendré en cuenta lo de la suegra de Zamia, buena pista esa.

Wanda se llevó un vaso con mojito a los labios. Cambió la mirada hacia mí y Pina, que nos acomodamos en una de las hileras finales.

La actividad comenzó con un discurso de dos horas del ministro de Cultura y siguió con uno de una hora y media del presidente de la UNEAC, el escritor homenajeado sólo pudo suspirar dos o tres palabras de agradecimiento. Todo el mundo sabía que se trataba de alguien a quien habían enviado en los años sesenta a la UMAP, Unidades Militares de Ayuda a la Producción, campos de concentración para escritores, homosexuales y religiosos. De ahí lo trasladaron a Siberia durante el quinquenio gris, en los años setenta, que más bien duró un decenio, después a la guerra de Angola, a inicios de los ochenta, con la idea de que un bombardeo lo convirtiera en mártir, pero había resistido y sobrevivido. Como regresaba enfermo y cansado, ahora le perdonaban sus pecados, y él aceptaba con los ojos bajos, con tal de que le permitieran morir en su tierra, en su cama, asistido por su mujer.

—Zamia, ¿te acuerdas de mí?

—Es difícil olvidar a una amante de mi marido, Pina Brull.

—No fue para tanto, sólo un fuiquiti rápido.

—¿Te parece que no? Mira, hagamos memoria, es un ejercicio que aprecio: abrí la puerta de mi casa, y los encontré, a ti y a él, desnudos en la cama, en mi cama, porque la compré yo, en la tienda Fin de Siglo, y no tienes idea de las colas que tuve que meterme, noches de noches, dormir parada para poder dormir acostada.

—Te pedí perdón por ello, hace tiempo.

—No, no me pediste perdón, ni él tampoco, lo dejaron todo así, al olvido. Pero lo peor no fue verlos ahí, en medio del engaño. Hicieron algo peor, me hicieron señas para que yo me incorporara. Y fíjate, olvidaron algo muy importante, el día que decida acostarme con una mujer la escogeré yo, no la elegirá nadie por mí, no me la impondrá él y mucho menos tú.

—No deseo que seamos enemigas.

—No tengo enemigos, ha pasado mucho tiempo. Pero no me vengas con adulonerías, y con carita de gatita de María Ramos.

Ésa fue la primera conversación que sosteníamos en tres años. Al terminar la actividad Pina Brull me invitó a ver la librería y después a tomarme un café con leche en la plaza Vieja. Después me acompañó a la parada de la guagua, la de la ruta 1. Pina vivía lejos de La Habana Vieja, por uno de esos repartos abarrotados de árboles divinos, los árboles que conforman el misterio de un país.

—¿Estás escribiendo?

—Bueno, nada del otro mundo, poesía erótica. —Me cuidé de no dar mucha información.

—¿Poesía erótica? —La Brull sonrió y no pudo esconder su envidia aunque expresó lo contrario—. ¡Qué valiente! ¡Mándamelos! Los poemas, mándamelos. Intentaré publicarlos en la revista *Revolución y Cultura*, además de que preparo una antología de la poesía erótica para publicarla en el extranjero, en Visor, una editorial española.

—No tengo copia… ¿Y tú qué estás escribiendo?

—Sigo escribiendo novelas de ciencia-ficción. Y me acaban de dar una emisión televisiva. Presentaré una película de ciencia-ficción cada semana.

—Me alegra mucho.

—No te alegras nada. Sé que no te gusta ese tipo de literatura, ni de cine.

—En efecto, no me gusta, pero como a la que le tiene que gustar es a ti, pues me alegra por ti.

—Bueno, sabes, el tema se presta para hablar de lo que una quisiera hablar, pero no puede.

—Claro, pero dejemos ese tema a un lado. Yo empecé a escribir una novela —me di cuenta por el brillo diferente en los ojos de Pina Brull de que había metido la pata—, pero la rompí, o sea, rompí algunas páginas.

—¿Me darás a leer lo que conservaste?

—Bueno. —Desde luego que no le daría a leer ni una frase.

—¿Te gusta París? ¿Tienes amigos nuevos?

—La gente de la embajada, son los únicos con los que me relaciono —mentí—. Y sí, me gusta París, aunque ya sabes, es una ciudad muy, muy… capitalista. Pero la gente sufrió mucho durante la guerra.

Lo dije consciente para que la otra no se hiciera ninguna idea retorcida.

—Oye, conmigo te puedes confiar.

—Desde luego, después de haber compartido cama con Pablo, ¿con quién mejor que contigo para confiarme? —ironicé.

El ómnibus dobló por la esquina hacia la parada.

—Ahí viene mi guagua, acuérdate de mandarme los poemas eróticos, aunque sea, hazme llegar los originales, les hago copia y te los devolveré… Mañana te iré a buscar a casa de tu madre, para ir a algún sitio… ¿No has vuelto al cuarto de Mercaderes donde vivías con Pablo?

—No, ahí se queda mi suegra. Iré a visitarla ahora; bueno, chao, nos veremos.

Pina Brull me besó y subió de un salto a la guagua. Detrás de ella, pisándole los talones, saltó una especie de rana llamada Wanda. De lo que sucedió dentro en el autobús también me enteraría años más tarde por ella misma.

—¡Uf! Por fin te alcanzo.

—¿Qué hubo, Wanda? ¿Qué haces aquí? ¿Vas al Vedado a casa de tu novio?

—No, trataba de alcanzarlas a ustedes, pero estaban tan entretenidas que no quise interrumpir.

—Nada del otro mundo. Es una vieja conocida.

—Sí, lo sé. ¿Y tú qué? ¿Sigues con las clases particulares de inglés?

—No, ahora asisto a la Lincoln, o sea que ya son oficiales.

—¿Qué tal por tu casa?

—Bien, todos los míos bien.

—¿Tu hermana sigue con la cantaleta de irse del país?

—Por favor, Wanda, mi hermana nunca ha querido irse del país, está becada, en los Camilitos, es Camilita.

—Los Camilitos son los peores. Se aburren de la marchadera militar el día entero y terminan en el guasabeo del gusaneo.

—Wanda, no es el caso. —Pina la paró en seco.

—Conozco a la suegra de Zamia. Es vecina mía, de mi madre.

—Una pobre costurera, sorda, para colmo.

—Su hijo le dejó algunos manuscritos bien guardados. Y creo que también guarda lo que escribe Zamia. Que sólo escribirá mierdas, pero lo interesante es que la señora le guarda el secreto a su nuera, porque su hijo no quiere que su esposa se dedique a la novela.

—Boberías, estupideces.

—Sí, pero con esas estupideces puedo construir un caso, volverme imprescindible, y me darán un programa de televisión como a ti.

—¿De qué carajo estás hablando?

El ómnibus se repletó de gente. Ellas empezaron a cuchichear.

—Sé que eres informante de la Seguridad del Estado.

—¿Estás loca?

—Lo sé, yo también lo soy. Tengo que informar sobre ti y supongo que tú sobre mí.

Pina Brull le flechó con la más dudosa de las miradas.

—Ayúdame a construir un caso, necesito convertirme en imprescindible.

—Conmigo no, desde luego que no. Mira, ya que insistes… Te pasaré información sobre Zamia, mañana la veré. Y de un amante que tengo, escritor de novelas policíacas, y de un profesor de literatura, en Filología, con eso podrás inventar de tu propia cosecha.

—Gracias, Pina, eres la mejor amiga que tengo.

—De nada. Wanda eres una furrumalla de las peores.

—Soy sólo una pobre tipa con ambiciones, como tú, igual a las demás.

El empedrado de la plaza de la Catedral brillaba húmedo, había llovido, y el perfume que emanaba de la vegetación sembrada en las esquinas era delicioso. «El galán de noche no huele en ninguna otra parte como huele en Cuba», pensé.

Llegué a la entrada del edificio de Mercaderes número 2, en el Solar de los Intelectuales, donde había vivido durante cuatro años. La gente le había bautizado así porque ahí malvivían personalidades de las letras, del teatro, de la pintura, compositores de música popular e intérpretes. Ahí también, junto al seminario de San Carlos y San Ambrosio, José Martí y Juan Gualberto Gómez se habían reunido para preparar la guerra del 1895. Aún conservaba la antigua llave; la introduje en la cerradura y abrí. La peste a suciedad contrarrestó el olor a jazmines y a semillas pisoteadas que venía del parque de Los Enamorados.

En el patio central avizoré el árbol, el tronco grueso, las ramas frondosas, de la majestuosa ceiba. Detrás descubrí a Poncito, el hijo del gran pintor Fidelio Ponce de León, recogía agua en un cubo que sacaba de la cisterna. Poncito andaba medio desnudo; sólo un short cubría su cuerpo, la espalda llena de bolas de grasa. No pude contenerme: corrí hacia él y lo abracé. Se quedó azorado, no entendía qué hacía yo en La Habana.

Le expliqué en pocas palabras. Jorge, la pareja de Poncito, artesano y pintor como él, extremadamente delgado, apareció detrás de la reja de madera que hacía de puerta, la entreabrió, chirrido de la madera, vino hacia mí; gesticulaba afectuosamente, y me abrazó con un abrazo de hermano.

Eran muy buenos amigos y cuidaban de mi gata Sibila; pero sobre todo, se ocupaban mucho de la anciana madre de Pablo.

El otro vecino de los bajos, El Argelino, también se aproximó para saludarme, con esa mirada libidinosa. Los integrantes del trío musical de La Bodeguita del Medio llegaban a acostarse, a esa hora, casi las dos de la tarde, y se pusieron muy contentos de volver a verme.

Subí al primer piso, besé y entregué modestos regalos a cada uno de los vecinos: Idalberto Delgado, el actor; Manuel López Oliva, el crítico de arte, e Ileana, su esposa pianista; Vázquez; Gámez, ingeniero y arquitecto; Juan Moreira y Alicia Leal, pintores; Cirenaica, hija de Moreira, a la que yo había enseñado a patinar de niña; Carlos Boix, pintor él también, y Eva, su esposa sueca. También al Cafotano, el único que no era artista sino simplemente delincuente, que encerraba en un cuarto diminuto alrededor de treinta y seis gatos y cinco perros, y a su esposa Mónica, que era empleada del Museo de Bellas Artes.

Escuché el teclear de la máquina de Onelio Jorge Cardoso, el célebre cuentista, y no quise interrumpirlo; tampoco quise despertar de su siesta al abogado negro y centenario —ciento veintiséis años contaba—, que había conocido a Martí.

Toqué en la pequeña puerta numerada con el 172. Reina, la madre de Pablo, surgió de detrás de la puertecilla, falda negra ajustada, blusa blanca de encajes, con pechera y camafeo, cigarrillo entre los labios.

Yo le había cogido un gran cariño a mi suegra; era una mujer muy especial, que no aceptaba a todo el mundo y a mí me había aceptado. Era sencilla, y sin embargo toda una artista en el arte de la costura. Imitaba a las actrices americanas de los años cuarenta y cincuenta en el vestir y se moría por leer revistas extranjeras de moda. Desplegué un fajo de este tipo de publicaciones y la mujer palmoteó sumamente contenta. Era gallega y llegó a Cuba de adolescente. El barco que la trajo enfiló hacia las costas habaneras en pleno ciclón del año 26 y ella recordaba orgullosa que había desembarcado en La Habana con las olas tan altas que tapaban el Capitolio. Así gustaba de narrar la odisea, y añadía que tanto se había desbordado el mar que la gente nadaba a ras del diamante de la cúpula del Capitolio, y las ráfagas de viento soplaban y partían edificios por la mitad y transitaban a la velocidad de la luz, solía contar ella, la exagerada mujer, hija y nieta de *meigas* gallegas.

—Pasa, Zamia, ésta es tu casa.

Observé los libros que yo tanto amaba, los estantes, mi antigua cama, la cocinita, el viejo bargueño que guardaba la correspondencia de ambos, de mi esposo y la mía; él me había permitido guardar mis cartas en un pequeño espacio. La gata Sibila saltó a mis piernas en cuanto me senté, olisqueándome, reconociéndome, acariciándome con sus belfos con tufo de macarela.

Mientras, Reina se doblaba encima de la cocina situada en una mesa baja, y se ponía a colar café.

Abrí el escaparate con dos lunas en el frente; dentro olía a madera recién pulida y a alcanfor. Conté mis pocos vestidos y volví a cerrar.

—Pablo me ha prevenido de que no te dé nada, ni siquiera tus libros, ni la gata —soltó la mujer todavía con el cabo del cigarro entre los labios, regando cenizas por doquier. Cambió su tono hosco inicial por uno suave y entrañable—. No entiendo por qué Pablo me pone en este dilema. Él sabe que te quiero mucho.

—No se preocupe, Reina, no vengo a llevarme nada, ni siquiera lo que me pertenece. Yo tampoco entiendo por qué Pablo se pone tan a la defensiva, no ha pasado nada entre nosotros; sólo vine a verme con el médico. Por su parte, él me ha pedido, sin embargo, que le diga a usted que no le entregue ningún manuscrito a nadie que venga de la UNEAC, ni del ICAIC, absolutamente a nadie, ¿comprende?

La señora asintió, con los brazos en jarra.

—Ni aunque me torturen entregaría ni un alfiler.

Sonreí ante el dramatismo de mi suegra.

—A mí me gustaría que me guardara una copia de lo que estoy escribiendo, una novela, pero tampoco quisiera que nadie se enterara, ni siquiera Pablo, aunque él ya lo sospecha, pero ya sabe usted que es un poco celoso, y se cela de lo que yo hago.

—Mi hijo es mi hijo y todo, pero sé cuán difícil es.

—En casa de mi madre, ya sabe, han robado dos veces. Y aquí, este edificio es una de las niñas de los ojos del historiador, aquí no robarán. Y usted, no sólo es de mi entera confianza. Además sé que no entregará nada a nadie, primero lo quema. No es nada contrarrevolucionario, ni que pueda perjudicarla…

—Eso no me importa. Sea lo que sea, sabes que soy una tumba. Pero habla más despacio, me cuesta trabajo leerte los labios, vas muy rápido. Y no me grites, sabes que soy una sorda muy especial, que odia que le griten.

Saboreé y bebí el café.

Invité luego a almorzar a la mujer en lo que quedaba de la antigua cafetería del Tencent de la calle Obispo: bocadito de pollo, refresco de cola, un dulce de merengue insípido. Mi suegra comió con apetito, agradecida de la invitación. Antes de separarnos le coloqué un sobre en la mano, con dinero.

—Reina, se lo manda su hijo —mentí—, no me dio tiempo a cambiarlo, son francos. Pero Bianquina, la hermana de Pablo, podrá hacerlo, ella conoce los puntos en el mercado negro donde se puede cambiar la divisa.

La señora guardó veloz el sobre en el bolsillo de su falda de terciopelo negro (en pleno calor se vestía con terciopelo, porque afirmaba que era elegante), efusiva me dio las gracias, me besó en la mejilla y me la palmeó después.

—Ven mañana a casa, te haré unas croquetas de bacalao.

Reina subió por la calle Obispo y yo descendí por la misma calle hacia la de los Oficios.

De ahí me dirigí a la calle Muralla, donde había nacido y vivido gran parte de mi infancia. Solamente deseaba respirar el olor a anís de la calle de los polacos, que es como llamaban a los judíos.

Pasé de largo por la parte restaurada de la vieja ciudad, y llegué a la parte abandonada: solares yermos, calles sucias, apestosas, con charcos de nata verdosa, comercios cerrados, edificios en ruinas, apuntalados, balcones derrumbados, gente pobre, mal vestida, niños hambrientos que me persiguieron y que no me dejaron tranquila hasta que no les di unos centavos. Detestaba comportarme como una turista en mi propio país. Los niños fueron bastante crueles cuando advirtieron que yo no era extranjera, sino cubana, como ellos.

—¡Ah, pero si es cubana, plasta e'mierda! —alarmó el mayor. Y los demás se piraron, vociferaron insultos en mi contra. Corrí en dirección del Parque Habana, el parque de mi infancia.

Arribé a la esquina de Muralla y San Ignacio, me detuve unos minutos donde antes quedaba la antigua ferretería La Mina.

Cerré los ojos, permití que mi mente se remontara veinte años atrás, y me vi de la mano de mi abuela, de regreso de la escuela primaria República Democrática de Vietnam; mi abuela me llevaba a casa de María de las Mercedes Larrinaga, santera como ella.

María de las Mercedes se hallaba sentada en la saleta de la casa, meciéndose en una comadrita, echándose fresco con un abanico de cartón en la mano. En el cartón, bastante deteriorado, se podía aún apreciar una foto del bolerista chileno Lucho Gatica. María de las Mercedes era una señora muy mayor, mulata, de párpados caídos y pupilas casi blancas de tan grises, con ese color lejía que toman los ojos de los ancianos, como llenos de un líquido viscoso.

—¿Estás llorando, María de las Mercedes? —preguntó la niña que fui yo.

—No, m'ija, es que ya estoy muy vieja, y los ojos me lagrimean. —María de las Mercedes se carcajeó con una risa como un quejido.

—Madrina —pidió su abuela a la iyaloche—, vengo a que me tires los caracoles. Quiero registrarme, para ver con la madre de esta niña cómo irán las cosas. No quisiera irme de este mundo sin dejar todo amarrado.

—Ah, chica, Miss Bárbara Butler, no te irás todavía, pero es bueno que prepares el futuro de los demás. Mañana mismo le rapas el cráneo a tu nieta, y le rompes la cabeza del gallo encima; cuando le retuerzas el pescuezo al animalito, cuida bien que el primer buche de sangre caiga encima de la cocorotina de la niña. —Me miró con lástima—. Mamita, no te asustes, no será nada, y todo es por tu bien.

En el barrio todo el mundo me llamaba «mamita», porque mi abuela me voceaba de esa manera, cuando yo me fugaba a mataperrear por el barrio con los varones. Escondida en los derrumbes jugábamos a las postalitas, con las caras de las cajas de fósforos, y formábamos pandillas con nombres jacarandosos, La Ricotota, La Chivichana.

Mi abuela había mandado a un carpintero más viejo que Matusalén, hacer con las ruedas forradas en mármol de los patines soviéticos, una chivichana. Y yo me lanzaba a toda velocidad desde la Loma del Ángel hasta La Motorizada, sin mirar en las esquinas si venían automóviles; tampoco había semáforos, lo que era una verdadera audacia, una suerte de ruleta rusa.

A la ruleta rusa jugaba también, con mi amigo Arnaldo, hijo de un teniente coronel. El chiquillo le robaba la pistola al padre, y en medio de un solar con ruinas nos poníamos a darle vueltas al cargador de balas, nos apuntábamos a la sien, y ¡pum! Jamás sucedió una desgracia, de milagro, pues pude haber estado mil veces muerta.

Parpadeé, volví al presente, subí por la calle San Ignacio hacia la calle Damas. Me senté en el polvoriento quicio del apartamentito de la madrina María de las Mercedes Larrinaga.

Un viento subió de envuelta de la Aduana y levantó toda la basura de la calle. Los portazos me asustaron. Detrás de mí se entreabrió la puerta donde vivía la santera. La iyaloche había muerto hacía años, antes que mi abuela. Un rostro negro, los ojos inyectados en sangre, y con una carnosidad amarilla en las pupilas, se asomó y me habló.

—Mamita, ¿eres tú?

Estremecida de miedo, respondí que sí, que claro que era yo.

—Entra, mi niña. Hoy le daré un tambor a Changó. Hoy es tres de diciembre, víspera de Santa Bárbara, y tu abuela era hija de santa Bárbara.

—Sí, no lo he olvidado. —Sin embargo, ni siquiera recordaba a qué fecha estamos.

Intenté reconocer en los rasgos del rostro a una antigua amistad de la familia, pero fue inútil. La cara era muy prieta y arrugada, la boca desdentada. La mujer se hizo a un lado para hacerme pasar a la saleta, aún más pobre, con la comadrita desvencijada. Me condujo hasta el patiecito, y extendió un taburete para que me acomodara.

—Soy la nieta de María de las Mercedes, Domitila Milagro,

pero no me reconoces porque soy bastante mayor que tú, he envejecido muy rápido. Mal de amores, mal de vientre. Di a luz a muchos niños, desde muy joven, veintisiete criaturas, y sólo tengo cuarenta y cinco años. Bueno, las criaturas son hombres y mujeres casi. El tiempo pasa muy rápido cuando uno desearía que fuera lento, y a la inversa. ¿Qué haces por acá? ¿No te habías mudado?

—Vivo momentáneamente en el extranjero, en París, pero mi madre sigue viviendo en la calle Empedrado.

—Lo sé, hija, y aunque no soy como mi abuela, tengo el don de la biunidad espiritual, sin médium, trabajo el espiritismo. Veo lo que nadie ve. Tu abuela también te dejó un don que tú no has desarrollado porque no te ha dado la gana.

—Tengo miedo de meterme en esas cosas.

—Ya estás metida, desde que naciste, y nada puedes hacer en contra de eso. Y cuando veas algo, no tengas miedo.

—Me gustaría ver a mi abuela, a ella no le tendría miedo.

—La verás, algún día estarás tan cerca de ella y ella de ti, que te dará la mano y durará lo que tú quieras que dure. Ven, saluda a Changó.

Me atrajo de la mano hacia el altar con el manto rojo y la virgen de la espada.

—Bésala, Zamia. —Fue la única vez que dijo mi nombre.

Besé el manto y me tiré en el suelo acostada sobre el vientre.

—Debes cuidarte, Mamita, la gente te envidia. Pero lo que quiero decirte, mejor dicho, de lo que desea avisarte tu abuela es de que no harás hueso viejo con ese hombre, ya has encontrado a tu salvador, pero a tu salvador no podrás tú salvarlo… Una lástima. Sufrirás mucho, se te opacará la mente, pero un día recuperarás la memoria, y verás muy claro. Hay una enorme cantidad de papeles y una mujer que escribe y que pinta, pudieran ser dos, o una que hace todo a la vez. Esa mujer tú la verás, y ella te verá, pero ambas estarán en dimensiones diferentes. Es alguien que está muy cerca de las estrellas, de la luna. Y la palabra que prefiere es Astro. ¿Te quedarás para el bembé a Changó?

—Claro, Domitila Milagro, me siento muy a gusto contigo.

—Vendrán unos familiares, unos amigos, poca gente pero buena. No pude invitar a más porque carezco de qué brindar, el horno no está para galleticas. Pero conseguí lo que el santo me pidió, que es lo esencial.

—Toma, Domitila Milagro, un dinerito.

—No, niña, no hace falta, guárdalo p'a tus cosas. Ah, ahora que hablo de tus cosas, de esas que sólo palpa el espíritu. En ese insondable hay un hombre que te mira el cuerpo con insistencia, te veo desnuda, en un río; y otro hombre que está muy enamorado de ti, ya te dije que no es tu marido, tú sabes quién es, no te me hagas la boba. Pero con él... en fin, es difícil decir estas cosas: tendrás un percance, grave. No sé si tiene que ver con el mismo hombre que es tu salvador o si ese percance se refiere a tu enfermedad de la mente. Dale unos violines a Oshún, se los debes...

—¿Me volveré loca?

—No, Mamita, pero no andarás lejos.

Domitila Milagro sacó un tabaco, le quitó la punta de una mordida, escupió en el caño del patio, y encendió con un fósforo la punta del tabaco. Chupó con suavidad, saboreando cada jalón de la chupada. Me brindó un trago de ron, no desdeñé la invitación, le pedí una cachada del tabaco, y la mulata me regaló uno entero.

—Echa el humo p'al altar, y p'al Elegguá —advirtió.

Los invitados fueron llegando. Ya yo había cogido una borrachera sabrosa, con el humo del tabaco y los tragos de ron. Los músicos se colocaron a un lado del altar, la gente llegaba y saludaba; acostados en el piso, ponían la frente en la estera. Los tambores comenzaron a repiquetear, y las iyalochas y los ba-

balaos a bailar, a caer en trance, retorcidos y hablando en lengua, montados por el padre Changó.

Changó Obakoso kisieko akamasi kawo kabie si Changó.
Moyuba olueko asasain cherere adaché kokomi jikoji omolá duferine.
Chere binu Oleoso bówo Ayala koso, Ayuba...

—Tienes que rogarte la cabeza.

—¿Cómo?

—Así como te lo digo, ahora mij'mitico. Tu asiento es algo muy sagrado. Vamos a buscar el coco...

Nos dirigimos al traspatio, Domitila Milagro sacó un coco de un saco mugriento, agregó cascarilla de huevo, manteca de cacao. Una muchacha que ella llamó por el nombre de Eledá le trajo dos platos nuevos, un par de velas, un burujón de algodón, un pañuelo blanco grande.

—Vamos a ofrecerle a Elegguá, pescado y jutía, y a Obbatalá, dos babosas.

Tuve que ponerme de frente, las palmas de las manos en las rodillas, descalza.

—Pide permiso conmigo a los Orishas, repite después que yo: *Oba Baba iba Yeye iba Echu Alazana iba ile apoko ye iba ota meta bidi gaga kinkamaché ababalocha ori kinkamaché ababó Ocha abalaba kinkamaché komaleda abaniche ebe mi omo anakuni maná abani yo kachocho emi kachocho.*

Mientras rezaba en yoruba las oraciones, presentaba los platos en mi frente, en los hombros, a ambos lados del pecho, en las palmas de las manos, en las rodillas, en mis pies. Mascó manteca de cacao e hizo un mejunje ensalivado y me lo untó en la cabeza, con maíz, cola de pescado, pimienta, también mascados, e hizo un masacote mientras cantaba:

Yeye moré moré salusago mo ré moré ságo. Obia odi oyiyi ri ri sago Biocadia oyiyí.

Me lavó la cabeza con agua de coco, y sacrificó dos palomas blancas, derramó la sangre en mi cabeza; mientras las gotas caían en el cráneo, ella cantaba:

Ogún soro soro ayé ba ekaro...

Me dio la masa del coco para que la masticara, y me coronó la cabeza con plumas de palomas. Regó por toda la casa el agua del coco y la sangre sobrante de las palomas. Después me forró la cabeza con algodón y me la envolvió en un pañuelo blanco.

—Durante tres días no te puede dar sol en la cabeza. Te cocinaré las palomas. Eledá, tráeme una cazuela nueva, sólo Zamia podrá comerlas, y tiene que ser en cazuela nueva. Durante tres días no podrás salir a la calle, no hablarás con nadie, no podrás alterarte y te mantendrás acostada en la estera sin moverte. Tienes que traerme también, Eledá, una estera y una sábana blanca, que sea sin estrenar. El pañuelo que te pido para enrollárselo encima del otro tiene que tener cinta y entredós, tengo varios nuevos en la gaveta de mi coqueta. Alcánzame además un jabón de Castilla, un peine y una palangana, blancos y nuevos. No podrás coger tampoco la frialdad del sereno. Te quedarás sola en la casa. Mañana te lo quito y te lavo la cabeza con agua de coco, y te restriego con jabón y con el peine. Deberás quedarte tres noches sola aquí; yo preguntaré al santo dónde deberé enterrar el pañuelo después, pero eso déjamelo a mí.

Obedecí y me quedé acostada en la estera, en posición fetal.

Al día siguiente Domitila Milagro me quitó los pañuelos y me lavó la cabeza. Pero tuve que quedarme todavía tres días con tres noches sin salir, inmóvil en el suelo. La iyalocha enterró el pañuelo al pie de una palma esbeltísima en pleno crepúsculo.

Al cuarto día Domitila Milagro me liberó. Yo debía ir al médico, para eso estaba allí.

El hombre me palpó el cuello con los dedos y no encontró ningún abultamiento anormal; me hizo placas, análisis. Por tratarse de una esposa de diplomático recomendada por el Ministerio de Relaciones Exteriores, me entregaron los resultados el mismo día por la tarde. No tenía nada, los nódulos habían desaparecido, ninguna irregularidad en la tiroides, tampoco en los análisis sanguíneos, ni en los de heces, ni en los de orina.

Recogí el *dossier* médico y regresé a casa de mi madre mucho más calmada. Mamá había sido avisada por Domitila Milagro, quien había llamado al teléfono de Cora, de que me ausentaría todos esos días.

Esa misma tarde me reuní con Pina Brull, que no paró de darme la lata para que le diera mis poemas; nos despedimos a la altura de la Casa del Árabe.

Di una vuelta con Eusebio Leal, el historiador, a quien me encontré a pocos pasos de ahí; merendamos en la Casa del Té.

Después acudí de nuevo a Mercaderes número 2, subí a toda carrera los peldaños de la escalera, atravesé el pasillo con losetas blancas y negras. Saludé al pintor Carlos Boix, le prometí a Eva, la esposa sueca del pintor, que en sus próximas vacaciones iríamos a la playa a ponernos negras, que era lo que más le gustaba a las suecas, ponerse negras y meterse negros cubanos.

Toqué en la puertecita, abrió la madre de Pablo con la gata Sibila entre sus brazos, entré, bebimos un café en silencio.

—Tome, Reina, éstos son los pliegos de los que le hablé. Son unos capítulos de novela sobre una pintora catalana, ya sabe, a nadie; no se los dé a nadie.

—Pierde cuidado, hija mía, pierde cuidado.

Querida Zenia (discúlpame por usar todavía el seudónimo):

Te extraño no puedes imaginar de qué callada manera, como dice la canción: «De qué callada manera se me adentra usted sonriendo, como si fuera la primavera, yo muriendo»... Hace sólo tres días que te fuiste y me vuelvo loco sin verte. Creo que encontré el verdadero sentido de vivir en París, teniéndote a ti a mi lado, descubriendo la ciudad contigo.

Aprovecho que el *clavista* de la embajada viaja a La Habana con su esposa para enviarte esta carta. Chopin, como le llamamos al *clavista*, por aquello de que se la pasa frente al teclado, y su esposa, quien si bien recuerdas, fue maestra tuya en el Pedagógico, son gente buena, sumamente discretos, por algo trabajan donde trabajan.

Ellos no volverán, su misión terminó, así que la respuesta a mi correspondencia la tendré cuando tú vuelvas, cuando te tenga aquí conmigo, al menos parcialmente. Ya sabes cuánto me agradaría que viviéramos juntos.

Por acá no ha pasado nada nuevo; no he sabido de tu marido, tú sabes que él se encierra, se pierde, y que no estoy para aguantarle sus torpezas, mejor dicho, malacrianzas, de Gran Intelectual Incomprendido.

Espero que te guste esta postal que escogí, con *El Pensador* de Rodin, así estoy cada segundo de mi vida, así me tienes, no dejo de pensar en ti.

Te ama, tu

ÁLVARO

Empecé a contestar la postal, sentada en el parque Central, donde me había citado con Pina Brull para entregarle mis poemas eróticos, en original, ya que no había conseguido papel de cebolla para sacar copia, y en aquel entonces no existían las fotocopiadoras. Pina llegó en una atestada guagua, se bajó apresurada, sudorosa, el aliento entrecortado:

—¿Trajiste eso? —Extendió la mano en forma vulgar, claqueó los dedos, apurada.

Le extendí los poemas, mi única obra terminada hasta el momento.

—Pina, espero que me los cuides, es lo único que hice hasta ahora, lo único que poseo. Cuando los copies se los devuelves a mi madre, te puse la dirección en el interior, o si te queda más cerca, se los das a la madre de Pablo, ella está al corriente. Ya sabes dónde vive, en el cuarto de la calle Mercaderes, que ya conoces...

Me quitó los poemas de la mano de forma brusca, se sentó a mi lado, no pudo evitar leerlos por arribita.

—Son muy buenos, los publicaré en la antología. Ya verás, no te arrepentirás de habérmelos dado. Bueno, tengo que irme.

—Te invito al Club Latinoamericano a tomar un té.

—Al Havana Club querrás decir.

—Eso, eso... Siempre olvido que le cambiaron el nombre. Si no te gusta el té, igual te embullas con un daiquiri, si es que el bar está abierto.

—No puedo, te lo agradezco, pero no...

Me dio un beso y se alejó brincando, igual a una mula cerrera, con el rabo de mula dando coletazos de un lado a otro.

Parecía una muñeca de cuerda. Ésa fue la impresión que tuve. Nunca más vi a Pina Brull, hasta muchos años después en el exilio. No, perdón, mi memoria me traiciona, la vi antes; eso lo contaré, claro, un día lo contaré. Pero sí creo que ahí sospeché que Pina Brull me traicionaría, que Pina Brull me robaría los poemas, y que desde esa tarde no pararía de seguirme por todas partes, y se convertiría en mi sombra, en una especie de policía secreta que no me dejaría en paz nunca. Todavía sostenía la postal de Álvaro en la mano, el hecho de volver a leer su caligrafía me entretuvo y, más que olvidarla, confié en Pina Brull.

Regresé a París un domingo por la noche. Pablo ni siquiera me esperaba, no estaba en la casa. Salí a la calle y desde una cabina telefoneé a Álvaro.

—Ya estoy aquí. Te amo.

—Nos vemos mañana, en la oficina. Yo también te amo. Ardo en deseos de abrazarte, de besarte todo el cuerpo. Pero, dime, ¿cómo te encontró el médico? ¿Todo bien?

—Desde el punto de vista médico sí. No me encontraron nada, menos mal. Ahora lo que sucede es que Pablo no está en casa. ¿Sabía que yo vendría hoy? Le avisé a través de un cable que supuestamente le mandaría el MINREX, no estoy segura de que lo hayan enviado.

—El cable llegó y él lo recibió, yo mismo se lo entregué. ¿Dónde se halla en estos momentos? Lo ignoro. Lo más importante es que tú te encuentras bien.

Ése fue el principio del fin con Pablo. Duramos un año justo, ni un minuto más. Al año, después de una dura pelea, otra más, decidí dejarlo. Pero antes, antes pasó algo que me rompió el alma, y que me hizo desconfiar de las mujeres como Pina Brull para siempre. En la oficina recibíamos las revistas que se editaban en Cuba, bien pocas, ya empezaban a escasear las publicaciones. Una mañana recibí un paquete de revistas *Revolución y Cultura*. Yo era la encargada de meterlas en sobres y reenviarlas a los suscriptores de la UNESCO que se mostraban fieles a publicaciones. Invariablemente las leía, y me quedaba con la que correspondía al embajador, quien jamás se interesaba por ese tipo de prensa. Hojeé la revista hasta la página dedicada a la poesía, «Poemas eróticos de Pina Brull». Los leí hasta el final. Eran mis poemas, sin cambiarles una coma, firmados por ella; incluso había conservado la dedicatoria a un cantautor cubano muy amigo mío y la referencia al *Adagio* de Albinoni, que por aquella época era mi himno. Así que Pina se aprovechaba de mí, me plagiaba, y yo tenía que callarme porque no poseía las pruebas: los originales los conservaba ella, yo misma se los había entregado, con la fe ciega en que me los devolvería. Sentí un vacío muy grande, se me cayó la vida al piso, se me rompió en pedacitos la ilusión, me puse a llorar en silencio.

—¿Qué te sucede? —Álvaro entró en mi oficina con el pretexto de colarse un café en la cafetera instalada junto a mi buró.

—Nada, mira esto.

Leyó cuidadoso.

—Ah, ya. Son tus poemas, publicados bajo su firma. Nunca me gustó esa mujer, la detesto. Es una oportunista. Se ha acostado con media Habana, sólo para escalar. Una trepadora es lo que es.

—No lo comentes con nadie.

—¿Con quién lo haría? Pero además, mira, no te ahogues en un vaso de agua; escribe otros, mejores que ésos. Olvida el asunto.

Olvidé el asunto. El año transcurrió veloz. Mi vida tomó, a partir de ese suceso, un ritmo demasiado raudo y apabullante, que a mí misma me costaba soportar. Mi manera de ser no compartía esa motivación tan ardua, tan constante, tan aparentemente efímera. Escribía a diario, donde fuera, en los cafés, siempre escondida, pero no le daba la menor importancia a lo que escribía. Veía a Álvaro más que a Pablo, a Pablo sólo me lo cruzaba en la cama, a la hora de dormir, y sólo para dormir. Hacía horarios extras en la oficina y en la casa del embajador, asistía a la Alianza Francesa en el boulevard Raspail para perfeccionar el idioma. No paraba, no me agotaba, y no me gustaba nada de lo que hacía, salvo ver a Álvaro e ir a los museos. Participé en una gira por varias universidades francesas, leí mis poemas a estudiantes, acompañada de uno de los mejores poetas de mi generación; eso me ayudó bastante a sobreponerme del fracaso con Pablo. Vivía a mil por hora. Esa rapidez me atormentaba, pero lo que más me horrorizaba era afrontar al enemigo en mi propia casa y corroborar, además, que empezaba a tener otros enemigos, y que la única razón evidente era que yo había decidido ponerme a escribir en serio. Y que esa traidora oculta, astuta, que no cejaba en su empeño por destruirme, se multiplicaría en otros. Empecé a ponerme paranoica. Entonces me refugié en la lectura y acabé con la paranoia.

Sin embargo, al cabo del año, decidí dar un paso decisivo en mi vida; pasé de ser la más infeliz de las esposas, a ser la más feliz. Me divorcié de Pablo y me casé con Álvaro, pero el intermedio no ocurrió con tanta facilidad como lo cuento.

Primero tuve que fugarme de mi marido, y para conseguirlo, una mañana, harta de mi existencia, tomé el metro, me paré delante de la responsable de los pasaportes cubanos, a la que le habían dado la tarea de guardar en una caja fuerte los documentos para que nadie pudiera irse a ninguna parte como no fuera a Cuba, y eso con autorización previa, y le rogué que me entregara el mío. Todavía no sé cómo lo hizo, debió de ser que me vio tan desesperada que le entró miedo a que la abofeteara o estrangulara. La pobre empleada de la oficina de Cubana de Aviación era chilena y se acababa de estrenar en el puesto, no entendió muy bien cuando le dije que deseaba regresar a mi país, costara lo que costase. Me enfrenté a ella con lágrimas en los ojos, seguro que tenía tremenda cara de loca. Me percaté de la mala impresión que daba por los ojos que ella ponía, desmesurados, sus pupilas saltaban nerviosas en el interior de la órbita ocular.

—Como sabes necesito la autorización del embajador, no estoy autorizada a entregar el pasaporte al portador, me puedo meter en problemas...

—Mira, no te lo repetiré más, tú tienes ese impedimento, pero yo necesito realmente que me des mi pasaporte. Debo regresar a La Habana, es cosa de vida o muerte...

—Figúrate, m'hijita, sin la firma que autoriza...

—No tengo la firma del embajador, lo sabes, pero tienes que entregarme el pasaporte porque me marcho mañana mismo... —Cogí el auricular del teléfono y me arriesgué—. Puedo llamar al embajador si así lo deseas.

—No, no, déjalo, te creo. ¿Y cómo hacemos para el billete?

—Lo validarás tú también. Fíjate, mi corazón, es que no tengo tiempo, se trata de una urgencia, hazme caso, por tu madrecita.

Me hizo caso y perdió el trabajo. De eso me enteré durante mi estancia en La Habana.

A la mañana siguiente de dormir en la isla, cosa que me perturbó bastante (resultaba increíble cómo me había acostumbrado a dormir en un continente), me presenté en un bufete colectivo y presenté el divorcio por incompatibilidad de caracteres.

Una semana más tarde, Pablo viajó a La Habana. Sólo existía en la época un vuelo semanal, ni siquiera intentó verme. En el avión conoció a una mujer francesa y —según Álvaro, que viajó en el mismo avión— no paró de enamorarla, y ella de corresponderle durante toda la travesía. Besos van y besos vienen: necesitaba demostrarle al mundo que yo ya no contaba para él, que ya me había tachado de su vida sentimental.

Esa misma noche, no más llegar al cuarto de la calle Mercaderes, sacó a su madre de allí y se instaló. Desde luego, invitó a una vecina a pasar la noche con él, una joven a la que acababa de conocer y que según él era actriz, mimo. Pablo todavía se veía muy requetebién y siempre fue de los hombres que no sabían dormir solos. No pude recuperar ni una sola de mis pertenencias, me prohibió entrar en el cuarto; ni siquiera me devolvió mi gata Sibila. Finalmente regaló el animal a su madre, con la condición de que jamás me la devolviera, y así se cumplió su orden.

Un mes después ya estábamos divorciados y él se preparaba para casarse con la desconocida, que supongo ya no lo era tanto. Me refiero a la vecina que era mimo y ocupaba el cuarto que había pertenecido al escritor Onelio Jorge Cardoso.

Para Álvaro y para mí todo sucedió de modo más problemático. A las pocas semanas hicimos pública nuestra relación, asistimos al Festival de Cine, también a la inauguración de la Escuela Internacional de Cine de San Antonio de los Baños y nos mostramos muy acaramelados en cenas a las que nos invitaban amigos o diplomáticos europeos.

La gente preguntaba si lo nuestro iba en serio, a lo que respondíamos sin vacilar que por supuesto que sí. Entonces empezamos a hacer planes de matrimonio.

No bien enterado, el embajador llamó a contar a Álvaro, lo que no había hecho con Pablo. De mí hizo caso omiso; mi opinión no contaba.

—¿Qué historia es esa que vengo oyendo de que te casarás con Zamia? No olvides que es la ex de Pablo, y tu relación con ella sería muy mal vista, ya lo está siendo. —Se empeñó en no ocultar su disgusto.

—Estamos muy enamorados. Zamia y yo somos muy amigos y la amistad nos condujo a entendernos de una manera más íntima. Además, Pablo también se casa, si es que no se ha casado ya, y que yo sepa tú no has armado tanta alharaca.

—¿No será que Zamia se aprovecha de tu ingenuidad? ¿No será que te utiliza para volver a salir del país? Me imagino que querrá regresar a París, y para ella, a partir de ahora, será imposible. Aunque si se casa contigo, eres una posible vía, la menos complicada y la más rápida.

—Por favor, me conoces; no soy para nada ingenuo, me he casado ya tres veces, ésta será la cuarta. Por otra parte, conoces a Zamia, no es capaz de engañarme, no ha preparado nada de antemano. La acusas sin conocer sus sentimientos.

—No me fío de ella ni de nadie. Si no fuera porque yo mismo me interpuse entre la Seguridad del Estado y ella cuando el oficial Paquitín y la oficial Nilda le pidieron que colaborara con ellos, y ella se dio el lujo de rechazarlos argumentando que ése no era su trabajo, diría que es una espía. Me consta que no lo es, más bien es una mentirosa de poca monta, un poco ilusa, por no decir comemierda. Pero eso sí, le cogió el gustito a París, le gusta demasiado esa ciudad… Y ha aprendido demasiado, sabe más de la cuenta.

—¿A quién no le gusta demasiado París? Dime una cosa, ¿no has hecho tú todo lo que está en tu poder para que no te quiten del cargo que ostentas desde hace casi ya diez años? Y otro detalle. ¿No te inquieta la nueva mujer de Pablo, a quien no conoces de nada? ¿No te preocupa el mismo Pablo, su apatía, su comemierdería? Sólo para responderte con las mismas palabras. Pablo se ha pasado cinco años prometiéndonos a todos que escribirá el equivalente cubano de *La montaña mágica*, y no ha escrito ni siquiera *La loma del burro*.

—Pablo es un escritor, no me lo toques. Que ya bastante han fastidiado a los escritores en este país y nunca terminaremos de pagar las consecuencias.

—Ah, claro… Sí, desde luego que sí, conozco tu debilidad por los escritores… Y esa historia de los escritores, ¿qué tenemos que ver nosotros con eso? Entiendo tus puntos de vista, tus cargos de conciencia, tu desparpajo cuando de escritores jóvenes se trata...

—¿A qué te refieres? ¿Qué quieres decir?

—Mejor lo dejamos ahí.

—Mira, Álvaro, lo que será mejor es que sigas como hasta ahora, calladito, tranquilito. Y no olvides que sigo siendo el embajador, y que fue el mismísimo Jefe quien me puso en este puesto, pero que además me lo gané desde mi juventud, porque fui yo el primero en descubrir al Jefe en la universidad...

—Dudó en seguir por ese camino—. A ti nunca te escondí mi homosexualidad, eres de los pocos en saberlo. Pero entre Pablo y yo sólo ha habido y hay una relación excepcional, sabes que aprecio a los escritores, pero con Pablo ha sido algo más profundo...

Cuando mencionaba al Jefe se refería a Fidel Castro.

—No, no aprecias a todos los escritores, no mientas que se te da mal. Por supuesto que puedo entender tu devoción por la literatura, no así tu admiración por el mediocre de Pablo. Pero, señor embajador, no tiene usted que darme cuentas que no le pedí, es su vida privada, y no me inmiscuyo en ella... Yo sólo quiero casarme con la mujer que amo y que me ama, el caso es que se trata de Zamia, qué le vamos a hacer. Deseo retomar mi vida normal y sólo la concibo con ella a mi lado.

—Lo comprendo apenas, con tantas mujeres que has tenido, con tantas que se han puesto para ti, ¿por qué te encaprichas con Zamia? Pero no soy yo quien decide nada en estos casos, Álvaro, lo sabes. Deberá autorizarte el Partido. Es todo.

—Tú podrías presionar un poco, también sé eso.

—Veré qué puedo hacer. Pero ya hice todo lo que podía por Pablo y por su esposa. Como comprenderás no puedo perpetrar en una misma oficina semejante enredo de esposas y amantes.

Se despidieron fríamente. Yo regresé a casa y Álvaro se dirigió de inmediato a la sede de su comité de base; una larga cola de personas esperaba desde temprano. Como había sido el conductor de un célebre programa televisivo, la gente lo reconoció, muchos le preguntaron dónde había estado durante tanto tiempo, le palmearon la espalda en señal de simpatía, y consiguió colarse antes que nadie.

Una vez dentro esperó sentado en un incómodo butacón de hierro y bagazo de caña. Encendió un cigarrillo; la mujer que tenía delante continuó escribiendo en un cuaderno de tapas verdes. Al rato giró su silla hacia él, y preguntó de manera indiferente:

—¿En qué puedo serle útil, compañero?

Álvaro planteó su situación como militante. Quiso dejar claro que no estaba allí pidiendo consejos amorosos, ni nada por el estilo. Sólo planteaba su situación en calidad de militante, y como no existía alternativa distinta a ésa, a su presencia allí, para contar su vida íntima, pues necesitaba que el Partido lo apoyara.

—No entiendo en qué quiere que le apoye el Partido.

Álvaro prosiguió, de manera más clara: se había enamorado de la ex de un camarada diplomático y proyectaba casarse con ella. La secretaria general del Partido movió la cabeza de un lado a otro en señal de que desaprobaba, y empezó por tratarlo confianzudamente:

—Sí, ya me habían puesto al tanto del caso. Lo siento, no puedo autorizarte —dijo tuteándolo familiarmente—. El Partido no está para eso, debiste haberlo pensado antes de meterte donde no debías.

—¿Qué me está diciendo? ¿Que no puedo casarme con quien quiero?

—No, no confundas mis palabras. Te estoy di-ci-en-do que puedes casarte, si tanto lo deseas, con esa… chiquita… Pero en ese caso, tendrás que elegir entre ella y tu carné de militante del Partido.

—¿Está hablando en serio? ¿Me habla en serio a mí, que me gané mi militancia comunista cuando apenas contaba veinte años, por ser combatiente, por tirar balas en el Escambray?

—La gente comete errores, y después, no hay cómo salir del embrollo. No es cosa mía, papito. Cuando salgas mándame al próximo. ¿Tienes un cigarro?

La mujer se encogió de hombros, y Álvaro le encendió el cigarrillo que le había dado, ella volvió a sumergirse en sus papeles, sin siquiera levantar la vista ni una fracción de segundo para despedirlo. Álvaro vio una picadura que se incrustaba en la pintura de su labio; la mujer se la quitó con la larga uña laqueada en un rosa perlado.

—Esto no se quedará así —refunfuñó Álvaro.

Se dispuso a retirarse, pero antes de darle la espalda a la mujer, extrajo un documento encartonado en rojo, del bolsillo de su guayabera.

—Ah, olvidaba un detalle, ahí tiene, métaselo por donde mejor le quepa... —Tiró el carné encima del montón de formularios apilado delante de la militante.

—No te precipites, cariño. No merece la pena que eches a perder tu vida y tu carrera por culpa de una virulilla de la peor especie... —masculló entre dientes.

Álvaro salió dando un portazo. Yo no pude creer lo que Álvaro me contó de aquella reunión cuando llegó a casa, abrumado.

Una semana después acudíamos a una cita con un jefazo de la Seguridad del Estado; el hombre, que se llamaba Desiderio, estaba ansioso por conocerme, así que había pedido a Álvaro que yo lo acompañara. Desde el inicio de la conversación supimos que, aparentemente, el hombre se situaba de nuestro lado, o del lado de Álvaro, a quien frecuentaba desde niño, pues entre el padre y él había existido una estrecha y leal amistad. El padre había sido un connotado revolucionario, mártir de la revolución, muerto en un histórico combate, de esos de los que la gente ya empezaba a sospechar si habían existido o no. Lo que sí era cierto es que el padre de mi nueva pareja había muerto en extrañas circunstancias. Más bien me olía a asesinato político, pero de eso jamás comenté nada con su hijo.

El hombre me miró como si contemplara un búcaro raro, estudiándome de arriba abajo, analizando los contornos, extasiándose con los bordes, para decidir si lo compraba o no:

—Eres una muchacha simpática y valiente. Pero Álvaro ha sido muy audaz también. Creo que yo podría solucionar que se casen; también me ocuparé de que este muchachote recupere su carné, pero dudo que pueda convencer al MINREX de que te deje salir de nuevo, junto con él; eso no lo aceptarían. No será posible por el momento, los ánimos están demasiado cargados, las fieras están revueltas. Quizás, es lo más probable, te tendrás que quedar aquí, y él deberá marcharse.

—Eso no lo aceptaré, sabes que no lo haré. Me quedaré con ella, renunciaré a mi trabajo... Es que no te das cuenta de que la han cogido contra nosotros, y a ella todavía le tienen más roña. Sólo porque es joven, porque se ha divorciado del niño lindo del jefe...

—No, el embajador está acabado, nadie lo respeta, se burlan constantemente de su mariconería barata; pero como lo colocó el Gran Jefe en el puesto en que está, nadie se atreve a chistar... A ella le tienen tirria porque es joven, te doy la razón, pero no seas humilde: muchas de esas mujeres que hoy ocupan cargos de jefazas en el MINREX esperaban llevarse primero que ella el gato al agua. No niegues que algunas se hicieron ilusiones contigo y se sienten defraudadas. Claro que me doy cuenta de que todo esto es inquina, pero es así, este país es así...

—No empeores las cosas, Álvaro —musité—, puedo quedarme y esperarte.

—Bien dicho, muchacha, claro que sí —sentenció el viejo—, trataremos de que no estén separados por mucho tiempo. En unos seis meses la gentuza habrá olvidado, podré enviártela allá, a París...

—¡Seis meses es mucho!

—Tal vez en menos tiempo, ten confianza en mí, Álvaro. No compliques esto, mira que me estoy retirando, es la última buena acción que haré, después de tantas hijoeputás que hice... —Se carcajeó—. Esto se va al garete, el Jefe está cada vez más tosta'o, y los pocos cuerdos que quedamos intentamos desaparecer por *fade out*.

No nos atrevimos a comentar esta última frase con la que Desiderio nos despidió.

—Ah, miren, me han entusiasmado ustedes con el casamiento. Después de tantos años de arrimado con Aymara, me voy a casar con ella... Yo también me voy a casar. Que conste que es una gran decisión, la más difícil que he tomado en mi vida, no me gusta el matrimonio.

En un segundo plano, la mujer de toda su vida, que acababa de aparecer, escuchaba y sonreía silenciosa en el umbral de la puerta.

A Álvaro lo citaron poco tiempo después en una maltrecha oficina de una dirección anodina y le devolvieron el carné sin una disculpa; le informaron que finalmente nos autorizaban a casarnos. Lo hicimos en casa, una tarde de viento huracanado, mientras el mar desbordaba el muro del Malecón. El abogado era un antiguo socio de Álvaro y aceptó desplazarse desde el bufete de Tejadillo, en La Habana Vieja, hasta el Vedado, bajo una tremenda tormenta, con tal de probar el whisky que le había ofrecido mi futuro esposo.

—¡Qué sabroso está este Juanito Caminante, caray! —exclamó eufórico mientras degustaba la bebida—. Saben, la semana pasada casé a tu ex con esa muchacha medio rarita ella...

Él es un plomo, y ella es simpática, y está buena un montón. Pero enamorados no están, se gustan, se desean, pero ahí no hay amor.

Una gigantesca ola interrumpió con su bramido las palabras del abogado. Vivíamos frente al Malecón y la temporada de ciclones se había retrasado. Ésa era la razón por la que en pleno mes de enero el mar se desbordaba tanto que salpicaba con un salitre pegajoso los edificios de enfrente.

—Vaya Norte que se nos encima —comentó Poppy Hecheverría, que estaba de paso por La Habana, y al que le pedimos que fuera uno de nuestros testigos.

Nos trajo de regalo un dibujo, en plumilla, de Servando Cabrera Moreno. Eran unos trazos que formaban una figura bastante hermética y que se titulaba *La cola del bacalao*; parecía un sexo femenino. Poppy reparó en mi señalamiento.

—Sí, es uno de los pocos que Servando pintó. Como sabrán, prefería los pitos, y mientras más largos y gruesos, mejor —añadió jocoso.

La ceremonia fue sencilla; tampoco en esta ocasión me vestí con traje blanco, aunque mi madre se hallaba entre nosotros —lo que no ocurrió cuando me casé con Pablo—, encantada de que su hija contrajera nupcias con un célebre personaje de la televisión.

Poco después Álvaro se marchó a París, yo me quedé en La Habana. Sin embargo, Pablo y su recién estrenada esposa pudieron viajar, sin contratiempo alguno y enseguida, a París. Pablo no era militante, ella sí.

Esperé cuatro meses y finalmente pude reunirme con mi esposo. De todos modos tuve suerte, Álvaro me escribía cada semana, yo vivía cómodamente en su apartamento y recibía dinero que compartía con su madre y con sus hijos. Pero no niego que, aunque tarde, por primera vez me puse a pensar en todas esas familias separadas por la prisión, rotas a causa del exilio, destrozadas por los fusilamientos, a las que no se les daba la más mínima esperanza. Mi padre había pasado dos años preso en Cuba y ahora vivía en el exilio, y eso seguramente había complicado las cosas en relación a mi matrimonio y a mi viaje.

Aproveché esos cuatro meses para escribir. Encerrada, ensimismada, escribía día y noche, adelanté bastante en esa novela de la que aún dudaba terriblemente, embebida con la historia de esa mujer que pintaba sueños y premoniciones.

5 de febrero de 1946

Mis queridísimas amigas:

Quizás os quedéis con la boca abierta al recibir una carta mía al cabo de tanto tiempo. Le pedí a mi madre vuestras señas y me las envió; por cierto que no sé dónde tengo la carta en la que me las envía, y si no la encuentro me voy a quedar con la carta escrita y sin poderla enviar.

Os supongo enteradas por mi familia de mis andanzas; salí de España en 1937; como sabéis vivía en Barcelona y mi escasa afición, por no decir horror, hacia todo lo que sea disturbios y violencia me hicieron poner pies en polvorosa. Me fui a París donde estuve relativamente tranquila hasta que estalló la guerra y no tuve más idea que poner de nuevo tierra y hasta grandísimas cantidades de agua entre tales catástrofes y mi persona. Salí de París tres días antes de la llegada de los alemanes; yo me figuraba que habría horribles batallas y cataclismos sin cuento para la toma de París; si llego a saber que no iba a pasar nada ni me muevo, ¡porque la peregrinación que hice a través de Francia fue de órdago! Me marché lo más lejos que pude y fui a dar a un lugar que no se puede llamar ni siquiera pueblo, a orillas del Mediterráneo, a unos diez kilómetros de Perpiñán; en este lugar encontré afortunadamente a otros amigos. Yo me instalé en una especie de casita o de choza y me dediqué a la vida semisalvaje durante tres meses, en que se me acabaron los centavos y mi color estaba más cerca del chocolate que de otra cosa.

No recuerda por qué encabezó esta carta con «Mis queridísimas amigas…» si tan sólo se la enviaba a una de ellas, a Narcisa Martín Retortillos. Es probable que pensara en el momento en que la escribía, que Narcisa se la leería a todas sus amigas. Eso sería.

Lo cierto es que necesitaba contarle a alguien las peripecias por las que había tenido que pasar para poder salvar el pellejo y desatar una suerte de confesión que, tenía que decirlo, la alivió bastante. Esta carta la escribió cuatro años después de huir de Francia de forma definitiva hacia México. En realidad zarpó de Casablanca, pero ésta es una historia que tocará contar en otro momento.

El resultado de esos acontecimientos es que quedó muy frágil.

Remedios ha despreciado siempre todo tipo de violencia, y la guerra la largó en un estado deplorable. Incluso en la actualidad, si intenta no contar lo peor, lo peor siempre sale a flote, y la lacera todavía muy hondo.

No sabe cómo pudo en aquellos días amar, sonreír, animarse. Ni siquiera le dieron el pasaporte para viajar cuando lo solicitó en 1938. Eso irritaba tremendamente a Benjamin, y en ese mismo año el poeta escribió una carta a André Breton, fechada el 8 de junio, donde protestaba airado:

«… el Quai de Orsay nos ha hecho dar vueltas de semana en semana para finalmente negar toda posibilidad alegando que yo deseo ir allá por razones políticas y que mi pasado en este terreno no les permite confiar en mí, etc. Ya puedes imaginarlo. Además también han negado el pasaporte a Remedios y ahora me encuentro con el dinero del viaje asegurado y en la imposibilidad de partir a causa de este pasaporte y por la imposibilidad en que estoy de sacar trescientos dólares para depositar en la aduana mexicana...

Entre esta carta y el 20 de noviembre de 1941 hay más de tres años, casi cuatro, y un largo trayecto en las vidas de Remedios y de Benjamin, de dolorosa separación, de miedos, —aunque el miedo de ella era el miedo a no sentirse con fuerzas suficientes para poder resistir—, de prisiones y torturas, de humillaciones, de todas las angustias que nos dejan las guerras, como huellas. Las cicatrices, nadie mejor que ella para saberlo, son imborrables, y las psicológicas superan en crueldad a las otras.

Ahora revuelve sus cajones, y finge que se muere, ¿o se muere de verdad?

Desde hace unos años anda por estos entresijos, como seduciendo a la muerte; porque en este país, la relación con la muerte es muy seductora, sensual, casi erótica. Y ella ya no tiene mucho más que hacer, al menos eso presiente, por la forma que respira, agitada, como si respirara hacia dentro, y se inflara con el aire que no consigue espirar.

Sí, ya lo sabe, tiene cincuenta y cinco años, pero se siente muy cansada, más bien, digámoslo así, rápido, sin cortapisas, no está segura de sentirse vieja, pero la aburre el mundo, y eso es síntoma de vejez, aunque no quiera aceptarlo.

Entonces volví a París en un vagón de tren de esos para transportar caballos, en donde permanecí seis días en compañía de otras treinta y cinco personas; éste es un viaje que nunca olvidaré por lo extraordinario y descacharrante que resulta la convivencia forzosa con treinta y cinco personas, pertenecientes a las más diversas clases sociales y profesiones. Una vez en París trabajé en lo que pude y fui madurando mi plan para venirme a América; la cosa era peliaguda, pero después de pasar siete meses en París encontré la oportunidad de irme a Marsella, único lugar donde podía haber una posibilidad de embarque. Llegué a Marsella más muerta que viva a fuerza de las carreras y sustos que suponía atravesar la línea de demarcación entre la Francia ocupada y la otra parte mal llamada libre, porque en ésta es donde empezaba lo peor.

Lo peor porque, aunque vivían en un cuartito alquilado al lado de la Villa Air-Bel, una residencia exuberante, alejada de la ciudad, no se sentían a salvo completamente. Al menos ella compartía este sentimiento con Benjamin Péret, como de flotar en un estado de supervivencia y de peligro permanente.

Air-Bel estaba auspiciada y era utilizada por el grupo Comité de Salvamento de Urgencia, que había sido fundado en Nueva York a muy pocos días de la ocupación nazi de París; su tarea consistía en salvar a los intelectuales y artistas europeos que se hallaban en Francia e intentar sacarlos de allí. Todos se marcharon a América; la mayoría soñaba con Estados Unidos, otros poseían una sensibilidad hacia la otra América, México, por ejemplo, Cuba, desde luego. Cuba había sido el único país que le había declarado la guerra a Adolfo Hitler. Esa noticia llegó a sus oídos y les sorprendió que un pequeño país tuviera semejante dignidad e hiciera prueba de tamaña audacia.

El Comité de Salvamento, es justo decirlo, trabajó arduamente, y buscó el apoyo y la valiosa información de personalidades que podían ayudar en cada una de las especificidades: literatura, pintura, escultura… Surgieron nombres de poetas, de psicólogos, de educadores, de músicos, intelectuales, filósofos, científicos, surrealistas…

De gente que necesitaba huir porque ya no existía otra alternativa, era huir o la muerte, huir o el campo de concentración.

La intervención del escritor Thomas Mann, que vivía en Princeton, fue decisiva. Dio muchos nombres porque conocía a muchas personas amenazadas. También lo fue el apoyo del señor que dirigía el Museo de Arte Moderno de Nueva York, Alfred M. Barr, hijo.

Las listas eran largas y hubo que confeccionarlas con sumo cuidado. La persona que fue clave en ello se llamaba Varian Fry: bastante joven, treinta y dos años; como era especialista en lenguas clásicas, además podía entenderse en varios idiomas. Reunió tres mil dólares, abrió las oficinas en los lugares más inesperados: un cuarto de baño del hotel Splendid, y más tarde en una fábrica de bolsillos que ya no funcionaba como tal, bajo el nombre falso de Centro Americano de Socorro. Este hombre trabajó con una vehemencia fuera de lo común hasta 1941, cuando, en el mes de septiembre, tuvo que abandonar Francia y la Sûreté Nacional lo sacó del país por la frontera española, medio expulsado, o expulsado con una cierta *politesse*. Pero sus amigos y colaboradores siguieron prestando ayuda, y miles de personas se salvaron gracias a Fry y a la fidelidad de la gente que consiguió aglutinar en su entorno.

Remedios observa las fotos de aquellos días terribles, y se pregunta cómo hicieron para poder sonreír, para poder sencillamente continuar, vivir normalmente.

En casi todas las fotos ella sonríe y Benjamin también; siempre miran hacia André Breton. Óscar Domínguez aparece en traje, con la camisa blanca abierta, mostrando el pecho, pero lleva un pañuelo en el bolsillo, signo de desear conservar una imagen de alguien que tiene proyectos para el futuro. Tiene un cigarrillo entre los labios y sus ojos la miran con ternura entrañable. Llevaba el pelo revuelto; le gusta mucho el pelo de Óscar Domínguez, un pelo fuerte, muy mediterráneo.

En otra foto Wifredo Lam y Jacques Hérold han enfundado sus brazos en un mismo abrigo, Lam el brazo derecho, Hérold el izquierdo, parece un mismo cuerpo, bicéfalo. Lam era muy divertido, siempre hacía chistes, mezclaba el español, el francés, el italiano. Ambos se ven muy apuestos, una cabeza blanca, otra mulata. El color de piel de Wifredo era atabacado, brillante, y Remedios jamás ha vuelto a ver manos más hermosas en un hombre. Se puede apreciar la mano blanca de Hérold, abierta, que abraza a su amigo. Es la mano amiga que asegura, que palmea en el hombro, la mano de la libertad.

—Aquí estamos todo el público del Deux Magots, tan locos como siempre —comentó Fry en una ocasión.

Se retrataban por doquier, con la intención de que quedara constancia. Padecían esa manía de la imagen, vivida, usada, de la vida en ese instante en que se creían inmortales.

Alrededor de un árbol organizaban una subasta surrealista, con los objetos más increíbles, o se ponían a hacer *collages* con recortes de revistas viejas, con hojas de árboles, y dibujaban encima. Acabaron con la colección de revistas viejas de la que tan orgulloso se sentía su dueño, André Breton.

Una tarde se hicieron fotos vestidos de toreros, Péret, Hérold y Remedios. Los trajes se los había prestado un torero refugiado en Francia que era republicano.

Pero había que ganar dinero, y la subasta no era suficiente. Entonces se dedicaron a cocinar pastelitos, los *croque-fruits*, que inventaron ellos, con una pasta de almendra, dátiles, nueces, y las frutas que llegaban de Tánger. Tuvieron cierto éxito con esas golosinas, en los cines y en las pastelerías locales.

El que ideó todo esto de la cocina, que además de para ganar dinero nos servía para comer nosotros también, fue Sylvain Itkine, dramaturgo, director y actor de teatro. También trabajó como intérprete en la película *La gran ilusión* y llevó a escena *Ubu encadenado* en 1937, cuyos decorados estuvieron a cargo de Max Ernst. A Marsella no había entrado la GESTAPO, pero los chivatones pululaban, y Sylvain Itkine era judío.

Lo arrestaron poco tiempo después, fue torturado y asesinado. Ninguno de ellos consiguió recuperarse de su muerte. El mundo perdió a un inmenso talento. A burujones se mataba a los talentos.

Se reunían por las noches en el café Au Brûleur de Loup, junto al puerto. Se burlaban de todo, empezando por ellos mismos, regresaban a los viejos juegos de cadáveres exquisitos, e inventaron un tarot: el juego de Marsella, que fue idea de Jacqueline Lamba. Los dibujos estuvieron a cargo de Domínguez, Hérold y Brauner. Por esa época Victor se les había reunido también, entre otros. Reemplazaron los corazones, picas, diamantes y tréboles por las palabras amor, ensueño, revolución y conocimiento.

Total que llegué y estuve siete meses dando vueltas hasta que conseguí embarcarme para Orán, de Orán atravesé toda Argelia y Marruecos hasta Casablanca, y una vez allí resulta que el barco no salía todavía y yo espera que te espera y el dinero que se acaba. Pero tuve la suerte de llevar en mi equipaje dos sábanas, por cierto nada nuevas, y como resulta que los árabes necesitan mucha tela blanca para envolver a los muertos, porque parece ser que sólo así llegan al Paraíso, y en Casablanca ya no quedaba ni un centímetro de tela, pues vendí mis dos sábanas por la astronómica suma de mil ochocientos francos, con lo que me pude esperar tranquilamente a que saliera el barco.

En la puerta de la mezquita Remedios se dirigió a un grupo de musulmanes:

—Señores, tengo sábanas blancas, las vendo.

—¿En qué estado están, *madame*? —inquirieron desconfiados.

—Como podrá juzgar usted mismo, en bastante buen estado.

—¿Cuánto pide por ellas?

—Dos mil francos.

—Le ofrezco mil ochocientos.

—Vale, trato hecho.

Y se largó tan contenta de poder esperar con dinero en el bolsillo. Porque nunca le ha importado demasiado el dinero, pero siempre ha sido consciente de la cantidad de problemas que resuelve, los principales, los de comer, vestirse y tener un techo. Remedios no lo negaría, a los surrealistas les gustaba el dinero. Jamás pudieron derrochar nada, porque nunca poseyeron lo suficiente, pero cuando tuvieron un poco de plata, y cuando fue necesario, lo emplearon con cordura; al menos ése fue su caso.

Una vez que me vi embarcada, respiré, pero el viajecito era de los de órdago también; como el barco llevaba unas cuatro veces más viajeros de los que cabían normalmente nos aglomeraron en las bodegas. Para qué os voy a contar lo que es estar en una bodega de un barco con otras cien personas y con unas temperaturas tropicales, sin contar el mareo; yo no lo pude aguantar y agarré mi colchoneta y me subí a cubierta, donde hice todo el viaje…

En la cubierta del *Serpa Pinto*, donde embarcaron el 20 de noviembre, su marido y ella contemplaron durante muchas noches en silencio el paisaje marítimo. No recuerda ahora una conversación más larga que la siguiente entre el poeta y su musa, que no era una musa pasiva:

—Remediosanto, aquí hace frío de noche.

—Pero al menos no estamos tan hacinados, Benjamin, y tenemos el cielo, las estrellas, y se puede respirar sin temor a contagiarnos con cualquier tipo de enfermedad.

—Parece que pasaremos por las islas Bermudas, por Santo Domingo, por Cuba… En Cuba harán escala.

—¿Podremos bajarnos?

—Sí, pero yo prefiero quedarme en el barco. Me siento cansado y tendremos poco tiempo.

—Yo me bajaré, Benjamin, me gustaría volver a ver a un amigo...

—¿Tienes amigos en Cuba?

Asintió divertida.

—En La Habana; lo conocí hace sólo unos meses, antes de irnos a Marsella.

Péret cambió la vista, fijó las pupilas en lontananza, en medio de la oscuridad de la noche, deseando no saber lo sucedido entre ella y el cubano, que ya podía adivinar maliciosamente.

—Este viaje habría sido peligroso si no fuera por la bandera portuguesa, y así y todo, hubiéramos podido ser atacados.

Péret no podía evitar aferrarse a ese espíritu destructivo, negativo, que lo amargaba y que sacaba de quicio a Remedios. Pero ella lo amaba, así como amaba a Victor, al que había dejado con una pena enorme. Victor, Breton, Fry y otros habían sido encarcelados durante cierto tiempo, acusados de actividad subversiva, en una embarcación de Marsella, porque la GESTAPO había descubierto un cadáver exquisito titulado *El Cretino de Pétain*.

Finalmente los soltaron, pero todos temieron lo peor.

Acabaron por enterarse de que la situación de Péret y familia, o sea ella, porque no se casaron hasta el año 1942, después del fallecimiento de su esposa, era cada vez más comprometida. Un informe nazi los catalogaba a ambos de enemigos que había que encontrar a todo coste.

—¿Ya se te olvidaron todos los peligros anteriores? Esto de andar en barco y de la posibilidad lejana de ser atacados, resulta una nadería, en comparación con lo que hemos dejado detrás. Hemos huido de la GESTAPO, hemos tenido que pagar trescientos cincuenta dólares por persona para emprender este viaje, sin contar los gastos que se sumaron y que no habíamos previsto, en tiempo de espera. No teníamos documentos, ni visado, ni nada, y todos nuestros amigos pusieron manos a la obra, ¿olvidas el papeleo, el corre-corre que se armó para salvarnos? ¿Y a nuestros amigos rompiéndose la cabeza para enviar dinero, recursos, desde todas partes del mundo? Deberías estar feliz de encontrarte ahora en este barco, junto a mí. Feliz de recordar que Peggy Guggenheim, Helena Rubistein, Elsie Houston, André Masson, Breton, que todos no cesaron de pensar un minuto en nosotros. ¿Olvidas el telegrama de Breton, la frase en relación a Peggy Guggenheim: «Mrs. Guggenheim quizás ayude a Péret. Él es muy surrealista»?

Su amigo, su marido, el poeta que más había admirado en este mundo, quedó callado, inmóvil; ni siquiera le dedicó una mirada de aprobación.

Deja esta carta, para terminar de leerla más tarde. La mayoría de los recuerdos suelen fatigarla; luego no podrá dormir.

... estuve en las islas Bermudas, en Santo Domingo y en Cuba; sólo en Cuba me pude bajar del barco a dar un vistazo a La Habana, que me pareció un lugar suculento y paradisíaco.

Coloca la mano abierta encima del papel, como si quisiera tomar la temperatura del recuerdo en el fragor de sus palabras.

La Habana era un lugar suculento y paradisíaco, al cabo del tiempo seguía sin poseer otras palabras para describir esa ciudad tan luminosa, cuya belleza la había dejado sin habla.

Descendió del barco y se adentró en la ciudad vieja. Refulgía tanto el sol que las siluetas de las personas reverberaban, despedían halos blancos; a su alrededor la gente bullía. Las mujeres ceñían sus cuerpos con tejidos fabulosos, parecían sirenas acabadas de salir del mar, pero con peinados de ensueño, sombreros de plumajes extravagantes, a la última moda parisina. Los hombres, trajeados, llevaban también sombreros, y la admiraban piropeándola a su paso, pese a que ella no alcanzaba la belleza de aquellas mujeres, muy blancas, muy negras, o muy mestizas. La ciudad se movía al ritmo de unas caderas trepidantes, rápida por momentos, lenta, cadenciosa, sensual como en una rumba deleitosa.

Buscaba la dirección de Rodrigo Heredia Zarzamendía

Sánchez Abreu; llevaba un papelito doblado en la mano, y una tarjetita grabada con letras doradas.

Caminó por el muelle hasta la calle Luz, y subió por esa misma calle hasta la de San Ignacio, dobló y continuó ascendiendo hasta la calle Acosta. El calor se le subió al rostro y las mejillas se le encandilaron enrojecidas. La sed le quemaba la garganta, en la Placita, frente a la iglesia del Espíritu Santo, un vendedor le brindó un guarapo, zumo de la caña. Bebió gustosa el jugo azucarado.

—Ése es el mejor alimento que existe, mi señora, el guarapo —sonrió el joven comerciante—. Con un guarapo diario usted puede aguantar toda la vida, y le auguro larga vida si se bebe un guarapo diario.

Ella aprovechó y le mostró la tarjeta con la dirección.

—Ah, eso es en el Prado, en la avenida de los Leones. Le falta mucho todavía, puede llegar caminando, aunque se cansará…

El comerciante le extendió un cucurucho de maní garapiñado. Ella lo aceptó y lo guardó en la cartera.

Remedios se fijó en una bella mujer, pelirroja, de ojos azules, que conversaba con una mulata de ojos grises, recostadas ambas a una puerta de calle. La mulata estaba toda vestida de blanco, incluido el turbante que envolvía su hermosa cabeza; una adolescente flacuchenta, tímida, mulatita de ojos verdes, sonreía a ambas mujeres, embobada con el palique.

Decidida Remedios se reunió al trío; sólo deseaba observarlas con mayor detenimiento; eran demasiado diferentes una de otra, y sin embargo formaban un conjunto pictórico extraordinario.

—¿Podemos ayudarla, señora? ¿Busca a alguien? —preguntó la pelirroja.

—Busco esta dirección —balbuceó mientras mostraba de nuevo la tarjeta de visita, sin hallar otro pretexto.

—Es lejos, pero puede ir en la guagüita de San Fernando, un ratico a pie y otro caminando —respondió la mujer blanca, ahora risueña.

—Cuidado no se ponga a bobear y se le vaya el barco —añadió la mulata vestida de iyalocha.

—¿Cómo sabe que he venido en barco? —Remedios se sintió aún más curiosa.

—María de las Mercedes Larrinaga, para servirle. Ella es mi amiga miss Bárbara Buttler, medio irlandesa. Y ésta es mi hija, Domitila Milagro Facunda. Sé que ha venido usted en barco porque soy médium, y además porque ese sol que usted trae en la piel es sol de mar abierto, no de isla, y tiene los pies embarrados de grasa de barco. Entre a lavárselos, porque ese hombre que usted busca pertenece a la rancia aristocracia, y no le gustará para nada verla con los pies sucios…

—Oh, no se inquiete, me ha visto peor, se lo aseguro. Lo encontré en una calle de París, de noche…

—Mira, mi vida. En París, de noche, todos los gatos son negros… Pero en La Habana, con esta resolana se transparentan hasta los más mínimos defectos… Los cubanos somos muy aseados —replicó haciéndose la fina.

Bárbara Butler y Domitila Facundia no pudieron contener la risa. Remedios se percató de que la adolescente lucía debajo de la amplia bata de hilo una incipiente barriguita.

—Sí, está embarazada, es muy precoz. Será niña y le pondrá Domitila Milagros —sentenció la madre María de las Mercedes—. Ándate, niña, quítate las miasmas y perfúmate.

Remedios medio avergonzada de que le hubieran descubierto su curiosidad excesiva entró en la casa, se aseó en un baño limpio, que daba a la habitación principal de la casa, y emergió del cuarto de baño con la piel sonrosada y olorosa a colonia Guerlain. María de las Mercedes Larrinaga le regaló un vestido blanco bordado en el dobladillo y en el amplio cuello con *broderie* francesa; estaba encima de la cama de ese primer cuarto, como si estuviera esperándola.

—No puedo aceptarlo —negó apenada.

—Sí puedes, no seas boba, acéptalo. Te quedará que ni pintado. Pruébatelo, y si te gusta, te lo quedas.

Remedios estaba encantada con aquel vestido, hacía tiempo que no se ponía algo tan vistoso, pero sobre todo se sintió sumamente agradecida a aquellas mujeres.

—Me gustaría pagarle, pero…

—No tienes dinero, ya lo sé. No tienes que pagarme nada, es un regalo de bienvenida que te hace La Habana.

—Gracias, señora María de las Mercedes. —Remedios le dio un beso en la mejilla a la mujer, y una brisa refrescó el ambiente.

—No corras, tómate tu tiempo, porque sin saberlo él te está esperando. —Fueron las últimas palabras que le dijo María de las Mercedes Larrinaga.

Pero Remedios no pudo regodearse en el paseo por las calles habaneras. Después de que le indicaron por dónde debía coger para llegar a la dirección escrita en la tarjeta, sus piernas volaban más que caminaban, o rodaban semejantes a ruedas de bicicleta. La arboleda del Prado le recordó a las Ramblas barcelonesas, y la inundó la nostalgia de su tierra. A la altura de Prado número 9 advirtió una casa señorial, con una puerta maravillosa, de madera pulida, y aldabones inmensos adornados con cabezas de leones, semejantes a los que custodiaban los muros de la avenida del Prado. Se detuvo frente a la puerta, ésta se abrió de repente y apareció Rodrigo:

—¡Remedios, qué sorpresa! ¿Qué haces aquí? ¡No es posible! ¡Te he traído con el pensamiento!

—Es largo de explicar, y para colmo tengo un barco que me espera en el puerto con un marido dentro. Me voy a México. Sólo deseaba ver La Habana y verte a ti, agradecer tus gentilezas…

—Agradecerme, ¿qué me vas a agradecer? Me dejaste el dinero en el jarrón. ¿Quieres ver tu cuadro?

—Me gustaría, pero apenas tengo tiempo para saludarte. Debo darte las gracias, fuiste tan considerado conmigo aquella noche, y me animaste como nadie lo hizo en aquel momento…

—Fue mutuo, querida amiga, yo también me moría de soledad. Ahí supe lo duro del destierro, aunque no era mi caso, pero pude ponerme en el pellejo de mucha gente que conozco. Ven, te conduciré hasta la aduana, charlaremos por el trayecto. Comeremos algo frente al muelle, y ahí te despediré. ¿Por qué no te quedas en Cuba?

—Ya me gustaría, pero en México nos esperan. Y te he dicho antes que mi marido se ha quedado en el barco, no quiso bajar. Y en esta ciudad no sé si podría pintar, tendría que acostumbrarme a la luz.

—Ésta es la luz ideal para los pintores, Remedios. Es tu luz, te ves preciosa.

—¿Lo dices en serio? La gente aquí es muy generosa. Una señora me ha regalado este vestido, y me ha permitido tomar un baño. Me sentí muy hermosa, y muy querida por esa gente a la que acababa de conocer.

—Así son los cubanos, y las cubanas mucho más… ¿Cómo dejaste Europa?

—Clima desesperante, todo incierto. Guerra, enfermedad, miedo… En fin… —Intentó cambiar el rumbo de la conversación—. Esta ciudad se parece mucho a la mía, y no te niego que se me ha estrujado el pecho cuando vi la avenida del Prado, que desemboca en el mar… Oh, no sé si aguantaré mucho tiempo lejos de mi país, de mi madre…

Rodrigo la atrajo hacia él, acarició la cabeza de la mujer, besó su frente. Hizo una seña y un hombre que esperaba discreto a cierta distancia de ellos se introdujo en un automóvil y lo aparcó junto a ellos. El chofer se bajó del auto, abrió la portezuela que daba a la acera a Remedios y la otra a Rodrigo.

El paseo le hizo bien a la mujer, que lo observaba todo con ojos asombrados:

—¿Qué te parece La Habana? —preguntó él buscándole las pupilas.

—Un lugar suculento y paradisíaco.

—Preciosa y precisa descripción. —El caballero le tomó la mano y se la besó furtivo.

Almorzaron parados en la cancha del bar, papas rellenas y chicharritas de plátano, en un discreto pero elegante restaurante en la plaza de Armas, el Mesón de la Flota, luego debieron apurarse, pues el barco salía en menos de una hora. Rodrigo quiso darle dinero, que ella no aceptó. El hombre escribió la dirección de un amigo de su padre en México, Lucián Domenecq.

—Ese nombre me dice algo —susurró la pintora. Pero fue incapaz de acordarse, se sentía atribulada por todo lo que le había sucedido en tan poco tiempo en La Habana.

Antes de embarcar, Rodrigo la besó en los labios.

—Jamás te olvidaré, mi cazadora de astros.

—¿Cazadora de astros? ¿Por qué me llamas así?

El hombre se encogió de hombros.

—No lo sé. —Adoptó un tono cómicamente misterioso—. Pero detrás de ti veo avanzar un hada, con un traje un poco desguasado, eso sí; lleva un jamo en una mano y una jaula en la otra, en ella va encerrada la luna. ¡Libérala, Remedios, libérate!

Le dijo adiós desde la terraza, y no lo perdió de vista, hasta que el hombre se hizo un puntito casi invisible enterrado en un trozo de piedra.

—¡Así que esto es Cuba! ¡Así que esto es una isla! —exclamó la mujer.

Una nube entre sepia y dorada envolvió su última visión de la tierra cubana, la hilera de palmas reales, la mancha de mar más azul que las otras que bordeaban la arena blanquísima.

Llegué a Veracruz en los huesos y de allí trepé a esta ciudad de México, que está nada menos que a 2.400 metros de altura, y como se te ocurra andar de prisa o correr se te sube el corazón a la garganta. Espero contaros algún día mis aventuras, que son truculentas y a veces muy cómicas.

… Aquí, en México, me ha ido muy bien; hay mucho trabajo, he ganado muy bien mi vida y vivo bastante tranquila y confortablemente. He hecho un viaje a la costa del Pacífico, a una playa completamente tropical, donde quedé maravillada y bastante escamada porque el mar está lleno de tiburones. Aparte de ese viaje no he hecho ningún otro por el país, aunque no quisiera irme de México sin visitar Yucatán y ver los restos de lo que fue el gran imperio maya, porque ahora ya estoy dándole vueltas a mi cabeza a la posibilidad de volver a Europa; si no estuviera ahí mi familia no me importaría quedarme aquí por algún tiempo todavía, pero el deseo de ver a mi madre me hace pensar en la vuelta; veremos si puedo volver este año, pero ¿de dónde saco yo unos miles de dólares? ¡Bueno, ya veremos!

Palabra a palabra le acude el texto de esta carta a la mente, y de nuevo revuelve entre los documentos y entonces puede releer la copia que hizo en su momento. Apenas se equivocó en algunas frases.

No querría jamás olvidar el estado en que se hallaba cuando la escribió, inundada de una inmensa tristeza. No desea olvidar el sacrificio, pese a que se sintió muy protegida en México, desde el inicio, porque el presidente Lázaro Cárdenas se portó más que correctamente con los exiliados, reconoció sus derechos y ese reconocimiento vino primero a través de la cultura, del arte. En lo que a ella concernía, y desde luego a Péret también, les había ido bien al entrar en el país de acogida, no podían quejarse.

México no sólo la aceptó en calidad de exiliada política. Las autoridades le ofrecieron de inmediato un espacio en la vida y en la sociedad mexicana, además de brindarle la ciudadanía de manera automática. Volvía a sentirse persona, pero por encima de todo, volvía a sentirse artista.

Quince mil refugiados españoles sintieron que existían con sus problemas, que no se les rehuía y que les escuchaban, que no sólo les auxiliaban: sobre todo los aceptaban como hermanos. Un gran número de ellos provenían de la intelectualidad y coparon las universidades mexicanas; los colegios reiniciaron programas de investigación entre culturas. Los refugiados fundaron el Colegio de México e inyectaron en la sociedad mexicana un aliento creativo, una energía en las artes, una prolífica pasión inigualable en la literatura, búsquedas inéditas en las ciencias, y esto también se vio reflejado en la economía del país.

Fueron acontecimientos que los mexicanos agradecieron, y por otro lado los refugiados intentaron responder al cariño de ese pueblo, redoblando el esfuerzo y trabajando sin desmayo.

Remedios se vio libre. Sí, ya era una persona libre, aunque sin los suyos, lejos de su familia, de algunos amigos que no habían podido reunirse con el poeta y ella.

Aunque volvió a relacionarse con algunas de las amistades que tenía en Francia, que poco a poco pudieron ir desplazándose al país sudamericano que les confiaba un porvenir, no conseguía acostumbrarse del todo. Gerardo Lizarraga y ella reanudaron un nuevo tipo de relación, cariñosa y respetuosa, tranquila. De todos modos, él había reconstruido su vida.

Con Esteban Francés también se veía a menudo. Él también rehízo su vida pero no dejaba de ocuparse de sus antiguos compañeros, y de ella, a quien tanto quería; sin embargo al cabo de unos cuantos años se mudó a Nueva York.

A Victor Brauner no pudo verlo durante algún tiempo, así como a Óscar Domínguez, y esto le afectó muy hondo. Pero encontrar nuevamente a Gunter Gerszo, a Kati Horna, la fotógrafa húngara, a su esposo José, escultor, a Chiki Weisz y a su amiga Leonora Carrington, no sólo fue de un gran consuelo, sino que la ayudó a contemplar la vida con menos desazón, y a asentar sus raíces.

Mientras que México la acogía amorosamente, y su círculo de amigos cada vez se ensanchaba más, tenía que reconocer que los artistas mexicanos desconfiaban de esa avalancha de exiliados europeos y los mantuvieron a distancia. Diego Rivera y Frida Kahlo se mostraron especialmente recelosos: no soportaron con comodidad lo que ellos llamaron la invasión europea.

El extranjerismo colonizador les chocaba. Rivera, pese a que con Frida había dado la bienvenida a André Breton en 1938, con ellos se comportaba de manera mezquina. Despotricaba contra los «falsos artistas», y contra sus compatriotas, a los que llamaba imitadores del surrealismo puro europeo, los insultaba y usaba frases muy dolorosas, como traidores de la cultura mexicana. Rivera se sentía profundamente indígena en su cultura y orgulloso de ello.

A Benjamin Péret le costaba aceptar esta falta de reconocimiento injusto por parte de la pareja de pintores mexicanos. El poeta francés no se sintió acogido desde el principio, como le sucedió a Remedios; para colmo soportaba mal la altura, y tanto él como ella se fatigaban constantemente y pronto se vieron afectados por contrariedades cardíacas. Mientras que la pintora conseguía trabajo y solucionaba mal que bien la situación económica, al poeta le era mucho más difícil, no sólo debido al idioma. Tampoco supo introducirse en el medio intelectual, además de que seguía renuente a venderse como poeta y a comercializar su trabajo; su torpeza lo paralizó.

Frida Kahlo no engañó a ninguno de ellos. Para nadie fue un secreto que cuando la pintora pasó por París en 1939, invitada por Breton, y después de su exposición, regresó a México hablando pestes de los surrealistas: «Me dan ganas de vomitar. Son todos tan "terriblemente intelectuales" y corrompidos que ya no puedo aguantarlos. Preferiría sentarme en el suelo del mercado de Toluca a vender tortillas, antes que tener nada que ver con esas "perras artísticas" de París». Muchos amigos se sintieron agredidos por la furia de Frida, y sencillamente decidieron apartarse, no le aguantaron sus majaderías. Demasiado extremista en política y pintora mediocre, pensaban algunos, pero les era difícil disentir: Rivera y ella regían a la manera mexicana en el mundo artístico, un mundo muy machote. Péret y Rivera fueron el aceite y el vinagre: el primero desconfiaba del segundo (dicen que creía que tenía mucho que ver con el asesinato de Trotski), por celos maritales más que por diferencias políticas. Además se cuenta que Diego, el sapo, no paraba de burlarse de Péret, y en una ocasión, le puso una pistola en la sien y le obligó a bailar un zapateado mexicano.

Remedios tuvo que buscar un modo de distraer a Benjamín; haría todo lo posible para conseguir que olvidara los detalles desagradables del exilio.

Con afán de distraerse se reunían en los cafés, como hacían en Europa, en el Papagayo, o en el Latino, el Campoamor, el Café Do Brasil y el Tupinamba. El ambiente se llenaba de sus anécdotas nostálgicas, de historias de una Europa asediada todavía. Sin embargo, Péret se consumía en una esquina, en cualquier esquina, del café o de la casa, en un silencio abrumador, hundido en un mutismo lastimoso.

En el Tupinamba era donde más se veían. Allí armaban rondas poéticas, lecturas de poemas, conversaban hasta altas horas sobre pintura, música, surrealismo, muralismo:

—Remedios, ¿piensas volver algún día? —le preguntó un amigo.

—Claro, por supuesto, tengo muchos deseos de ver a mi madre. Nunca he perdido mi nacionalidad española.

Esas palabras iluminaban transitoriamente el rostro del poeta, que al rato volvía a fundirse contra la pared. Hacía demasiado evidente su incomodidad para los demás, quienes empezaron a sentirse culpables, originarios de su malestar.

—Señor Péret, ¿le sucede algo?

El hombre negaba con un movimiento desganado de la mano.

—¿Has enseñado ya tus obras en México? —inquirió otra joven a Remedios desentendiéndose del poeta.

—Sí —respondió la pintora—, en el año cuarenta, antes de llegar yo, expusieron una obra mía en la Exposición Internacional del Surrealismo, fue en la galería de arte mexicano, en la calle Milán, 18. Inés Amor, la directora, consiguió que se produjera con esta muestra un acontecimiento sin precedentes. Participé con *Recuerdos de la walkiria* o *Hiedra salvaje*, el cuadro tiene dos títulos. Fue una muestra con mucha fantasía, onirismo, y también por esas características fue muy criticada. Algunos nos creyeron acabados como movimiento. Ya no podía existir más el surrealismo para ellos, nos catalogaron de burgueses aburridos, entre otras lindezas, pero, dejemos eso… Lo importante es que estamos vivos y que todavía podemos crear, pintar, soñar…

—¡Y follar! —gritó alguien desde otra mesa. Rieron a carcajadas.

Así pasaba el tiempo, sin darse cuenta de que cada minuto era un minuto de creación, de invención; nunca se movió de México salvo para ir a ver a su madre a Venezuela, donde pasó dos años trabajando, pero eso sería un montón de tiempo después.

Aunque ahora, mientras observa en su derredor las huellas acumuladas, lo que ha podido pintar, escribir, asimilar como vivencias y sueños, ahora tiene mayor conciencia de que nunca dejó de asimilar la realidad como irrealidad, de que jamás traicionó al surrealismo porque nunca pudo vivir de otra manera, sin la presencia del arte, de su elección en el arte.

Se da cuenta de que lo único que teme al morir es dejar de existir como una obra moldeada con amor infinito; de cualquier modo la vida es eso, siempre una obra de arte inconclusa. Toma la última página de la carta, lee en voz alta:

> Este pueblo, México, es bastante aburrido, muy grande y más bien feote. Yo vivo en una casa muy antigua y enorme (los pisos modernos estilo jaula me horripilan), con dos jardincitos donde, cosa estupenda y que me dejó maravillada, vienen a veces pájaros-mosca; tengo muchas plantas y me dedico a cocinar por las mañanas, porque ¡pasmaos! sé cocinar de la manera más suculenta y suntuosa que se conoce en los anales de la cocina. Nunca lo hubierais sospechado, ni yo tampoco, pero así es, sin contar con otras series de virtudes domésticas que ahora poseo y que no creía que nunca podría tener...

—Mi norma es no tener normas —decía Remedios sonriente.

—Es la norma de todos nosotros, querida amiga —le respondía Dorothy Hood.

Estaban en ese momento en la casa de Gunther Gerszo, reunidos con Luis Buñuel, César Moro, poeta surrealista peruano, Wolfgang Paalen y Alice Rahon, poetisa francesa y mujer de Paalen. Buscaron un pretexto para disfrazarse; harían un carnaval surrealista.

—Necesitamos siempre una excusa para nuestras locuras —comentó Remedios.

—No necesitamos nada de eso —replicó Gerszo—, somos libres, inteligentes y sensibles. Eso basta para dar rienda suelta a la locura surrealista.

Remedios se disfrazó de gata, Leonora de ratoncilla. Empezaron a perseguirse, como gata a ratón. Leonora finalmente cayó rendida en las garras de la gata Remedios. Leonora chilló, Remedios maulló. Los demás reían a carcajadas.

—¡Bueno, basta, ahora Remedios y yo cocinaremos, y haremos unas cuantas brujerías! —Leonora se veía preciosa con sus mejillas sonrojadas—. ¿Por qué no llega Benjamin?

—Se quedó muy entretenido jugando con una mano que encontró en el basurero del hospital que tenemos junto a la casa.

—¿Una mano verdadera? —Buñuel abrió aún más sus ojos desorbitados.

Remedios asintió.

—O sea, te refieres a la mano de un cadáver.

—Sí, encontramos el otro día la mano de un cadáver. Fría como la pata de un muerto. —Remedios reía a carcajadas—. Esa casa de la calle Gabino Barreda es muy misteriosa. No tiene nada de lujo, pero es definitivamente una delicia. La hemos llenado de gatos, de pájaros enjaulados… Tuve que enjaularlos para que los gatos no los atacaran. Hemos colgado en las paredes dibujos de Picasso, de Tanguy, de Ernst… lo que pudimos sacar de Francia…

—Sí, es un lugar raro, pero precioso… Por cierto, Remediosanto, te guardé algunos cuarzos, y otras piedras que encontré en el mercado, cuentas de collares y conchas, ah, y un cobo, un caracol donde podrás oír el mar si pegas la oreja a la hendidura… —Leonora hablaba y gesticulaba con precisión, parecía que dibujaba en el aire todo lo que acababa de decir. Mañana iremos a tu casa, Reme, y les brindaremos ese extraño caviar que descubrimos nosotras, tan caro…

—O sea tapioca blanca revuelta con salsa de pescado y teñida con tinta de calamar… —comentó jocoso Gerszo.

—No me gusta tu chiste —protestó ñoña Remedios—, mi casa es rara, ya lo sé. Se entra por una ventana, es un caserón vetusto, sórdido… Las ranuras en el suelo nos sirven a nosotros como ceniceros y a las ratas como puertas a sus cuevas…

—Pobres ratitas. ¿Sabes, Luis? Tanto Remedios como yo les damos de comer —aseguró Leonora a Buñuel.

—Sí, pero Benjamin las envenena —afirmó su amiga—. El otro día, al hallar la mano en el basurero, Péret entró como un loco, con la mano en su mano, gritando: «¡El surrealismo vive en México, Reme, el surrealismo vive en México, mira lo que acabo de *trouver dans la poubelle de l'hôpital*!». Ya saben, empieza hablando en español y termina siempre la frase en francés. Me decía que acababa de encontrar esa mano muerta, y la agitaba... Era un espectáculo maravilloso...

Al día siguiente se reunieron en el apartamento de la calle Gabino Barreda, y era tal como la habían descrito sus amigas, pensó Buñuel. Una auténtica locura surrealista.

Después de hacer honor a una comida más que surrealista, cómica, preparada por Remedios y Leonora con frijoles saltarines, frijoles que saltaban solos en el plato, Remedios leyó algo que había escrito. De un tiempo a esta parte, escribía y pintaba cada vez con mayor ímpetu. La pintura y la escritura formaban parte de un embrión, que ella iría gestando, nutriendo con los recuerdos y las vivencias más remotas y más íntimas hasta las más cercanas:

> Grupos compactos de porteras incalificables, a lomos de chivos gigantescos, corren velozmente hacia el oeste, del este llega una nube de golondrinas ardorosas que chocan inevitablemente con ellas, pero en zigzag viene el vagabundo desconocido, lamiendo precipitadamente las pantorrillas y tragando tal cual golondrina, verdes, pero no muy sensatos carteros, se aplastan contra las redes para dejar libre el paso y a causa de tanta agitación, los trozos de periódicos arrugados y viejos se levantan inflamados en el aire y estallan con maestría pirotécnica. Las malvas y deyecciones, una mano olvidada y esas cosas misteriosas que flotan, que se enredan al tobillo por la no-

che están encaneciendo de preocupación, porque presienten la llegada del cemento. ¡Ave María Purísima, hija mía! Corramos, ahí viene el exhibicionista, envuelto en una capa de amplio ruedo, ¿ruedo o rueda?, ¡ah sí! rueda, rueda de la fortuna, de bicicletas y de triciclos, los muchachos del barrio atraviesan todo lanzando por encima de la barda algunas piedras que caen al patio y estallan soltando sus semillas, bárrelas, ¡pronto, María, no quiero más monolitos!, y, por favor, echa un poco de desinfectante tras la puerta y la barda, ¡hay realmente demasiadas moscas!

Todo esto y mucho más hierve el terreno baldío, al lado de la casa. Es el lecho de una calle futura, pero todavía están muy lejos el cemento y todo lo demás.

Ese fragmento forma parte de aquellos cuentos imaginados en la calle Gabino Barreda. Los guardaba celosamente, como había guardado la mano podrida, abandonada por Péret, los ratones disecados, los talismanes mágicos confeccionados por ella y por Leonora.

—Es un cuento fabuloso —murmuró Leonora mientras revolvía con un cucharón en una vasija de barro una pócima o caldo, condimentado con plantas alucinógenas, peyote, y se disponía a aliñar los trozos de jicotea, mientras amasaba con la punta de sus dedos una bolita de pelos de gato.

—Espero que no seamos los únicos en probar ese mejunje.

—Ah, no, de ninguna manera. Ustedes lo prueban y nosotras, Leonora y yo, anotamos el resultado de sus alucinaciones, de sus experiencias. Porque si no lo hacemos no serviría de nada.

Los demás protestaron poco convencidos.

—A ver, querida —señaló Dorothy—, yo podría anotar, y observar tu reacción, haremos al revés.

—No, porque no saben ustedes lo que nosotras queremos tomar como apuntes. Nuestros experimentos van en la dirección de la magia, el subconsciente, y el traslado de la mente a otra dimensión...

—No hables tonterías, Remedios, si deseas que pruebe esa asquerosidad no te atrevas a echarle los pelos de los gatos. Ya con la jicotea tenemos suficiente —protestó Péret.

Bebieron asqueados buches de aquella extraña y amarga tisana, y no pasaron más de tres minutos sin que algunos viraran los ojos en blanco, y se pusiera a sudar y a cantar disparates. Disparates, pero muy coherentes, anotaría Remedios.

Mientras ella escribía, Leonora pronunció cómplice:

—Nunca le contaremos nuestros secretos a nadie.

—Mi Leo, sólo hablo contigo. Mis secretos son tuyos, exclusivamente. Mis sueños te pertenecen. Anoche soñé contigo, era muy raro. Y bastante simpático, fíjate, te lo contaré tal como lo vi: «Estoy lavando una gatita rubia en el lavabo de algún hotel, pero no es cierto; parece más bien que es Leonora que lleva un abrigo amplio que necesita ser lavado. La rocío con un poco de agua y jabón y sigo lavando a la gatita, pero muy perpleja y turbada porque no estoy segura de a quién estoy bañando...».

—Remediosanto, me da pavor ese sueño, pero es bellísimo, es de lo mejor que he oído. Y también pude imaginarlo mientras lo contabas. Escribes mucho, ¿qué has escrito?

—Cosas en referencia a ti y a mí; te leo: «Un trozo de la vida de A después del viaje en esa otra ciudad encuentra a X (no se parecen físicamente; se *complementan*). Al principio pequeñas coincidencias; después relatos de X (incluso con ocasionales documentos fotográficos de rincones de la casa, animal favorito, fiesta o reunión, etc.) con precisiones de fechas y días, que descubren la coincidencia (el lugar en que vive en esta otra ciudad tenía algunas huellas cuando llegó por primera vez; la silla en la que se sentó estaba algo caliente, etc., etc.). Desde luego, X tiene algunos objetos que A creyó haber perdido o cuya desaparición era oscura. El pelo: quizás fuera posible que el único pelo fuera algo violáceo, compuesto de los otros dos, uno rojo y el otro azulado (negro azulado). *Taches de russeur* casi invisibles, pero en el uno oscuras, en el otro claras (como si las manchas del uno hubiesen sido hechas sirviéndose de la piel del otro en la forma en que se hace el *pochoir*…). Supongo que por momentos soy A y tú eres X…

—Y a la inversa; resulta fascinante, contradictorio, emocional e irracional… Creo que finalmente conseguiremos hacer de la ciencia oculta una ciencia exacta.

Leonora dibujó las manos como plantas de Gerszo, y la cabeza envuelta en una capucha medieval de Luis Buñuel.

—Acabo de ver pasar un girasol gigante, diciéndome adiós desde la ventanilla de un avión. El avión se deslizaba encima de las ruedas, por la calle. Era gigantesco, y gris… Lo acabo de ver a través de la ventana. —Remedios suspiró enardecida con su visión.

La Habana, 1989

Sonaron a la puerta con insistencia y di un brinco en la silla. Me había quedado dormida, hacía mucho calor, y acababa de almorzar un revoltillo de huevos con tomate con una gota de aceite, y un guarapo; el vecino, cortador de caña, me había regalado dos trozos de caña y un trapiche casero. Abrí y descubrí a uno de mis amigos pintores acompañado de una mujer muy pequeña; ésa fue la primera impresión que tuve: que se trataba de una enana.

Atravesaron el umbral y después de restregarme los ojos me di cuenta de que la muchacha no era enana; simplemente su estatura dejaba mucho que desear. Yo mido un metro sesenta y siete y ella me daba por el hombro en tacones.

Hubert, el pintor, me aseguró que no tenía previsto subir a verme, pero que pasaba por ahí con Wanda, así se llamaba su novia —de paso me la presentó—, de dar un paseo romántico por el Malecón, y que de pronto ella le había preguntado si me conocía. Sabía que yo había vivido en París, y eso nada más me hacía, a sus ojos, un fenómeno que no debía perderse por nada del mundo.

Wanda tenía dieciocho años, no estudiaba ni trabajaba. Me

dijo que, como yo y como su madre, ella también escribía poesía, que su madre sí que era una poetisa muy famosa en el mundillo cultural habanero, pero que por decisión propia había decidido cogerse un año sabático, retirarse del «mundanal ruido». Y al instante empezó a citarme versos espantosos traducidos al español de dudosos poetas franceses que jamás en mi vida yo había leído, y eso que me considero una especialista en la materia. Sospeché que los poetas habían sido inventados por su afiebrada imaginación.

Aseguró que yo no me acordaba de ella, pero que nos habíamos conocido antes, en el año 1987, cuando yo había estado una semana en La Habana, para una consulta médica. Fue en el palacio de Los Capitanes Generales, y nos había presentado Pina Brull, que en aquel momento recopilaba textos para una antología de la poesía erótica...

No la recordaba, le dije que lo sentía, pero no podía mentir.

—¿Cómo sigues? —interrumpió Hubert dirigiéndose a mí, con toda intención respecto a su ñoña novia, que para colmo articulaba exageradamente con tintes fañosos en la voz.

Tardé en responder:

—Fatal. ¿Cómo puedo continuar? No lo sé. No podía ni siquiera imaginar que iba a ocurrir el accidente de avión y que iba a perder a mi marido a tan pocos meses de casados. Duermo poco, tomo pastillas, me alimento cuando ya no aguanto más y he perdido parcialmente la memoria. Por suerte, mis amigos se portan bien, mi madre, mi familia... No me puedo quejar.

—¿Tuviste noticias de tu primer marido?

—Nada, rompimos la relación desastrosamente. La madre insiste en verme, quiere devolverme algo, unos papeles. No sé. La señora y yo nos quisimos mucho.

—¿Por qué no te quedas en nuestra casa esta noche? —pitó la voz de Wanda.

—¿En qué casa? —preguntó Hubert extrañado de que Wanda mencionara en posesivo su casa como la de ambos.

—Bueno, en la tuya —rectificó Wanda.

—No quiero alejarme de aquí. Siento a Álvaro muy presente, puedo oler su perfume. No quiero que se quede solo.

—Él no está aquí, son sólo suposiciones, estás muy impresionada. —Hubert intentó calmarme—. Vendrás con nosotros, dale, chica. Mira, compré un pescado excelente. Lo asaré en el horno, con sal.

—¿Cocinarás tú? —pregunté.

—Wanda es muy joven, aún no sabe cocinar.

No había que exagerar, yo tenía treinta años, y sabía cocinar desde los quince. Wanda me parecía un personaje muy raro, ambiguo, más bien una trepadora, altanera en sus sentimientos, sinuosa: una aprovechadora, en resumen.

—Hubertiño, mi cielo, ¿y cómo haremos? En la moto sólo cabemos dos.

—No se preocupen, iré en guagua o en bicicleta —me adelanté.

—Te esperamos —subrayó el pintor y se despidió con un beso en la mejilla.

Wanda tuvo que ponerse en puntas para darme otro beso.

Ellos llegaron mucho antes que yo; finalmente me decidí por ir en bicicleta. Wanda se había cambiado y para asombro mío se hallaba en traje de baño, un bikini rojo. ¿Qué hacía en trusa si en casa de Hubert no había piscina y mucho menos playa cercana?

La madre de Hubert me saludó con el mismo cariño de siempre, y miró de reojo a la novia de su hijo, haciéndome un gesto de desagrado. Pude comprobar que lo hizo con toda intención, no sólo para que yo me diera cuenta de que no la soportaba, sino también para que Wanda se percatara de su desprecio.

—Me vestí así porque hace un perro calor. Y como en mi casa siempre ando desnuda... Aquí no puedo, claro.

Hice ademán de no darle importancia al asunto.

—¿Tú andas desnuda delante de tus padres? —se asombró la madre de Hubert.

—De toda la vida.

La madre de Hubert desapareció refunfuñando por la escalera que daba al segundo piso de la casa.

La chica se sentó a mi lado en el sofá forrado en crepé negro. Llevaba el pelo muy corto y de pronto me pareció espantosa. Tenía cara de coreano hambriento. Era más fea que graciosita, y lo sería mientras fuera joven, pero cuando llegara a vieja habría que ver, lo de graciosita sería discutible. Confieso que nunca me gustó su cara de oportunista, pero siempre he sido muy condescendiente con las personas tontas.

—Ayer estaba en Puerto Rico, llegué esta mañana. —La miré desconfiada—. ¿No me crees? Pregúntale a Hubert.

Hubert estaba bien lejos, en la cocina.

—¡Hubert, Hubert! —chilló.

Mi amigo se paró en la antesala, cucharón en mano.

—¿No es verdad que me pasé una semana en el festival de cine de Puerto Rico?

Me pregunté cómo había podido salir de Cuba, siendo menor de edad, en aquella época sólo se podía viajar a partir de los veintitrés años, y eso en casos extremos. Había que ser hijo de extranjeros o estar casada con un extranjero o con alguien de la nomenclatura que pudiera llevarte con él (ése había sido mi caso). En aquella época era casi imposible, en su situación, salir de Cuba para nada. Me adivinó el pensamiento.

—Mi padre es sueco. Tengo pasaporte sueco. Además de los permisos, lo peor fue la invitación, pero como soy casi actriz, pues me invitaron. Ayer desayuné con Guillermo Cabrera Infante, con Steven Spielberg y con Octavio Paz.

—¿Los tres juntos?

—Estaba también la esposa de Spielberg, ay, niña, de lo más simpática. Hablamos en español porque todos hablan perfecto castellano.

—No lo dudo de Cabrera Infante y de Octavio Paz.

—Fue mortalítico conocerlos.

Hubert observaba la escena, petrificado. Desde entonces la bauticé como Wanda la taclera, por los tacles que metía, las mentiras que sonaban una detrás de la otra, sin pudor ninguno.

Hubert se apresuró a mostrarme un libro, cosa de callar a la bicharraca calamitosa.

—Mira, creo que es una pintora que te gusta mucho.

—¿Remedios Varo? No sé quién es.

—Hace mucho tiempo, en París, me hablaste de su pintura. Acababas de ver un catálogo de pintura mexicana, y estabas fascinada con ella. Fue antes de tu divorcio.

—Oh, Hubert, hay zonas de mi mente que se han quedado en blanco. Fíjate que ni siquiera me acordaba de que todos esos sombreros que tengo en casa eran míos, ni siquiera me acordaba de que en una época había usado sombreros.

—Sí. Usaste sombreros. Igual que Remedios Varo, en París. Y luego aquí también los usaste —insistió Hubert.

Su novia se mordía las uñas, ansiosa por obligarnos a cambiar la conversación.

—¡Ay, los sombreros! ¡Yo te admiro desde hace tiempo por tus sombreros! ¡Has sido una innovadora al ponerte sombreros en este país!

—Wanda, en los años treinta, cuarenta y cincuenta las habaneras los usaban muy a menudo. No he sido la primera.

—Quiero un sombrero. ¿Me regalarás uno de los tuyos?

—Basta ya, Wanda, déjanos —suplicó mi amigo, con tono embarazado a causa de la estupidez de los comentarios de su novia.

Hojeé el catálogo que me había extendido Hubert, las imágenes que creía ver por primera vez me fascinaron. *Ruptura*, un cuadro muy extraño y valiente, con esas caras que escudriñan la partida del personaje, en medio de la madrugada, daban pavor.

Cenamos el pescado, unas papas hervidas, vino blanco que Hubert guardaba en la reserva de uno de sus viajes al extranjero, flan de calabaza (ellos, yo no, tengo prohibida la calabaza, Oshún no me lo permite), y un café con crema que hizo Diana, la mamá de mi amigo. Escuchamos un disco de Queen.

Al final de la noche, Diana me pidió que me quedara a dormir en casa. Me preparó el cuartito blanco y desenchufó de la corriente el aire acondicionado porque sabía que no me gustaba el frío excesivo.

El cuarto de Hubert colindaba con el mío. Antes de acostarnos, me invitó a apreciar su último cuadro, colgado en una pared de su cuarto pintado todo de negro. Jamás pude soportar las habitaciones pintadas de negro. El óleo era inmenso, tenebroso, dos personajes con espejuelos oscuros cantaban a todo trapo, un hombre, supuse que era él, y una mujer, su antigua novia, mi amiga Soledad, una gran pintora.

—¿Quieres dormir con nosotros? —preguntó más insegura que descarada Wanda.

—No —contesté secamente.

—La del cuadro soy yo —mintió Wanda.

Hubert le reviró los ojos, disgustado.

Me acosté en el cuarto blanco. Hacia la madrugada me desperté con pesadillas, desde múltiples ventanas me espiaban caras y ojos como los de Wanda. Me dije que no podía ser posible; me vestí, tomé la bicicleta, y me largué a mi casa. Me dije que no vería más a Hubert mientras siguiera con Wanda, la taclera.

Lo que más añorará de Leonora será su risa.

Nunca se ha reído tanto con ninguna otra persona como con ella. Allí adonde pronto se irá, ¿cómo será la risa?

A Leonora y a ella les fascinaba ir de un tema al otro mediante la risa. Así transitaban de la filosofía a la hechicería, y de la brujería a la alquimia, sin recato ni escrúpulo de ningún tipo.

Leonora, la belleza y la inteligencia, vigorosa, esbelta, la toma en sus brazos, le dice que no puedo seguir así, tan frágil, tan poca cosa.

Su amistad es su mayor tesoro, y con la materia de ese tesoro han amasado el perfil de sus heroínas: Remedios era Carmella Velásquez en *The Hearing Trumpet*, una obra de Leonora. La Ellen Ramsbottom de un cuento que mantendría inédito resultaba una mezcla de Leonora y de ella misma.

Lo que más les gustaba era vestir a sus personajes como se vestían ellas, iguales a los sueños de los gatos. Los gatos sueñan con damas extravagantes.

Sombreros inmensos, repletos de plumajes extravagantes, corsés, botines que aprietan las piernas, medias de seda, el vello del pubis asomando por un hueco que han abierto, rajado adrede. Nadie podrá imaginar semejantes historias como lo han hecho Leonora y ella, porque esas historias, quieran o no, las han vivido y soñado, y sus sueños suceden a dúo, porque ellas sueñan al unísono.

Hará un tiempo prepararon una receta suculenta, muy terapéutica además, ofrecieron a los amigos la fórmula para «ahuyentar los sueños inoportunos, el insomnio y los desiertos de arenas movedizas debajo de la cama».

Si un día se le antoja a alguien ser el rey de Inglaterra, pues ellas poseían un medio, es decir, una opción para estimular ese sueño, desde luego que deberá comprar un cepillo de cebellina para mojar y esparcir clara de huevo sobre el cuerpo del soñador.

Fue un éxito absoluto, pero aún mayor lo obtuvo la fórmula para provocar sueños eróticos: prepárese un brebaje muy sencillo, nada amargo, y sírvase en una taza para infusiones:

> Un kilo de raíces fuertes,
> tres gallinas blancas,
> una cabeza de ajos,
> cuatro kilos de miel,
> un espejo,
> dos hígados de ternera,
> un ladrillo,
> dos pinzas para la ropa,
> un corsé con ballenas,
> dos bigotes postizos,
> sombreros al gusto.

Lo peor para los demás fue seguir las instrucciones al uso que ellas propusieron a aquellos que se dedicaran a cocinar la receta:

> Póngase el corsé bastante apretado,
> siéntese ante el espejo,
> afloje su tensión nerviosa,

sonría,
pruébese los bigotes y los sombreros
según sus gustos
(tricornio napoleónico, capelo cardenalicio,
cofia con encajes, boina vasca, etc).
Corra y vierta el caldo
(que debe estar muy reducido)
en una taza.
Regrese con ella apresuradamente
ante el espejo,
sonría,
beba un sorbo de caldo,
pruébese un bigote,
beba otro sorbo,
pruébese un sombrero,
beba,
pruébese todo,
tome sorbitos entre prueba y prueba
y hágalo todo tan velozmente
como sea capaz.

Aquel día, ante los ojos de sus huéspedes, se quedaron muy serias, igual que ellos, pero por dentro Leonora y ella reían de lo lindo.

Leonora sabía que Remedios se reía a carcajadas, y Remedios que a ella también le sucedía lo mismo. Ocultaron la risa, porque la risa incomoda a los otros. Y la risa es un acto muy libre, pero al mismo tiempo muy íntimo.

No, no sólo se dedicaban al ocultismo, al tarot, y a reírse, Leonora y ella.

Remedios tuvo que sacrificarse muy duro, hizo cualquier trabajo, el primero que se presentara. Necesitaba dinero, no sólo para ella, como siempre, también para Péret y para los gatos. Péret era un artista puro que se moría de hambre sin ella.

Ella era una artista pura también, pero no podía ver a un ser humano y a sus gatos morirse de hambre, no lo hallaba poético.

Benjamin fue a ver en múltiples ocasiones a Luis Buñuel, para ver si podía resolverle algún trabajito en la producción de cine, pero la situación de Buñuel en aquellos años tampoco era mucho más holgada que la de la pareja. Las ayudas económicas no les alcanzaban y llegó el momento en que se acabaron.

Péret empezó a dar clases de francés, pero tampoco aquello duró mucho ni ganó tanto. A veces a Remedios le daban deseos de meterle un ramo de flores en la nariz, o de arrancarle los pocos pelos de un tirón, o de golpearle duro en la cabeza con un buda de porcelana, a ver si reaccionaba.

—Estoy presagiando que algo grande nos acontecerá —susurró a Leonora.

—Remediosanto, éste es el país de los presagios. No anuncias nada nuevo —respondió su amiga echando los brazos detrás de la cabeza.

Leonora se enfermó, le entraron temblores y fiebres altas; la condujeron a su casa en una camilla de cristal nacarado. A menudo se enfermaban, y ya era como un juego. A los pocos días Leonora le mandó una nota:

> Remedios, como te dije te estoy haciendo un hechizo contra el mal de ojo. Ahí está. Anoche tuve 38° de fiebre, a lo mejor por autosugestión; no me siento lo suficientemente bien como para salir. Ven a verme, si puedes. ¿Venís los dos a tomar vuestro tequila?…
>
> LEONORA

Fueron todos a verla.

—Leonora, tengo ganas de jugar. —Remedios dijo eso para divertirla.

Leonora se había pintado ojeras, pero la fiebre era real y desvariaba:

—Soy una crisálida, soy una crisálida...

Pasaban las horas de ocio jugando, escribían obras de teatro que hoy en día azorarían a muchos, tanta era su vehemencia. Remedios llevaba decenas de cuadernos llenos de dibujos, cuentos, obras...

Fue una época muy creativa, y trabajaban además como mulas. El tiempo era oro, y lo aprovechaban, porque sabían que el oro del tiempo, cuando se malgasta, no sólo es irrecuperable; además se convierte en una maldición.

Pasaron períodos buenos, pero más fueron los malos. Por suerte, Remedios consiguió trabajar con Lizarraga y Francés (antes de que Esteban se fuera a Estados Unidos). Hacían vitrinas y en la oficina británica de propaganda antifascista, ilustraban con montajes de dramas escénicos las victorias de los aliados.

Pintó muebles e instrumentos musicales para una de las mueblerías más prestigiosas de la ciudad de México. Eso le dio idea para decorar cajas y objetos de los amigos. Y vendió cuadros ajenos; ganó una miseria con ellos, pero la hacía feliz ver a sus amigos cuando recibían la ganancia de sus manos.

Con Leonora diseñó los trajes y los tocados de *La loca de Chaillot* de Jean Giraudoux, y los de la pieza *El gran teatro del mundo* de Calderón de la Barca.

Con Francés, aunque se veían poco, coincidieron cuando trabajaban para Marc Chagall, en los diseños de los trajes para el ballet *Aleko* de Léonid Massine, en el 1942. Remedios siempre creyó que de esta experiencia surgió su cuadro *Tailleur pour dames*, Sastre para damas.

Su máquina de coser viajaba siempre con ella, porque desde la infancia le gustó confeccionarse sus trajes; detestaba las batas con las que sus padres se empecinaban en disfrazarla; a aquello jamás se le podría llamar vestidos, eran más bien disfraces, una especie de camisas de fuerza, para locos.

También se diseñaba los zapatos, sus primas los confeccionaban, ella los dibujaba, con unas puntas estiletes que aterrorizaban a media familia. Siempre había tenido ese lado sastre mejor que el de los sastres, quienes no acaban de entender el verdadero gusto de las mujeres. Hizo trajes luego para los surrealistas, para todos aquellos que quisieron transformarse en personajes de Remedios Varo. Decían «somos los inventos de Remedios Varo», y eso la alegraba, bastaba con eso para hacerla feliz.

Se inspiró también en muchos de los rostros y objetos precolombinos. Sentía una honda admiración por el arte precolombino. Diego Rivera estaba en lo cierto cuando no se cansaba de defender el enorme valor de las figuras de arcilla y hasta de los ladrillos. Trabajó en la restauración de estos objetos, junto a Wolfgang Paale y Miguel Covarrubias, a los que se unió Jean Charlot.

Adquirió muchas de estas figuritas. Forman parte de la herencia que piensa dejar a los suyos, ellos sabrán cuidarlas, porque aprecian como ella su belleza. Sobre todo Xavier, el hijo de Lizarraga. Sus dos hijos, Amaya y Xavier, son como sus propios hijos. Xavier llegará a ser un gran pintor, Remedios lo intuye. También Beatriz, su sobrina, hija de su hermano Rodrigo, posee un don para la pintura, pero aún es joven.

El cansancio empezó a paralizar sus ojos. No paraba de hacer dibujos para la compañía Bayer, y aunque firmaba con su segundo apellido, Uranga, dedicó mucho de su talento a la publicidad de productos farmacéuticos. Esto constituyó su principal ingreso.

Con los ojos cerrados podía pintar *gouaches* que precisamente hacían referencia a los medicamentos, píldoras, para contrarrestar el insomnio. Empezó a ver párpados en el techo, ojos entrecerrados multiplicados en las paredes, pestañas que volaban y trepaban por el borde de la ventana. Las velas jamás se apagaban. No podía dormir y sin embargo Remedios se derrumbaba de sueño. El piso comenzó a ablandarse, y la cama se transformó en coágulo, el coágulo creció y ella se ahogaba en una gelatina sanguinolenta.

Empezó a asustarse verdaderamente cuando a lo lejos divisó una especie de castillo con torres medievales, sembrado encima de una montaña de clavos, sí, eran piedras y clavos. Desnuda y vendada, de pies a cabeza, se encontró ella, los brazos abiertos, las piernas flexionadas, la cabeza echada hacia atrás, doblada de dolor. Hincada encima de los clavos, llueve clavos que se hincan en su cuerpo. El dolor es tremendamente agudo. De esa horrible sensación le salió un dibujo inesperado, eso fue en el año 1942. Lo tituló *Reuma, lumbago, ciática*.

Dos años después, en el 44, Frida Kahlo pintó *Columna rota*, una mujer llena de clavos.

Acompañada de Esteban Francés, Remedios visitó bastante a Frida. Diego y ella eran los dioses del olimpo del arte mexicano, por su casa pasó el mundo entero. Y Remedios formaba parte de ese mundo.

1947 fue un año crucial en la vida de la artista. Pintó el cuadro *La Torre*. La torre almenada emerge de un océano circular, amurallado; también en el agua flota una barca con una rueda en el centro, de donde sale un remo con unas aspas de molino de viento; del centro de las aspas se eleva una vara, en la punta de la cual una muchacha hace equilibrio; se halla de espaldas, sus vestimentas se elevan con el viento, observa un horizonte. Alrededor de la torre que bordea el mar pintó raíces, carreteras, arenales y una chica muy parecida a la equilibrista que regresa encima de un triciclo de extraña construcción.

Considera que con ese cuadro rompió con varias décadas de su obra, pero esa ruptura la llevó a otras. Sin darse cuenta, se fue desgajando del surrealismo europeo. Remedios encontró su propio lenguaje, sus maneras de interpretar todas esas realidades culturales que conformaban su universo, y el universo mexicano cada vez la definía más.

Fue el año en que decidieron separarse Péret y ella. Ya no podía quererlo de la manera que ella creía que él lo merecía. Nunca lo dejó de amar, pero no de esa forma en que podían vibrar con la presencia de cada uno. Ya no se trataba de poesía, ni de surrealismo, ya no era arte, se trataba de convivencia, de favores prestados, y eso estaba más cerca de la ignominia que del amor. Pero ella siguió amándolo; aun después de muerta seguirá amándolo.

El amor cotidiano se hizo migajas que devoraron los gorriones. Benjamin quiso volver a Francia. Era natural, la guerra había terminado, la liberación daba un impulso nuevo a su país. Remedios se negó a seguirlo. Péret llevaba demasiado tiempo deprimido, apenas hablaba con ella ni con sus amigos, sólo pensaba y desvariaba, ensimismado se movía como un fantasma de un lado a otro de la casa. Recibía un sueldo fijo de la Escuela Pública de Bellas Artes La Esmeralda, pero ya hasta eso llegaba tarde.

Remedios no iría a negarlo. Conoció a Jean Nicolle, bromista, guapo, exitoso en el medio femenino y también en el masculino.

Jean, Don Jon, así lo bautizó ella en sus escritos, era todo lo que Remedios necesitaba en aquel momento, «un intrépido piloto de la estratosfera». Su alegría era contagiosa, y la sedujo con su boca y con aquel bigote que le quedaba perfecto. Necesitaba que la admiraran, que se ocuparan de ella, que de vez en cuando la levantaran en peso y la colocaran cuidadosamente en el pedestal del deseo, con un ramo de rosas rojas dentro de un jarrón dorado.

Fue doloroso que Benjamin Péret se fuera, pero ya era hora

de que él recobrara su mundo. Péret necesitaba de su idioma para poder vivir, como poeta le era imprescindible. El seudónimo de Peralta bajo el que escribía comenzó a arderle en los labios. México no le dio lo que le dio a Remedios: la espiritualidad, la riqueza de sentimientos, el reencuentro con un arte que todavía habitaba en ella aunque lo ignorara.

Gracias a Picasso, Miró, Ernst, Domínguez y Breton, que organizaron una exposición para financiar su billete de vuelta, pudo resolver el pasaje. México no le dio lo que él buscaba, aunque él no sabía ni siquiera lo que buscaba, típico en ese tipo de poeta comprometido…

Para Remedios, su compromiso era el amor, la vida, la pintura, y el deseo… «llegué a México buscando la paz… En este país encontré la tranquilidad que siempre había buscado».

Lo que más le faltaba era su madre, su país era en verdad su madre.

La mer, ma mère.

«Soy más de México que de ninguna otra parte. Conozco poco España; era yo muy joven cuando viví en ella. Luego vinieron los años de aprendizaje, de asimilación en París, después la guerra… Es en México donde me he sentido acogida y segura… No me gusta nada viajar… Es una experiencia que no me gusta repetir», declaró en alguna parte, y ésa es su verdad más reciente.

Jean era catorce años más joven que ella. Don Jon, un príncipe, una fábula. Vivieron en la colonia Roma, luego ella lo llevó a la casa de Gabino Barreda.

Se había puesto mayor, se quitaba a Benjamin de encima, un viejo, para amar a un joven. Ella misma se lo reprochó durante años. Octavio Paz siempre le dijo: «Olvida eso». Octavio Paz, a quien Remedios agradecerá toda la vida que hubiera ayudado a Péret cuando en París se lo encontró en la miseria.

Venezuela, 1947

—¿Qué te sucede en las manos, hija mía? No paras de darte masajes. —Doña Ignacia hizo la observación y tomó las manos de su hija, las estiró y revisó sus palmas.

—Artritis, mamá, padezco de artritis, herencia del invierno europeo y de la humedad de los *ateliers* en donde he trabajado.

Remedios se sirvió un vaso de agua; le dolían los dedos, pero también le picaba demasiado la garganta, se le secaba la lengua, y bebía jarras y jarras de agua helada.

—Si sigues trabajando tanto te enfermarás, y con esas moscas que tanto estudias, terminarás contagiada con un virus de algo... —la madre prosiguió por ese camino, a sabiendas de que en realidad el tema que deseaba tocar era otro.

—Estoy muy agradecida de Rodrigo por haber intercedido para que yo tuviera ese trabajo en la Dirección de Malariología. Es difícil eso de pintar moscas; veo moscas en todas partes, me caminan por dentro, es muy difícil, pero todo en la vida lo es. Me parece estar oyendo a Benjamin cuando se burlaba de mi hipocondría, y de mi miedo a los insectos. Si me viera ahora se asombraría... Mamá, estoy segura de que quieres hablarme de otro asunto, pero no sabes cómo afrontarlo.

La mujer se removió en la butaca del cuarto de su hija. Observó el vestido largo, modelo chino, que Remedios había colocado encima de la cama, le quitó algunos hilos colgantes con las uñas. Remedios salió a la terraza de su estudio, en el hotel Jardín. Bajo el sol que la bañó completamente parecía una diosa egipcia; su sobrina Beatriz jugaba con los pinceles, y se detuvo para contemplar a la hermana de su padre. La encontraba tan bella y misteriosa que se quedó boquiabierta; durante unos minutos se dedicó a dibujar a su tía.

—Ya eres adulta, toda una mujer, has vivido como has querido. Pero soy tu madre y tengo que decirte lo que pienso: no me gusta ese hombre con el que andas, es más joven que tú… Y no hace nada que haga pensar que podrás descansar y dedicarte a la pintura… No me gusta esa gente con la que andas…

Beatriz bostezó sonoramente, siguió dibujando.

—Estás en tu derecho de decirme lo que piensas. Yo estoy en el derecho de responderte que mi vida es mía, que llevo años viviendo así, que ha sido mi elección… Y que Jean no te guste puedo entenderlo, pero me gusta a mí. Con él he hecho el viaje más hermoso de mi vida, bosques, ríos, la cordillera de los Andes, el río Orinoco, he visto todo tipo de animales raros…

—El único animal raro es él —murmuró la madre—. Tantos años sin vernos, para que me contestes de este modo… —La madre se enjugó unas lágrimas con el dobladillo de la falda.

Remedios se arrodilló delante de ella.

—Te quiero, mamá, sabes que he sufrido mucho todos estos años por no poder estar junto a vosotros. Tú eres lo más grande que tengo en la vida. Pero necesito que me entiendas, y que me aceptes tal como soy. No conseguiré ser de otra manera, nunca te mentí en mis cartas. Madre, por favor… Con Jean me siento muy mujer, muy madura, me hace sentir atractiva, y por fin logro ser más inteligente que el hombre que me acompaña. —Remedios se abrazó a su regazo.

Doña Ignacia la ayudó a erguirse y ambas se estrecharon con ternura.

—Componte, la niña nos está mirando, y luego no quiero que Rodrigo me eche en cara que le estamos enseñando tonterías, o que la entristecemos... Beatriz, ¡hala, a jugar en la terraza! ¿Ya estás lista?

La niña asintió con el rostro muy serio, a punto de lloriquear.

—Vamos, niña, ya estás bastante grandecita, y no pasa nada, que Remedios y yo sólo lloramos de alegría, hacía demasiado tiempo que no nos veíamos, ya lo sabes, mira... Si estás lista, te doy permiso para jugar aquí, en el estudio de Remedios, todos estos días. Aprovecha y vete a la terraza, tu padre vendrá pronto a buscarnos.

Remedios acarició los rizos rubios de la pequeña. Encendió un cigarrillo. Le picaba la garganta, pero un cigarrillo la calmaría.

México, 1963

Sí, las conversaciones con su madre después de tantos años sin verse no estuvieron todas plenas de amor; hubo mucha acritud también; con su hermano Rodrigo pasó igual. Ambos se celaban. No vieron con buenos ojos a Jean. Nada les convenía para Remedios, nadie les parecía lo suficientemente merecedor de ella, como si fuera un gran premio que había que ganar.

Era lógico que pensaran de este modo. Eran después de todo su madre y su hermano, los movía el miedo de que alguien la dañara, temían perderla para siempre, que no deseara verlos más; también se sentían sumamente preocupados por su futuro, y desde luego que Remedios justificó tal actitud.

Después de sentir este malestar, por causa del cual ha venido a recostarse en la cama, mientras Walter conversa en el salón, Remedios se ha puesto a revolver cartas y fotos, queriendo buscar una explicación a toda esta soledad, a este ser que ella llama tiempo, y del que no conseguirá desprenderse si no se muere, pero no halla más que huellas chamuscadas.

Quemó un montón de papeles. Hace varios días que echó al fuego todo aquello que resultara pasto para los devoradores de chismes ajenos. No le interesa ser material para ese género de gentuza. No quiere que la despelusen públicamente, sin que ella pueda responder, sin que pueda defenderse. Y sabe que un día no estará, no podrá controlar ese tipo de cosas. Entonces, prefiere que la hoguera acabe con la mayoría de sus secretos, y de esta manera, sólo su obra sobrevivirá. Es lo sensato. Ahora, mientras se está muriendo, empieza a ponerse sensata.

Halló una nota de prensa:

Maracay, diciembre 1947.

... Una dama europea... por el aire internacional que se desprende de ella podría ser de cualquier país del viejo mundo... Es menuda y cenceña, con una extraña cabeza intelectual. Su perfil agudo, realzado por una nariz aguileña y unos grandes ojos de color de caramelo, le da, cuando mira de frente, un aire de cervatillo. Examinado por partes, este rostro presenta una colección de órganos quizás feos, tal vez desproporcionados, pero que en su conjunto forman un todo no carente de gracia e incluso de cierta nobleza. Lo único particularmente hermoso en esa cabeza, lo único que podía vivir por sí mismo una vida independiente, sin la ayuda de las otras partes de la anatomía facial, es la gran cabellera leonada que ella recoge en lo alto, dejando flotar los extremos. No me cabe duda de que esta dama ha hecho un concienzudo estudio de sus particularidades físicas... Sus trajes... son de una sobriedad impresionante, pero en esto reside precisamente su distinción... Es sobria y discreta. Todo su encanto reside en esto. Nada hace ella por disimular la relativa fealdad de su nariz, ni la delgadez de sus labios, ni siquiera sus pecas. Posee una luz interior que ilumina todo eso y reemplaza con éxito los más caros cosméticos. Libre de perfiles extravagantes…, lo estará también, necesariamente, de la esclavitud mental y hasta física que ésas ejercen en las mujeres… Cuando habla con sus compañeros de mesa, en el comedor, acapara la atención de todos… Ignoro su vida, desconozco sus hábitos, estoy tan distante de sus problemas morales y sentimentales… Y, sin embargo, algo hay en ella que me induce a creerla capaz de actos poco comunes en la órbita del intelecto.

El retrato le corresponde, con absoluta fidelidad. El periodista le dio una grata sorpresa al escribirlo y publicarlo, nunca le dijo quién era ella, nunca le agradeció personalmente. Éste es el tipo de acto surrealista al que era fervientemente leal.

Cree que todo eso que describe el periodista es lo que hizo que Jean Nicolle se enamorara de ella.

Jean y Remedios vivieron momentos de gran intensidad amorosa. A ella le fascinaba la idea de que él fuese piloto, y de que saliera a pilotear por los aires, desafiando al viento. Pero Jean y ella no podían hacer durar la pasión como ella había vivido con otros.

La pintora necesitaba un poco de calma, y esa tranquilidad no podía proporcionársela su aviador.

Ha pintado mucho el rostro de Jean, uno de los hombres más bellos que ha conocido, pero algunos de esos dibujos se perdieron en el trasiego de Venezuela a México, y a la inversa.

Aquel picor en la garganta, que la atacaba con frecuencia y la ponía a toser como si estuviera tuberculosa, la dejó un día sin voz. No pudo hablar más. Rodrigo, su hermano, se alarmó mucho. Su madre también. En el hospital le aconsejaron operarse de inmediato. No sabía bien de qué la operaron, no quiso nunca saberlo. Le dejó esa tarea innoble a su familia. Ése es su defecto, no desea que su cuerpo se revele de manera vulgar, con anomalías y enfermedades estúpidas.

Demasiado tiempo pasó antes de que recuperara la voz, y todavía más días y semanas ingresada en el hospital. No lo soportaba, escribía cuentos, anotaba para su obra *Homo Rodans*, dibujaba, pero desesperaba también. Sonreía a su familia para despreocuparlos, pero sabía que no lo conseguía. La madre y su hermano no la abandonaron. Tampoco Jean.

Al volver a México vivió con Jean en la casa de unos amigos, José y Katy Horna, que residían en la calle Tabasco, pero al poco tiempo se mudaron para la calle río Ebro.

A ella no le gustó Venezuela, no podía concentrarse en averiguar por qué. Le gustó el país, le agradaron las gentes, pero su contacto no fue hondo, no pudo desarrollar un estímulo vital con esa tierra. Tal vez se quedó poco tiempo.

México le faltaba; extrañaba la tierra, sentía una nostalgia infinita de sus amigos, de la gente de allí. Mientras estuvo en Venezuela escribió más cartas que nunca en su vida. Regresó a México entonces, con esa sensación de que regresaba al refugio, a la casa, a su verdadero hogar. Sin embargo no tenía hogar; Jean se convirtió en uno de sus mejores amigos, en el amante perfecto, pero no en el sostén, no era el apoyo, la hacía sentirse insegura. Para colmo, Jean la incitaba a volver a Venezuela, pero ella no quiso ir detrás de él, como una perrita sabuesa y achacosa.

Entonces ocurrió el reencuentro con Walter Gruen. A él y a Clari, su mujer, una de las amigas a la que quiso con el alma y que murió de una manera horrible, ahogada, muy joven, los había conocido en los años cuarenta. Walter, un austríaco, un sobreviviente como todos los demás amigos, había sufrido en carne propia los campos de concentración alemanes y franceses. Walter apostó por Remedios, y no sólo ganó: se la ganó. Pese a que era un hombre muy emprendedor, no consiguió graduarse de medicina en Austria, por culpa de Hitler; luego pasó lo que pasó: llegó a México sin un céntimo, y allí empezó a trabajar en lo que pudo. Vendió discos de gramófonos en la parte delantera de un almacén de neumáticos. Poco a poco se fue haciendo propietario y consiguió montar una de las salas de discos de mayor prestigio, la Sala Margolín.

Su Walter —piensa Remedios— no es tan hermoso, no la ha perdido su belleza. Lo que la sedujo de Walter, y que descubrió un buen día de repente, fue su dulzura, su enorme corazón. Sus ojos grandes, marítimos, hidráulicos, melancólicos, tan dóciles en la pintura. Walter hizo de ella su etapa final, creyó en ella, le brindó todas las posibilidades para que realizara su obra. La salvó del mundo exterior y de su vulgaridad; y ella, tan propensa como era a lanzarse a todos los abismos, quedó, sin embargo, quieta. Él la recogió por los pelos e impidió que se estrellara contra una roca.

Creyó en ella —no cesa de repetírselo— y creyó en su obra, moldeó con cuidado lo que había comenzado hacía tantos años. Terminó el trabajo que inauguró su padre.

Pudo dejar por un tiempo el trabajo comercial. Walter le sugirió que debía dedicar todo su esfuerzo, única y exclusivamente, a la pintura y así lo hizo. Walter no se equivocó.

Al año y medio de su regreso de Venezuela se fue a vivir con él y abandonó a Jean, aunque quedaron como amigos. Todos siempre han sido muy amigos, con todos los maridos ha sucedido igual, cosas del surrealismo, supone.

Nicolle pasó noches y noches acompañándolos. Su simpatía los llenaba de placer, les hacía reír con sus chistes tan delirantes. Remedios no dejó su apartamento de la calle Álvaro Obregón 72, pero se mudó así y todo con Walter.

El día que ganó su primera suma de dinero importante como pintora se enteraron de que Jean había sufrido un grave accidente en Matamoros. Tuvo que enviarle todo el dinero que había recibido para cubrir los gastos médicos, pero lo hizo con mucho amor.

Nicolle era un gran amigo. Todavía lo es. No sabe por qué recuerda esto, todo esto, hoy precisamente.

Hoy es 8 de octubre de 1963, debería anotarlo. Walter conversa en la sala con Roger Díaz de Cossío, que vino a buscar el cuadro *Los amantes*, que ha comprado. La pintora se ha visto obligada a explicarle algunos secretos de ese cuadro, porque en su intento de desentrañar las claves del mismo, Cossío se internó por otro camino y enredó el verdadero significado, si es que tiene alguno.

El dolor en el pecho no la deja salir a la terraza. Aun con el dolor, le gustaría fumarse un cigarrillo, contemplar las enredaderas, juguetear con los gatos.

En este espacio pudo hacer su obra, la que le dio a conocer. Walter le dio «ese cuarto propio», como exigía Virginia Woolf, al que toda mujer tiene derecho. Sin Walter no habría podido hacer su primera exposición, en la galería Diana; porque sin él ella no habría conseguido trabajar todo lo que trabajó en su pintura.

¡Ah, por fin, revolviendo papeles encuentra la carta tan querida de Óscar Domínguez, desde París!

> Querida Remedios:
> La Leona de Madrid, el recuerdo del porvenir, el cinco que es un tres y, sobre todo, el caimán de amor que canta en silencio y que en la amistad queda limpio de polvo y paja, como un caballo nuevo.
> Viva mi amiga Remedios
> Viva la guitarra de Remedios
> Viva el coño de Remedios
> Viva el día bendito en que tenga el gran placer de verte y de estar junto a ti, mi amiga de siempre, mi rueda de fuego a 4 tiempos.

Esto resulta un poco literario, y se podría traducir por: Bla, bla, bla.

Te voy a cortar, te voy a picar, te voy a perjudicar y, sobre todo, te voy a comprar unas sandalias tan bellas como las que me has regalado a la liberación y que llevo en estos momentos en los pies.

Un abrazo fuerte como los 5 pecados capitales. Óscar

Geo geo: Le caiman l'attend avec la paix et l'envie de vivre. E Mexique c'est trés bien avec la musique.

Mais ta place et ta vie
Par ici la sortie
Viens à Paris avec tes caimans cheris,
Vive la France
l'Orange
et le grand caleur de notre amitié de table.

ÓSCAR

Oh, el querido Óscar, como un gato gordo, elegante, que avanza lento, por la cuerda floja de sus sueños. Ella es como un pájaro, eso dice su sobrina Beatriz. Y claro que se siente un poco pájaro, con algo de leopardo. Ella es —se dice— en todo caso zoomórfica. Se desplaza volando, o escala troncos de árboles, o nada igual al delfín. Su joven amiga Juliana González dice que Remedios parece «un insecto vibrátil siempre despierto».

Juliana había sido de una gran compañía, ambas podían pasar horas pensando juntas. Sólo pensativas. Ella la llama avispa, abeja… la abeja reina. O *aveja*, mezcla de oveja con abeja. Juliana describe lo que piensa, sus ensayos han iluminado su pintura.

Juliana afirma que ella no es sólo sensorial, que también su pintura es matemática, y que en ella hay un profundo conocimiento. Y que en su obra hay juego y risa, aparte de racionalidad. Tiene razón, de la vida lo más importante para Remedios es el juego, la risa. La risa es fundamental. Algún día alguien deberá ocuparse de escribir un Tratado de la Risa, o cualquier cosa similar que tenga que ver con ella. Juliana defiende la libertad, ella el destino. A ella no le falta razón, pero no puede dejarla ganar: sufriría mucho al darse cuenta de que sólo existe una ilusión de la libertad.

Ayer le trajo un verso de su poeta preferido, Jorge Luis Borges. El verso dice: «*El porvenir es tan irrevocable como el rígido ayer…*». Remedios le deja pensar y creer que a ella sólo le interesa el *fatum*, pero aunque también le atrae la fatalidad, no es sólo eso, la vida no es sólo eso… Juliana y ella pueden hablar horas y horas, o quedar calladas también durante horas, y en esa posición pasar a otra dimensión, vagar por ella, huidas del tiempo, del presente. Consiguen reconocer que el mundo se mueve sincrónico, y que ambas podrían salir de esa sincronía. Juliana es la otredad de Remedios, Remedios es la de ella.

Lo único que le importa a Remedios, Juliana lo sabe, es la intuición. La pintó, es uno de sus mejores cuadros, *Mujer saliendo del psicoanalista*, ella es Juliana.

Le duelen las manos, es la artritis.

—Juliana, ven, no me abandones, voy a experimentar con la luna, tragármela, y parir la luna. Juliana, sólo confío en ti y en Leonora, como amigas son ustedes mis dobles. Porque ya no confío en nadie, salvo en Walter, y en ustedes; pero los hombres no saben ser amigos de las mujeres.

Observa a los gatos en el tronco que ha colocado en el centro de la habitación, ellos también juguetean y chisporrotean, alegres, eléctricos.

Hizo aquella exposición colectiva en el año 1955, y después otra, personal, en 1956, que tuvo una excelente crítica. No se la esperaba; esas cosas agradables que acontecen por sorpresa son las que más agradece de la vida.

Por fin Diego Rivera reconoció su obra, con estas frases que la enorgullecen: «México tiene la suerte de que vivan entre nosotros tres pintoras que indudablemente son de los artistas más importantes del mundo: Remedios Varo, ¡ay cómo me encanta la pintura de esa señora!, Leonora Carrington y Alicia Rahon». Para ella fue la consagración, no solamente sus palabras, sino también los elogios de los críticos, del mundo artístico, de los coleccionistas.

Hubo de ponerse a trabajar todavía más duro, porque llovieron los compradores. Desde entonces decidió aportar una ayuda económica al hogar que había formado con Walter. No le gustaba que los hombres la mantuvieran, siempre prefirió ser independiente. Nunca apreció a las mujeres que abusan de los hombres, y que se sirven de esa supuesta fragilidad femenina. No hay tal fragilidad, es sólo oportunismo. Asunto que desprecia hondamente.

Después de tantos elogios se sintió apesadumbrada, y acudió a ella nuevamente la sensación insondable de miedo y de martirio. El triunfo es incomprensible. Antes ella no existía para nadie, y de la noche a la mañana, nadie podía vivir sin un cuadro de Remedios Varo. Ese sentido de la posesión de la obra la perturbó bastante; nunca aprendió a convivir con ese extraño fenómeno.

Su madre, otra vez extrañaba a su madre.

> Queridísima mamá:
> Pienso que esta carta se va a cruzar con la tuya, la última que te escribí era muy corta y te decía que se acercaba la fecha de mi exposición.
> Felizmente ya pasó ese mal rato, fue un gran éxito y había cientos de personas. Para mi carácter eso es bastante penoso. Pero he vendido todos mis cuadros y estoy más rica que un torero. Pide por esa boca lo que se te antoje, mi mayor alegría es poderte proporcionar alguna comodidad y hacerte regalitos. De veras, mamá, pídeme lo que desees. Mira, de esto me queda una ganancia de unos cien mil pesos. Es casi una pequeña fortuna.

Te mando un recorte de periódico y ya te mandaré otros.
Claro que como la exposición está abierta todavía hasta el
10 o el 12 del mes próximo tengo que ocuparme de muchas cosas, atender algunas personalidades, críticos de arte, etc., y estoy muy ocupada. Por eso no te escribo largo.

De todos modos, y aunque no me pidas nada, te voy a
mandar un cheque el mes próximo para que celebres mi éxito,
pero lo tienes que gastar, nada de ahorrarlo.

Un abrazo de Walter. Miles de besos y abrazos de Remedios.

Remedios abre la ventana. Le duele fuertemente el brazo
derecho. Abre la segunda ventana, le falta el aire.

Le invade una especie de somnolencia.

No consigue abrir la tercera ventana. ¿O está ya abierta?
¿Cuándo escribió *Homo Rodans*? Ah, dios mío, ya se enfermó, ella que tiene horror de las enfermedades.

Cincuenta y cinco años y no desea morir de nada.

Cincuenta y cinco años. La ciencia necesita humanizarse
más, permeabilizarse de los mitos, dejarse conducir por la poesía y las artes.

Tiene que apurarse, tiene que pintar una naturaleza muerta,
pero ya la ha pintado. Se la dio a Walter, o a Juan Martín. Desde
la exposición del año pasado, Juan Martín lleva su obra. Es importante tener un buen galerista y una buena galería. Allí reen-
contró a Lucián Domenecq, aquel mexicano que le regaló los
primeros elogios a su pintura en su primera exposición colectiva en Barcelona.

Sabe que inicia un largo viaje.

Pero enseguida necesitará encerrarse en casa; a su vuelta los
perseguidores ya habrán muerto. «Doña Milagro tiene miedo
de la oscuridad, nunca está segura de que no va a surgir de algún lugar una mano abrasadora que la agarre de un tobillo y la

deje clavada en el sitio mientras un fuego devorador se propaga del tobillo al resto de su cuerpo convirtiéndola en un montón de cenizas.»

Nunca aceptó tener hijos. Abortó de Benjamin Péret, no fue traumático. Ella era la madre de la luna. No tenían dinero, no podían tener hijos sin dinero. Sin embargo, adora a los niños, por eso quiere tanto a Xavier y a Amaya, los hijos de Lizarraga... Pero ella era muy pobre. Tan pobre que se moría de frío, y no veía del hambre. Los hijos nacerían enfermos, medio muertos, marcados por la guerra, no deseaba hacerlos herederos de la miseria... La miseria del ser humano, forzosamente, los habría contagiado.

El día que pintó *La cazadora de astros* sabía que estaba pintando su vida, la luna encarcelada, su libertad conquistada y esa protección que imaginaba entregar a sus hijos, los que no tuvo.

La Habana, 1989, después del encuentro con Pina Brull en mi casa. Cafetería El Recodo, o lo que queda de ella.

—Identifíquese, ciudadana —me exigió el hombre vestido con un safari color crema.

—Mi nombre es Zamia. Mi segundo esposo me llamaba Zenia. Siento preferencia por ese nombre con el que él me bautizó. Lo hizo para poder vivir nuestro amor de manera clandestina.

—No la he citado para que me dé ese tipo de información, ya eso me lo sé de memoria. —El agente leyó dentro de un dossier. Reconocí páginas que me pertenecían, fragmentos de poemas, trozos tachados o corregidos de la novela.

—Usted era amiga de Pina Brull —carraspeó fuertemente.

—Nunca he sido amiga de ella.

—Ella informó que usted... —el hombre hizo ademán de encender un cigarrillo, buscó en sus bolsillos—, carajo, se me acabaron los Vegueros.

—Yo no sé de lo que ella informó, ni me interesa. Jamás he sido su amiga.

—Usted sabrá quién soy, supondrá por qué la cité aquí.

—No tengo idea para qué me citó, pero sé que es usted oficial de la Seguridad del Estado.

—Con oficina en Villamarista… —Con esa aclaración me daba a entender que en cualquier momento podría montarme en un carro de policía y desaparecerme en Villamarista, el lugar donde torturan a los opositores—. ¿Qué pretendías decir con esta novela?

—Ah, otra vez la novela… Nada, sólo quería contar la vida de, de, de… Remedios Varo. Divertirme un rato… —mentí con esta última frase, asombrada de ese nombre que se me escapó de los labios: Remedios Varo.

—No me dices la verdad, y eso es peligroso. Tú tratas de pasar un mensaje al enemigo, ¿a quién? No sé, ya me dirás. Los escritores son enemigos potenciales, eso afirmó el Comandante en una reunión.

—No trato de pasar mensaje ninguno. No pierda el tiempo. Ni siquiera publicaré la novela.

—Claro que no, porque yo no lo permitiré. ¿A qué viniste si no a contestar a mis preguntas? No me harás creer que sólo por mi cara linda.

—¿A verlo a usted? ¿Podría haber tenido la opción de negarme? Y antes de que me visitara, prefiero visitarlo fuera. No vaya a ser que los vecinos crean que me metí a chivatona. Y primero muerta que desprestigiada.

—Tu lengua es muy larga. —Miró en derredor, localizó a un fumador—. Eh, tú, asere, regálame una balita ahí.

El hombre se aproximó con el cigarrillo encendido entre los dedos y se lo pasó.

—¿Ves? Todo el mundo menos tú me obedece.

No moví ni una partícula de mi cuerpo.

—¿Conoces a Wanda?

—Claro, usted sabe que la conozco, ¿para qué lo pregunta?

—Para que mi pequeña grabadora lo registre.

—Bien, terminemos de una vez. Conozco a Pina y Wanda, no son mis amigas. Siempre supe que eran informantes de ustedes. No veo qué clase de peligro ven ustedes en mí, nunca hice nada que les hiciera pensar semejante tontería.

—Precisamente, te has negado en varias ocasiones a colaborar con nosotros, y siempre has encontrado la protección adecuada y te nos has escapado. No puedo entender cómo lo logras.

—No escondo nada.

—Ah, ahí es donde te equivocas. Escondías esa novela, plagada de un doble lenguaje… Esa novela te acusa. Por algo la escondías en casa de tu suegra.

—Mire, mi primer marido odiaba que yo escribiera, sentía celos.

—¿Y te lo voy a creer? ¿Yo? Yo que necesito disidentes para justificar mi trabajo. Te equivocaste, mamita.

—No soy su mamita.

—Pero yo sí me considero tu papito.

Me arrastró a la fuerza hacia la patrullera, golpeó mi cabeza, perdí el sentido.

Reabrí los ojos en una celda de Villamarista. Allí permanecí una semana, a agua y espaguetis hervidos sin sal. Hasta que me soltaron, sin darme ninguna explicación. A la semana empecé a sentir un escozor en el sexo, y me salía un flujo viscoso. Decidí ir al ginecólogo.

—Infección, tremenda infección —pronosticó el doctor.

—Perdí el conocimiento durante horas, ¿me violaron? No puedo saberlo. No recuerdo nada.

—Violencia física hubo, más bien le introdujeron algo en sus partes, un tubo oxidado, o un instrumento que le provocó esa infección. Deberá acusar a quien le hizo eso.

—No hay nadie a quien acusar —musité pensando que podría terminar yo acusada y con veinte años de cárcel por la cabeza.

Me recetó unos enjuagues vaginales, antibióticos y reposo.

Reposé unos días. Reposé más bien unos años, ida del mundo, ida de mí misma, sin curarme del todo de una amnesia disociativa. Como terapia empecé de nuevo a escribir la novela. La misma letanía. La historia de una artista que hizo de su vida su mejor obra de arte.

Hendaya, 1957-58

Doña Ignacia no paraba de preguntar por qué se había puesto
tan delgada, ¿acaso no se alimentaba adecuadamente? Ése fue
el segundo y último encuentro con su madre, con su hermano,
con su sobrina Beatriz. Pese a que nunca interrumpió la correspondencia con Ignacia, ésta le preguntaba cosas que ya ella
le había respondido por carta.

—Mamá, todo anda bien, pero trabajo mucho. La gente me
encarga cuadros y no puedo dejar de pintar. —Sí, se la veía
muy fatigada.

Esa misma tarde viajaron a París.

—¿Por qué no vamos al cabaret Le Lido? —propuso Rodrigo entusiasta.

—No sé, no estaría mal. Me gustaría ver algunas exposiciones, una de Goya.

—Beatriz no podrá ir al Lido —protestó Ignacia.

—Claro que sí, abuela, soy mayor. —La adolescente frun-
ció el ceño.

—No, Beatriz, lo siento —reafirmó Rodrigo.

—No, no eres mayor todavía. Y para el Lido tendrás que
esperar un poco a que lo seas... A tu abuela y a tu padre no les

falta razón. —Beatriz vio en esta respuesta una reprimenda, y se dijo que su tía no era tan amplia de pensamiento ni tan avanzada como se la querían vender.

Asistieron al famoso cabaret, otro día dieron paseos alrededor del Sena, visitaron Notre-Dame, deambularon por Montparnasse. Remedios caminaba silenciosa.

—Hija, ¿nos acompañarás a la exposición universal en Bruselas?

—No, mamá, estoy cansada.

—Estás triste, más que nada, muy triste.

—Mamá, encontré a Benjamin muy enfermo, y terriblemente pobre. Pese a que lo ayudo, vive en una situación deplorable. Mis amigos ya no están, suicidios o muertes inesperadas. No siento que pertenezca a ningún sitio, ni a París, ni a España; quizás un poco a México, pero no del todo. —Sus ojos se nublaron de lágrimas.

Ignacia la atrajo hacia su pecho. Era todavía aquella niña pequeña, resuelta a fugarse de casa para correr a la playa con su hermano Luis.

—No llores, niña, no llores —susurró la madre.

—… lo que no quiero de ninguna forma es que te pongas a hacer economías, si suben los precios de la vida. Tampoco quiero que te pongas a hacer ahorros porque luego, figúrate lo que pasa, el dinero que hayas ahorrado, de la noche a la mañana vale la mitad cuando todo sube de precio. Tú debes gastar siempre todo lo que yo te envíe…

—Sí, mi niña, no te preocupes. No ahorraré nada.

—Mamá, estoy muy cansada, últimamente me duele mucho el estómago. Llevo esta doble vida trituradora, exposiciones, entrevistas, donde debo aparentar que me llevo bien con la celebridad en la que me he convertido… No me siento bien conmigo misma, debo perfeccionarme, los envidiosos siguen con lupa mi obra… No me importa. Lo único que me importa es este viaje espiritual que inicié con mi obra, en ese viaje tengo que ser perfecta... —Apretó los brazos de su madre con ambas manos, agarrotada, afiebrada.

—Claro, aunque para mí eres más que perfecta. Eres mi hija.

Querida Remedios, he pensado mucho en ti. Todos tus amigos —todos los amigos de Benjamin— han pensado en ti. Ya sé que es inútil pensar, inútil hablar. Todo es inútil. ¿No resulta absurdo que yo haya sido el encargado de llevarle un dinero que nunca iba a poder utilizar? Pero aunque esa ayuda haya sido inútil, no lo fue tu afecto y tu amistad. Es maravilloso, después de todo, tener amigos como tú y Leonora. Mejor dicho: tener amigas. La mujer —algunas mujeres, algunos corazones de mujer— me reconcilian con la vida y también —¿por qué no?— con la idea de la muerte. Elisa —supongo que te habrá escrito— te recuerda mucho y con gran cariño. Y todos los demás. Y todo lo demás,

OCTAVIO

Recibió la carta de Octavio Paz anunciándole la muerte de Benjamin un 18 de septiembre de 1959, pero ya ella sabía que estaba muerto aquella vez en que lo visitó el año anterior. Ya ella se había despedido, sabía que no volverían a verse. Benjamin Péret murió en la pobreza más absoluta, ésa había sido su elección en la vida. Remedios lo amó, él la amó, eso los hizo excepcionales.

Este recuerdo la aproxima a su propio fin, lo presiente.

En caso de que no ocurriera hoy, piensa seguir con sus planes. Se irá de vacaciones con Eva Suzlser.

No sólo ella deberá tomar vacaciones, también debería ofrecérselas a Walter. Últimamente ha sido muy dura con él, y es que no se soporta ni a sí misma, se comporta demasiado irascible. Cuando deja de pintar se pone frenética. Deberá arreglar, zurcir, coser, alguna ropa para el viaje.

Hoy hace un día espléndido, presiente que la luna ha dado paso al sol dentro de su cuerpo.

No sabe por cuántas veces le explicó el cuadro *Los amantes* a Cossío. Le advirtió que los amantes poseen dos espejos por caras porque en cada uno de ellos se refleja el semblante de su amado. Un ojo negro y otro azul, los colores del agua y del cielo, de noche. De la región del corazón emanan vapores de calor que significan la emoción pasional. Esa emoción asciende por el cuello, en un torrente abundante, en una columna que se alza, y se condensa arriba, y cae en forma de aguacero encima de los amantes, que se hunden en el agua sin percatarse de ello.

Advierte que... que el coñac no le asentó.

Walter se ha ido a la tienda, es mediodía, soleado. No, no, ella no irá a morirse un mediodía. Esperará a las siete de la noche, debe prepararlo todo con mucho arte, su muerte acontecerá a la caída definitiva de la tarde.

Remedios entrelaza las manos.

—Por favor —musita—, siembren en mi tumba un eucalipto.

Acapulco, México, 1996

Subí los peldaños de dos en dos, la puerta del apartamento se encontraba entreabierta, como de costumbre. Rami, mi amigo pintor, quien me había hospedado por dos semanas en su casa en Acapulco, tomó distancia. De este modo admiraba su trabajo en un lienzo mientras mordisqueaba un trozo de pan con salchicha de Francfort untado en mayonesa. Al verme aparecer, enseguida hizo el gesto de brindarme el otro *hot dog*, que con toda evidencia me tenía preparado en un plato de espléndida cerámica de tintes ocres. Acepté. El hambre me revolvía el estómago, el cansancio me abatía, pues había caminado mucho por el borde de la playa. Me ardían los hombros y las corvas a causa de las quemaduras del salitre y del sol. Decidí comer algo, cualquier cosa rápida, y tirarme en el piso de losetas frías a que mi cuerpo absorbiera su fresca energía.

—¿Quieres que baje a comprar Coca-Cola? —pregunté.

—Hay en el refrigerador, ¿te sirvo un vaso, o prefieres té o limonada? Sé que a los franceses no les gusta la Coca-Cola.

—No es verdad, es pose, les encanta la Coca-Cola. Aunque yo prefiero la limonada. ¿Está fría? No soy afrancesada en todos mis gustos.

—Congelada, pero puedo ponerle más hielo.

Asentí. Un libro llamó mi atención. Leí: *Remedios Varo. Catálogo Razonado*, tercera edición.

—¿La conoces?

—Oí hablar de ella a Roberto García York, el pintor cubano —respondí. Rami sabía de quién hablaba, apreciaba la obra de York—. Pero jamás he visto uno de sus cuadros, en vivo.

Rami me observó de reojo, extrañado. Y yo me extrañé de esa mirada.

—Su obra es fabulosa. Surrealista, aunque yo diría que es más que surrealista, si es que se puede ser más que surrealista. A mi juicio representa el auténtico misterio, el secreto máximo de la fusión entre el artista y la obra. De hecho, su vida está llena de secretos. Deberías leer esto —me alcanzó un volumen—, en este otro libro escrito sobre ella.

Abrí las primeras páginas, quedé asombrada ante las fotos. Fijé mi vista en una en particular, aquella en la que Remedios Varo pareciera que baila, a la orilla de una playa, aprisionando las puntas de su vestido escotado. Abierta en abanico la falda, los brazos abiertos como en alas de pájaro, los brazos delgados y fuertes, la sonrisa dirigida a las huellas de sus pies en la arena.

—Oye, Rami, no me querrás creer, pero a esta mujer la acabo de ver en la playa…

—Te advierto que murió en el año 1963. Así que no me vengas con tus historias de visiones. Ya sé que eres surrealista sin proponértelo, pero…

—Tú me conoces, no iría a mentirte a ti, no pudo ser de otra manera, era ella… Una mujer exaltada…

—O su fantasma. A ver, ya que eres especialista en fantasmas, ¿de qué color era el vestido?

Reflexioné, titubeé antes de contestar:

—No consigo recordarlo, es increíble, no tengo la menor idea.

—Claro, la foto es en blanco y negro —suspiró burlón—. No tienes referencias.

—Ah, no me crees.

—No, no te creo —vaciló—. O sí, tengo que creerte, porque por eso te quiero, por tu desbordante imaginación surrealista. —Bromeó acariciándome la cabeza.

—No exageres —susurré—. Te juro que la vi, hasta me tomó las manos, y me habló. Me dijo: «Tú eres la catadora de océanos. Yo soy la cazadora de astros».

Rami se volvió hacia mí extrañado, el pincel en la mano; en su punta chorreaba una gota de acrílico rojo.

—¿De veras nunca has visto ninguno de sus cuadros?

Negué con la cabeza. Rami abrió el catálogo razonado en una página marcada por él que mostraba un óleo donde una figura femenina, como una aparición, sostenía un jamo en la mano, y una jaula en la otra; enjaulada rutilaba la luna. El cuadro se titulaba *La cazadora de astros*. Y el rostro de la aparición se asemejaba al de Remedios Varo, al de la mujer de la playa.

—Fíjate, ahora me doy cuenta de que, ¿qué día es hoy? Catorce de julio... —hurgué en mi mente—... Hace hoy justo diez años, una persona a la que amé mucho me mostró una reproducción de este otro cuadro, *La huida*.

—Esa persona supongo que será, o tu ex marido, o tu ex amante. Por la época a la que te refieres fue mucho antes del accidente.

Asentí.

—¿Por fin llegaste a recuperar tus libros, tus documentos, tus pertenencias después de aquel divorcio tan dramático?

—No recuperé nada, ni a mi gata Sibila. El muy cabrón se negó a que su madre me la devolviera. Lo demás, ah, bah. Sólo me interesaban mi gata y mis papeles, y al perder parcialmente la memoria después del accidente de mi segundo marido ni siquiera recuerdo qué había escrito en ellos. ¿Qué pude haber escrito? Nada valioso, seguramente impresiones personales de la época.

—¿Y le llamas a tus impresiones personales de la época «nada valioso»? Eres raramente modesta.

—Quedé mucho tiempo con zonas de mi vida totalmente a oscuras... Recordaba que había empezado a escribir una novela... Sabes que aún sufro de fugas parciales de memoria...

—Mira, Zamia, préstame atención. Te he dejado hablar hasta ahora... No deseaba interrumpirte, para comprobar cómo va tu mente. En otras ocasiones me has hablado de esa novela. En otros momentos, salteados, de manera algo incoherente incluso, te has referido a Remedios Varo. Esa novela la escribiste ya, me has leído incluso fragmentos. Deberías ver a un especialista.

Los ojos se me aguaron, Rami se sentó a mi lado y presentí que se sentía incómodo, nervioso.

—No es nada —le dije—. Suelo recuperar los recuerdos de la misma manera abrupta con que los pierdo.

—Es que cuando tú y mi hermana lloran, no sé lo que puedo hacer...

Mi querida Ena:

Tú sabes que eres mi mejor amiga. Que no tendré nunca una amiga como tú, y que no volveré a escribirte de este modo, porque no hace falta que nos digamos estas cosas; aun a tantos kilómetros de distancia, tú en Miami y yo aquí, siempre estaremos profundamente relacionadas mentalmente. Nos sucedió siempre así; a eso le llamo yo la magia, el milagro de la amistad. Lo que en el mundo de hoy es muy raro.

Quiero agradecerte tu ayuda. Tú sabes en qué me has ayudado, y eso es muy íntimo, muy de nosotras, no necesitamos siquiera comentarlo más de una vez. Gracias entonces por darme lo que me hizo falta en un momento determinado, hace unas semanas, cuando me debatía entre la existencia y la fatiga, esa fatiga última que podría ser provocada. Gracias por luchar junto a mí contra la mediocridad que nos acosa y abruma tanto.

Hace años estuvimos separadas, nos disgustamos por una bobería, asunto de un vestido prestado que no te devolví a tiempo. Y luego Rami apareció. Yo cenaba en La Bodeguita del Medio, y Rami se presentó, con un dibujo hecho por él. En el dibujo había una muñequita, con un sombrero muy gracioso, y lazos que le salían de todas las puntas de su vestido. Ese dibujo no pude traerlo, se me quedó en La Habana. Pensé que mami me lo enviaría algún día, o que me lo entregaría personalmente, cuando nos reuniéramos en París. Pero cuando mami vino a París, me contó que una tarde entraron las espías enviadas por la Seguridad del Estado en el apartamento. Ella estaba muy enferma, de los nervios; mi ausencia la había vuelto paranoica, con ataques frecuentes de esquizofrenia. Tomaba pastillas a todas horas, luego se comportaba como una zombi, y de eso se aprovecharon las espías. Entraron, se robaron varias cosas, un dibujo pequeño de Portocarrero, fotos importantes, y el dibujito de Rami. Lo que más sentí fue perder el dibujito de Rami. Pero no sé por qué tengo el presentimiento de que algún día lo recuperaré.

Es domingo, estoy escuchando a Billie Holiday; sé que a ustedes también les gusta; si mal no recuerdo, fue Rami quien me envió el disco. Hace sol, y en pleno mes de marzo es el inicio de la primavera en París. Este año no hizo frío ninguno, ya nos pasará la cuenta la naturaleza; los árboles, que no entenderán este mensaje a contratiempo, ya empezaron a florecer a deshora.

No sé si recuerdas que cuando conocí a Pablo, mi primer marido, me perdí, dejé de ver a todo el mundo, me encerré en su cuarto de la calle Mercaderes, donde apenas comía y no paraba de templar. Me puse flaquísima, y tú no estuviste de acuerdo, te alteraste, me dijiste que podía morirme de una tuberculosis. Pero yo me había enamorado ciegamente, seguí a Pablo, nos casamos, y luego de siete años no podía aguantarlo más; nos fue mal, muy mal, porque mientras más amor entregas y más sumisa eres en el entendimiento con un hombre, menos te respetará él, interpretará que puede hacer lo que quiera contigo, que tú lo aceptarás. Mi madre y tú tenían razón, Pablo era un vanidoso, y no me quería para nada. Sólo necesitaba una compañía que le pasara los manuscritos a máquina y le diera algunas ideas.

Pablo necesitaba solamente una oreja que lo escuchara, y una boca que sólo pronunciara frases elogiosas para su obra y para él. Nos divorciamos y me casé con Álvaro. Sabes que todo fue muy rápido porque Álvaro era un hombre extraordinario, aunque demasiado comprometido con la política, y un creyente ciego en la fe comunista, aunque con los acontecimientos que sucedieron en los países del Este y en Cuba, fue cambiando pertinentemente su modo de ver las cosas y se volvió bastante crítico.

Cuando conocí a Álvaro ya tú estabas fuera de Cuba, en Carranza, y nos comunicábamos por teléfono o por cartas; pero yo debía tener cuidado, nadie podía enterarse de que me relacionaba con una persona que había abandonado el país de la manera en que lo habías hecho. Cuando le conté a Pablo que te escribía, no le importó; más bien no quiso saber del asunto. «No me lo digas, hazlo sin decírmelo.»

Pero una vez casada con Álvaro tenía que hablarle, porque a Álvaro no podía ocultarle nada, eso me había metido en la cabeza. Serle fiel, no traicionar su confianza. Sin embargo, me callé. Una tarde se apareció un tipo en la casa, cuando yo vivía de nuevo con Álvaro en París después de haber esperado pacientemente en La Habana a que el gobierno me autorizara a reunirme con él. Volví a París, pero sin derecho a trabajar. Estaba cocinando un picadillo cuando la puerta del apartamento situado en el 90, avenida del Maine, se abrió; yo pensaba que era Álvaro y fui corriendo a recibirlo. No era él, era un desconocido que poseía las llaves de la casa.

—¿Quién es usted? ¿Qué hace aquí? —Me temblaba todo el cuerpo.

—Vengo a traerte esto —soltó un paco de cartas abiertas—, y esto, dos casetes con grabaciones de tus llamadas de teléfono a esa amiga que tienes en España.

Comprendí enseguida. El tipo era un agente de la seguridad cubana. Me habían interceptado las cartas y las llamadas.

—Por ahora no le diremos nada a Álvaro de eso... Digamos que sabemos que fuiste a Barcelona y que la contactaste. No sé qué planes tienes con ella... ¿Piensas quedarte?

—No, para nada, es mi mejor amiga, sólo quiero tener noticias de ella —respondí aparentando calma.

—Y si las cosas salen mal con Álvaro, ella sería tu solución para desertar y exiliarte.

—Por favor, no trate de poner en mi boca cosas que ni siquiera he pensado. ¿Quién es usted? Voy a llamar a Álvaro.

—Si llamas a Álvaro tengo otras cosas que enseñarle, unas fotos tuyas... desnuda. Pertenecen a tu período con Pablo.

Colocó otro sobre más grande encima de la mesa de centro.

—Son fotos artísticas, eróticas, sí; pero no tengo nada de qué arrepentirme.

—Mira, son fotos de la mujer de un diplomático cubano, encuera a la pelota, por las que seguramente cobraste algo. Y me corto la yugular ahora mismo, apuesto a que eso tampoco se lo has dicho a Álvaro.

—No, no soy yo en esas fotos. Es su palabra contra la mía.

—Los tímpanos silbaron ruidosamente, las piernas apenas podían sostenerme.

Sonrió sarcástico:

—Esta noche vendrán dos personas importantes a esta casa, un general cubano y un tipejo, un mequetrefe que lo acompaña que se dice escritor. Necesito toda la información sobre lo que se hable esta noche en este lugar. Incluido lo que piensa tu marido. Son personas que están manejando mucho dinero; eso es lo que quiero saber. Si en medio de la conversación se les escapa algo indebido... Sírveles bastante ron o whisky, que éstos cuando toman se vuelven parlanchines, bambolleros.

—No puedo hacerle eso a Álvaro.

—Fíjate, no es que te esté dando a elegir, es que te estoy dando una orden. Si no la cumples, tu secreto será desvelado y te mandaremos para Cuba enyesada, con el cuerpo enyesado de pies a cabeza; sin Álvaro, claro está.

Recogió lo que traía, y se largó por donde mismo vino. Al poco rato llegó Álvaro. Le hice señas para hablarle en otro sitio. Entendió al momento, porque vio la colilla de un cigarro que el tipo había dejado en el cenicero y que yo le señalé a propósito. Caminamos en silencio hasta el cementerio de Montparnasse. Hacía mucho frío, mis mandíbulas temblaban, empecé a llorar y no podía apenas articular palabra. Álvaro me abrazó, no preguntó nada, me reconfortó su aliento. Poco a poco me fue separando de su cuerpo, encendió un cigarrillo que después me colocó entre los labios:

—Álvaro, vino ese hombre. Alto, trigueño, ojos negros, no me dijo su nombre. Entró con una llave, yo pensé que eras tú, y corrí a recibirte y me lo encontré en el salón. Me lanzó un montón de cartas abiertas, y dos casetes. Tengo que confesarte algo muy grave. Hace tiempo, desde mi primera estancia en París, que me carteo con mi mejor amiga. Su padre vasco le dio la nacionalidad, y ella se fue de Cuba, nunca le gustó aquello…

El pie de Álvaro jugueteó con unas hierbas; miraba al suelo:

—Ya lo sabía. En las cartas hay… ¿hay algo político?

—No, nada.

—¿Y en las llamadas que te grabaron? Porque supongo que lo que hay en los casetes son llamadas.

—Tampoco; sólo hablaba de ti, de Pablo; ella de sus cosas. Pero claro, de vez en cuando me dijo que no soportaba más vivir en Cuba, por razones obvias…

Álvaro levantó la mirada y me la clavó en mis pupilas.

—¿Algo más?

—Sí, esto es más delicado… —lloriqueé bajito—. Trajo

también unas fotos que me hice. Cuando vivía con Pablo, él ganaba tan poco, yo también. Un tipo me pidió hacer fotos artísticas, desnuda. Las hice, me pagó…

Esta vez Álvaro se llevó la mano a la frente, asustado, era la primera vez que lo veía tan asustado.

—Puedes ir a la cárcel ahora mismo por eso. ¿Y eso sucedía mientras tú y yo nos jurábamos amor?

—Álvaro, mírame, era un trabajo como otro cualquiera…

—No, no es un trabajo como otro cualquiera, y tú no eres una persona cualquiera, tú no eres… no eres…

—¿Libre? Es ésa la palabra que buscas, pero te da miedo pronunciarla… Mira, te juro que no pasó nada malo, sólo hice las fotos para ganar dinero, para sobrevivir…

Calló.

—El hombre me chantajeó. Me dijo que debía informarle de todo lo que pasara hoy en la cena con el general y con el escritor invitados a la casa, y de ti también, y que si no lo hacía, te lo dirían todo. Es la razón por la que me he adelantado.

—Porque de otra forma te lo hubieras guardado.

—Álvaro, todos tenemos secretos. Tú también los tendrás.

—No tengo secretos contigo.

—Lo siento, Álvaro, espero que me digas qué harás. Yo haré lo que tú me digas.

—Regresa a casa. Voy a presentar mi renuncia en la embajada, regresamos a Cuba; de todos modos ya esto se terminó. Acabo de enterarme de que mi trabajo llegó a su fin de todas maneras, iban a reenviarme a La Habana y sin una proposición de trabajo concreta. Con todo lo que me he roto el lomo trabajándoles hasta las tantas de la madrugada, pero eso es otro problema… Renunciaré ahora mismo, pero que conste que haré esto con una condición: que no le escribas más a tu amiga. Porque no te pones a ti en peligro solamente; ellos me pueden meter a mí en un trapiche y molerme, triturarme.

Era un lunes. Milagrosamente aceptaron su renuncia sin reparo alguno, como si la estuvieran esperando.

Aquella noche Álvaro me pidió que pusiera un servicio de cubiertos de más. Lo hice. Álvaro se apareció con el jefe de la inteligencia de la embajada, lo sentó entre él y el general. No se habló de nada como no fueran los logros alcanzados por la revolución y por Fidel. Yo, más muda que una momia, servía la cena o retiraba los platos, nada más. No hubo bebidas alcohólicas. Lo que el escritor reprobó. Álvaro mintió alegando que se le había acabado la reserva y que además había dejado de beber. El general comprendió al instante que algo ocurría. El jefe de la seguridad se removía incómodo en su asiento, atento al más mínimo aleteo de una mosca, o de un pestañeo. Pero la cena terminó tranquila, entre boleros de María Marta Serra Lima y toses nerviosas del escritor.

Durante la semana embalamos el equipaje que nos permitían llevarnos, y el domingo siguiente ya estábamos durmiendo en nuestra cama de La Habana. A los pocos días, el ministro de Cultura le pidió a Álvaro que fuese su vocero y él aceptó pero sólo por un año; más tarde verían ambos.

En una ocasión, después de pasar casi dos días trabajando junto al ministro sin pegar un ojo, Álvaro regresó cejijunto, serio, de la oficina. Mientras se descalzaba las botas empezó a reprocharme que yo escribiera durante todo el día. Me extrañó, normalmente se sentía muy orgulloso de mi trabajo.

—¿Por qué no puedo leer lo que escribes? —protestó.

—Cuando termine, te daré el manuscrito —sonreí.

—Mira, no me des nada, ya sé de qué va el tema. Me lo han entregado hoy en el trabajo, me dieron una fotocopia. Escribes sobre Remedios Varo, ya sé, la pintora mexicana, yo mismo te he alentado para que lo hagas. Pero el asunto es que escribes y cuentas en doble sentido, como si toda aquella persecución que ella sufrió, su exilio, todo eso… Lo cuentas como si te pasara a ti, en primera persona, y el agente me ha dicho que tú estás queriendo pasar un mensaje a través de la historia de esta pintora, y que es tu propio mensaje...

—Álvaro, es una novela.

—No me importa.

—¿No me crees?

—Me mentiste antes, ¿cómo podría creerte así, con tanta facilidad?

—Soy tu mujer.

—Lo eras cuando te tiraste las fotos.

—No, no lo era. Éramos amantes.

—Le has escrito seguramente a tu amiga.

Negué con la cabeza. Pero él no me creyó, nunca más pudo creerme, la duda se instaló perennemente.

Ena, durante un tiempo no pude escribirte ni una sola carta, mucho menos telefonearte para prevenirte, ni siquiera me atreví a ver a Rami, que aún se hallaba en La Habana. Después vino el accidente, donde Álvaro perdió la vida, y yo una parte de la memoria. Con la desaparición de Álvaro supe que él también me había mentido. A pocos días de nuestro regreso se había echado una amante, más joven que yo, así es, me costó admitirlo... Durante días me quedaba con el cerebro funcionando a medias, y a veces dormía una semana entera, apenas veía a nadie, apenas salía de casa. Entonces, una tarde, pensé que no podía continuar así, que yo misma debía hallar la solución. Me fui a buscar una parte de los papeles que me había guardado la madre de Pablo; suponía que cualquier indicio sería útil para mi cura mental. No pudo entregármelos, por su casa habían pasado dos personas: la primera, Pina Brull, se los había llevado, les había sacado fotocopia, y se los había devuelto; la segunda, Wanda, y ahora los tenía ella en su poder. Seguramente se los devolvería en unos días. De todos modos yo ya trabajaba en una cuarta versión del libro.

—¿Cómo pudo darle mis papeles? Usted me prometió que no lo haría.

—No he sido yo, sabes que me hubieran podido torturar o matarme que no los habría dado. Te lo juro, no fui yo. No puedo decirte quién fue, porque ha sido la persona que más quiero en el mundo… —comprendí—, en cuanto Wanda me los devuelva te los daré. Dame tu nueva dirección, no logré contactarte porque no supe nada más de ti y no tenía tu nueva dirección.

Le escribí mis coordenadas en una agenda medio destartalada y repleta de teléfonos y de direcciones, y me despedí sin esperanzas de volver a leer alguna vez la primera versión de aquella novela que ahora me imponía terminar de escribir pasara lo que pasase. Tenía hambre, hacía días que no probaba bocado, sólo bebía infusiones. Pasé por delante de una cafetería, pero mi monedero estaba vacío. No tenía trabajo, nadie me daba un chance en ninguna de las oficinas en las que me presentaba. Álvaro era una persona muy célebre en Cuba, después de su fallecimiento me convertí en una apestada. Mi presencia molestaba a sus amistades, sencillamente mi presencia les recordaba que Álvaro había estallado en un avión, y que había muerto achicharrado.

Antes de llegar a mi casa, me tropecé con Pina Brull. Salía de mi edificio; me dijo que había estado esperándome en casa de la vecina, pero que me demoraba demasiado. Me sentía tan frágil, me importaba tan poco nada ya, que le hablé normalmente, la invité a subir, a tomar un café tranquilas, le advertí que prefería que conversáramos de cosas banales. En el apartamento, sentadas frente a frente, en silencio, bebimos sorbitos de café; nos quedamos así durante un cuarto de hora. Obviamente no quería decir nada de lo que me había contado mi ex suegra, para no embarcarla, pero Pina interrumpió la calma que se había tejido entre ambas, y no supe contenerme:

—Me comentó un cineasta amigo mío que estás escribiendo una novela erótica… —murmuró con los ojos estudiando el saloncito.

—No es precisamente erótica… Es, en fin, no vale la pena, ya conoces el tema, sé que has estado hurgando en los folios.

—¿Yooo?

—Tú misma. No veo a nadie más en esta habitación. Bien me había dicho Wichy Nogueras que tú eres informante de la Seguridad del Estado.

—Por favor, no me hagas reír, el informante era él…

—Pero ya no se puede defender, porque se murió…

—Entonces, ¿no hay novela erótica? Estoy haciendo una antología…

—Y dale otra vez con lo mismo, qué aburrida eres, verdaderamente… Mira, hay novela erótica, hay cuentos eróticos; sí, una primera novela erótica que no sé si editaré en un futuro. Visto como andan las cosas en este país, no creo que sea posible… Pero aunque me pidas mis escritos mil veces, de rodillas, no te los daré… ¿No tienes memoria? Me plagiaste mis poemas. Escribías de ciencia-ficción y de súbito te metiste a plagiarme mis poemas, y todo lo que yo hago más atrás lo calcas, qué aburrimiento, qué pereza, como dirían los colombianos. ¡Qué gris eres!

Se levantó fingiendo que se sentía ultrajada.

—Vete de mi casa, no quiero verte nunca más. —Le hablé muy cerca de la cara.

Dos semanas más tarde me enteré de que Pina Brull había pedido asilo político en una embajada latinoamericana, acompañada de su marido. Tardó poco en recalar en Miami, qué suerte tuvo, no todos pueden contar en su currículo un salto tan rápido de un país latinoamericano a Estados Unidos. Cosas de la vida.

Me dio tanto placer botar a Pina de mi casa que salí nuevamente a caminar. Llegué hasta los portales de Infanta y San Lázaro, y ahí el azar quiso que me tropezara con Rami, que compraba discos viejos de ópera a un vendedor ambulante. Nos apartamos; recostados detrás de una columna, le conté todo lo que había pasado, y me respondió:

—Ena comprenderá, es mi hermana y la conozco como la palma de mi mano; es tu amiga, somos amigos tuyos, ella entenderá todo.

Llovía a cántaros, de pronto escampó y salió un sol que doró el asfalto, relampagueante como la piel de un cocodrilo.

Nos abrazamos. Poco tiempo después también Rami se iría a reunirse contigo. Y yo me quedé sin ustedes, pero con nuevos amigos, pocos pero buenos.

Hoy debo agradecerte que hayas entendido siempre, y que siempre estés ahí cuando te necesito, como mi mejor amiga, como mi hermana.

Como te habrás enterado por Rami, hace algún tiempo recuperé el primer manuscrito de la novela sobre Remedios Varo. En el año 1996, por la época en que pasé aquellos maravillosos días con Rami en Acapulco. Todavía mi mente me jugaba malas pasadas, ya no, ahora estoy más clara que el agua. Mi ex suegra me devolvió el manuscrito, aunque yo ya lo había reescrito de memoria. Y toda esa gentuza que vivía para hacer daño han quedado atrás, aunque en el exilio hay más como ellos, claro que los hay.

Como recordarás, desde que somos jóvenes llevábamos ambas un diario. El mío tuve que interrumpirlo. Varios cuadernos se perdieron o los robaron de casa de mi madre; he retomado mis diarios, lo apunto todo, anoto el más mínimo detalle de las personas que me rodean, las observo, y me doy cuenta enseguida de la calidad de la gente. Si alguien quiere pasarme gato por liebre, le hago creer que lo ha conseguido, pero nada de nada. Me volví paranoica, como diría Waldo Navarro, una de las personas más intrigantes, resentidas y rastreras que he conocido, y que se hizo pasar por amigo incondicional, pero lo que hacía era sencillamente traicionarme cada minuto de su existencia, por envidia, por simple envidia. Era íntimo de Pina Brull, de eso me enteré después. Llevan una página en internet en la que se dedican a despotricarme, como si yo comiera con eso.

Ya lo saqué de mi vida, de un tajo, pero aprendí mucho con él. El traidor puede ser la persona más simpática y seductora del mundo, no son inteligentes, suelen ser astutos, unos auténticos encajeros en bordar, con sumo cuidado, el entretejido de maldades que irán alienando de los demás, alejándote de los que te quieren. No olvides la película *Eva al desnudo*, con Bette Davis, una lección que merece la pena estudiar a fondo. Sé que de ti y de Rami nada ni nadie podrá separarme; sin embargo, me veo obligada a apuntar conversación tras conversación, reacciones de la gente. Porque después de aquel viaje a Acapulco se me formó una gran confusión en la cabeza, caí en una depresión, y finalmente pude curarme porque me llegaron aquellos papeles personales.

Me los envió la madre de Pablo antes de morir, con noventa y tantos años. Pobre señora, también ella perdió la cabeza. Y cuando hojeé aquellos folios, mis dibujos, las anotaciones sobre Remedios Varo, me di cuenta de que esa mujer a la que yo le había dedicado mi tiempo y mis palabras durante los momentos más angustiosos de mi vida, me había procurado a través de su personalidad, que intentaba descifrar, que yo también descifrara la mía, que me viera en ella y me liberara a través de ella.

Por esto también te agradezco que me hayas regalado el catálogo razonado, que me lo hayas enviado con tanta prontitud y vehemencia, cuando te lo pedí, dedicado:

A mi Belén, que es el nombre que te puse, querida Zamia, cuando todavía nos moriríamos de la risa con Luis Carbonell el acuarelista de la poesía antillana. Nada me gusta más que ayudarte... ¿Cuántos nombres te hemos puesto? Te hemos llamado Vida, Zenia, que era como te llamaba Álvaro, Belén, como te he llamado últimamente... Te quiere, tu

ENA

Esa dedicatoria tuya me ha dado fuerzas para poder terminar la novela, pese a que no sé qué pasará cuando la haya terminado. Me agradaría mucho poder ver una retrospectiva aquí, en Europa, de Remedios Varo; al menos en España y en Francia, sus patrias, una de nacimiento, la otra artística. Aunque al final de su vida, Remedios se sintiera más enraizada en México que en ninguna otra parte. Ella nunca renegó de sus orígenes ni de su alocada vida.

Ahora que he acabado de escribir desaforadamente sobre ella, sobre nosotras en definitiva, cuando aún al poner la cabeza en la almohada sueño con ella y se me aparece constantemente, me doy cuenta de que no sólo yo escribo de ella: que ya ella, con su vida, me traspasó un legado, me hizo su hija, me parió, porque al identificarme con su vida y con sus valores me hizo portadora de su conocimiento, de su poética, y me ofreció una identidad que yo necesitaba para regresar de ese lugar al que me fui, o al que mi cabeza se quiso fugar, en donde me extravié... Remedios Varo me presintió con su arte y me salvó del suicidio. Intenté hacerlo, pero fue tan estúpido que no lo haré más.

Sé que tú también lo intentaste una vez, y tampoco lo repetirás. Te quedó un chichón en la cabeza y una desazón espiritual de la que no podrás hablar nunca, ni conmigo; sólo me lo mencionaste apenada. Y no quise insistir porque sé de lo que hablas... Son cosas absurdas... «Este país es surrealismo puro», comentó una vez delante de mí el portero del hotel Focsa, en La Habana. Tuve que contestarle:

—Por favor, no insulte al surrealismo. Este país es absurdo puro, querrá decir.

Me preguntaba entonces si la vida era así en todas partes, qué tontería. Claro que para nosotras será Así En Todas Partes, porque cuando cambias de lugar no cambias de vida, tu vida es tuya hasta el último segundo, y con ella arrastras tu marca de nacimiento.

No te agobio más. Te mando el manuscrito definitivo para que lo leas y me des tu opinión, la más valiosa.

Te quiere, tu amiga.

París, 10 de marzo de 2007

Mi querido Rami:

Te escribo apresuradamente. Estuve todo el día leyendo documentos sobre Fulgencio Batista y el golpe de Estado. Golpe de Estado curioso, sin derramamiento de sangre, que en un día como hoy dio el ex presidente en el año 1952, en Cuba. Error, eso era lo que ansiaba Fidel Castro. Como sabes llevo años trabajando en el tema, como sabes trabajo en varias novelas al mismo tiempo. La de Remedios Varo está finalizada, o casi, porque me cuesta creer que haya puesto punto final a un texto que arrastro desde hace tanto tiempo. La novela de Batista la empecé en el año 1994, en Cuba, y mira los años que han pasado y aún estoy enredada con ella. Para colmo, nadie se había ocupado antes de la familia Batista, pero no bien declaré a la prensa que me dedicaba al menester de la novela, y que publiqué un artículo en un periódico español sobre la honestidad de Batista, los envidiosillos de turno se han tirado de cabeza con garras y colmillos, no sólo a hurgar en el pasado batistiano; también buscan lazos familiares y hasta se tiran la fotico con los hijos, preparándose, así creen ellos, para lo que se avecina y para lo que pueda depararles el futuro. No sea que se muera

Castro, y que el batistato se instaure de nuevo, y haya que buscarse oportunamente un sitio en el mundo. ¡Ay, Cubita la bella! Pobrecilla gente.

Waldo Navarro, el que me contó que te había conocido mientras él mamaba pinga en una montaña tinerfeña, y que después tú desmentiste (ni era la situación, ni había pinga por todos aquellos lares que deseara ser introducida en su boca), inventa ahora que conoce a la familia de Batista desde antes de nacer. Se olvida que fui yo la que le presentó a la nieta que vive en Madrid, en un caluroso mes de junio, en París, durante una *gay parade*. ¡Pobre tipejo! Total que yo sigo en lo mío. Terminaré la novela de Batista, pero debo disfrutar de la de Remedios. Y también quiero agradecerte que me hayas abierto los ojos a su pintura. No es lo mismo haber visto su obra antes, tener los catálogos delante de mis ojos y estudiarlos, no es lo mismo sin ti. Tú eres un gran pintor, un genio, tú eres en la pintura el equivalente de Reinaldo Arenas en literatura. Lo vi hace mucho tiempo, porque crecí con tu pintura, crecimos juntos con tus demonios y los míos.

Otra tontería que no le perdono a Waldo Navarro: cuando hiciste aquella exposición en Miami, dijo que no respetaba tu obra, que no tenía nada del otro mundo. Parece mentira, estudió Historia del Arte y no tiene ojo para la pintura. Nunca me ha dicho una palabra de Jean Cocteau, es la razón por la que no te entiende. Te hablo de este personaje y no sé por qué lo hago, tal vez porque acaba de traicionarme por no sé cuánta vez. Descubrí que me grababa las conversaciones, y no sólo eso. Pero ésta será la última, ya no hay escapatoria, ya sé quién es. Incluso, he llegado a pensar que es uno de esos enviados especiales de la Seguridad del Estado cubano que le pone a uno detrás para desestabilizar, porque cuando lo conocí detestaba la poesía y no se metía en política, resulta que ahora es poeta y un activista político del exilio de los más enroñados. Lo siento, Rami, pero necesitaba hablarlo con alguien. Y te tocó.

En tu última carta, donde me mandaste las películas de Mae West que yo ya había visto, gracias a mi hermano que me las regaló en Nueva York (pero de todas formas no sabes cuánto te lo agradezco), me preguntas cómo voy con el manuscrito de Remedios Varo. Mira, he tenido que retomarlo, dejarlo y volverlo a retomar, pero finalmente está listo. Le había añadido demasiados pasajes surrealistas, porque toda su vida fue eso, surrealismo a pulso; pero comprendí que algunas cosas sólo las podíamos entender Remedios Varo y yo, y que incluso cuando me alejaba un poco del tema, me dedicaba a trabajar en otros asuntos y volvía a ella, pues me costaba empatarme con el hilo de la narración. Tuve que limpiarla de esas descripciones. Pensaba acabarla antes, hoy recibí una llamada de una editorial. Tal vez la publique más pronto de lo que supones, tal vez de lo que yo misma suponga.

Ahora paso las noches escribiendo en mi cuaderno sobre Batista y casi al amanecer paso a la computadora lo escrito a mano. Trabajo como una bestia, en la soledad más absoluta, ida del mundo. Nada más pensar que un día un lector ajeno leerá esas líneas me da un escalofrío y un pudor inmenso, igual que me llena de regocijo que alguien se identifique con mis palabras. Porque mi vida tiene sobrados puntos en común con la de ella, y porque la obra de Remedios Varo me enseñó a vivir con arte, y gracias a ella me curé de aquella pérdida parcial de la memoria debido al dolor tan intenso que me produjo la muerte de Álvaro. Escribir me permitió recordar poco a poco lo que había sido mi pasado.

Trabajo día y noche; es como me siento bien, como únicamente le hallo un sentido a la vida. Hará unas noches vi la ceremonia de entrega de los Oscar, completa; era muy tarde y me quedé dormida al amanecer. Soñé que Remedios me tendía la mano, en la que había una luna diminuta que latía, palpitaba al ritmo de la respiración de un animalito, como un gatito. Detrás de Remedios estaba un buda de piedra y, un poco apartado también apareció mi abuelo chino. Remedios tomaba las manos del buda, balbuceó unas palabras que apenas pude escuchar, dijo algo como: «billete, dinero, tómalo, es tuyo, es un sueño». Entonces al instante, mi abuelo fue hacia ella y la sacó a bailar. Bailaron durante horas, al compás de una música rarísima, mitad oriental, mitad cubana, cantada en árabe clásico. Me desperté, amanecía. Profunda decepción. No me agrada despertar de los sueños cuando éstos aún no han culminado. Y este sueño, estoy segura, tendría una duración muy lógica e intensa, pero la claridad entró por la rendija de la cortina y abrí los ojos. No deseaba encontrarme allí, ansiaba volver a bailar con Remedios y con mi abuelo en aquel salón inundado de humo y perfumado al incienso.

En la televisión anunciaban los nombres de los ganadores. Bueno, estaba cantado que ganarían ésos. Es la razón por la que sólo veo películas viejas americanas, y estoy más al tanto de los Oscar de los treinta que de los actuales. No me muevo más que del sofá de la sala al butacón donde escribo, y de ahí, cuando empieza a amanecer, a la cama. Apenas salgo; los cafés no me interesan y la gente es cada día menos inventiva, más sosa. Lo único que realmente me hace vivir de manera novedosa es la escritura. A través de la vida de Remedios Varo pude pintar, enamorarme de varios hombres, tener a una amiga como Leonora Carrington, tan parecida esa relación como la que tengo yo con Ena, y padecer el horror de la guerra, aun a través de la historia personal de la pintora. Gracias a Remedios Varo puedo sobrellevar el exilio, este exilio tan largo y tan inseguro, de una manera más ecuánime. Creo que París es para mí lo que fue México para ella. Y no sé si algún día debería mudarme a México, empezar de cero, cerca de las pirámides y animada por una cultura y una civilización a la que el arte le debe tanto. Y de eso se trata, de vivir la vida de la forma más artística posible. Como ella hizo.

Abro el catálogo razonado, leo, escritas por ella, las descripciones de varios de sus cuadros, y me doy cuenta de que Remedios Varo visualizó y preconizó en su obra la época que estamos viviendo nosotros ahora, la presintió poéticamente, como diría el poeta cubano Enrique Loynaz. Cito:

> *Encuentro.*
> Esta pobre mujer, al abrir llena de curiosidad y esperanza el cofrecillo, se encuentra consigo misma; al fondo, en los estantes, hay más cofrecillos y quién sabe si cuando los abra, encontrará alguna novedad.

Esta mujer podría ser yo, o cualquier otra, una de esas que se sienta en el café de La Bastille, con el espejito dentro de la cartera, el creyón de labios dispuesto a dibujar nubes en el piquito de Pola Negri, la pierna cruzada, entretenida a despistarse de sí misma, como deseosa de una fuga inminente, pero a la espera de hombre, siempre a la espera del hombre. La novedad es ella, que lee el periódico *Le Parisien*, y se entera que un joven cubano de dieciséis años ha apuñalado a su maestra. Todo parece indicar que es hijo de un cuadro superior y que la escuela es una escuela de niños bien, nada de desfavorecidos. Esto es la vida de hoy, tomar una ducha, vestirse, acicalarse, perfumarse hasta los tobillos con esencias árabes, sentarse en un café a leer *Le Parisien*, el único periódico que aguanta la avalancha de sucesos extravagantes.

La realidad, mi querido amigo, no sé si Remedios estaría de acuerdo conmigo, la realidad es que nada escapa a la mediocridad. Los políticos no son lo que eran antes, cualquier iluminado puede convertirse en jefe de partido o de secta, da igual. Los escritores tampoco son lo que fueron. Cualquiera que sepa manejar el procesador Word o cualquier otro procesador de texto, se cree ya escritor, una auténtica tragedia para los verdaderos escritores. El cretinismo se impone, no tienes más que abrir la ventana, y el aire que respiras está impregnado de un polen antes inexistente, te empieza la migraña, sangras por la nariz. La llegada de la primavera no es buena noticia, con ella llegan las flores, pero sobre todo las alergias.

Encuentro.
Esta estatua se baja del pedestal para acudir a la cita que tenía con la mujer que le abre la puerta y que es de fuego, cosa ideal para la estatua que tiene frío. Una vecina de enfrente observa escandalizada.

Si tan sólo las crónicas diarias tuvieran el tono de la escritura de Remedios Varo, nuestra salud se vería menos afectada, no nos veríamos obligados a vomitar en el *vomitorium* público en el que se han convertido las plazas con sus pedestales. Si es que aún quedan pedestales. Yo ya ni miro a las estatuas, todas tienen esa mueca macabra de la victoria, obscenidad a pulso esculpida en la piedra. Le perdí el respeto a las estatuas, no sé si a ti te pasa, querido Rami. Les perdí el respeto desde que nos empacharon con aquellos bustos de José Martí cabezones y frentones que teníamos que saludar por doquier, aun cuando entrabas en el zaguán de tu edificio, junto al mural del Comité de Defensa de la Revolución. El cabezón de Martí en serie; tuve pesadillas con esos bustos en serie, que como en una película chaplinesca avanzaban hacia mí y me caían encima, hasta descuajeringarme los huesos, y aplastarme como a una cucaracha. Todos somos Gregorio Samsa. Todos somos cucarachones o payasos melancólicos, otros son malévolos.

Ascensión al monte análogo.
Como veis, ese personaje está remontando la corriente, solo, sobre un fragilísimo trocito de madera y sus propios ves-

tidos le sirven de vela. Es el esfuerzo de aquellos que tratan de subir a otro nivel espiritual.

A eso me aferro, a otro nivel espiritual que me he fraguado a golpe de lecturas no programadas. Llamo lecturas programadas a aquellas que me imponen los periódicos, críticas de amiguetes o las mesas repletas de volúmenes de los centros comerciales. Ningún libro dura en esas mesas más de tres meses, salvo un cretinismo de ciencia-ficción o una noveleta de internauta que se pertrecha de información en Wikipedia, dios santo, con esos truenos quién duerme, no creo que si Remedios Varo hubiera leído esa fraseología hubiese entendido algo. Leo los clásicos de siempre, o los libros en donde hallo un concepto que tenga que ver con la espiritualidad, el amor, la libertad, los temas de toda la vida, pero apreciados con los ojos de hoy, con mirada donde la ciencia ocupa un sitio romántico y sereno. No me interesa la tecnología, no creo en los médicos, son un fracaso, unos técnicos del cuerpo a otra escala, claro está. Como aquel que vino a arreglar el televisor y me lo dejó aún peor. Hay que morirse cuando hay que morirse, eso le oí decir a un célebre cineasta ruso, y siguió fumando y bebiendo tan campante.

—El día que me muera quiero morirme enfermo, ¿para qué me quiero morir sano?

Mujer saliendo del psicoanalista.
Esta señora sale del psicoanalista arrojando a un pozo la cabeza de su padre ¡como es correcto hacer al salir del psicoanalista! En el cesto lleva otros desperdicios psicológicos: un reloj, símbolo del temor de llegar tarde, etcétera. El doctor se llama Dr. FIA (Freud, Jung, Adler).

No soy freudiana, un poco jungiana sí, pero más bien soy bergsoniana, a Adler deberé releerlo, no se me quedó nada suyo en la cabeza. Rami, no sé si te estoy aburriendo con esta carta, porque también la estoy escribiendo para mí, para despejarme un poco. Tengo un problema con el tiempo, llego siempre con demasiada antelación o precisión, y no consigo reírme sin pensar que seré castigada después por tal exceso de alegría. Mi abuela decía que era malo reírse tanto porque después se lloraba el doble. Nada merece la pena ser llorado, ni siquiera la muerte, que es una cosa tan corriente. Cada día vemos chorros y charcos de sangre en los telediarios, y nada, ni una lágrima. Estamos viviendo un nuevo holocausto en vivo y en directo. Nadie se inmuta, parece ser el espectáculo normal, el añorado.

Unos meses antes de salir de Cuba definitivamente, quise irme a la playa, a una hora en que estuviera desierta, para disfrutar del mar por última vez. Estuve dos horas dentro del agua, desde las siete hasta las nueve de la mañana. A las nueve empezaron a llegar turistas. En un grupo de ellos reconocí al hombre que me había hecho las fotos en la tienda de videos en París. Me restregué los ojos, no podía ser posible; pero lo era. Había envejecido bastante, su cabeza no sólo estaba blanca en canas, sino que había perdido pelo. Enclenque, manipulaba una camarita de fotos y fijaba el objetivo en el mar, en los pinos, en los rostros. Fijó el objetivo en el mío, no pudo hundir el dedo en el obturador; a través de su ángulo ancho supo reconocerme. Avanzó hacia mí trastabillando.

—¿Te conozco de alguna parte? —preguntó acariciándose la barbilla, con la cámara en la otra mano.

—No, no —gagueé.

—Sí, claro, no se me despinta ninguna cara ni ningún cuerpo que fotografié antes. Eres la chica de la rue Saint-Dominique, la que escribía…

—Se equivoca. —Viré la espalda.

—Raro, jamás me equivoco… Desapareciste sin avisar y yo

necesitaba contactarte. Una noche robaron en la tienda, no robaron dinero, ni videos, se llevaron las fotos, los negativos. Solamente les interesabas tú, los ladrones venían por ti.

—No deseo seguir hablando con usted, señor. No sé quién es.

—¿Tienes miedo? ¿Crees que yo te denuncié? No te denuncié yo, es probable que haya sido tu marido, el escritor. Sólo me vi implicado en el asunto, lo siento si eso te causó problemas, lo siento sinceramente. Jamás me sobrepasé contigo, fui sumamente correcto...

El miedo paralizó mi cuerpo.

—Ahora vengo a menudo a La Habana. Este país es interesante, y quiero conocerlo antes de que los turistas lo invadan y acaben por destruirlo, más de lo que lo ha destruido Castro.

—Váyase —supliqué al percibir un policía que merodeaba.

—Sólo dime si eres tú.

Corrí a la orilla, me lancé de cabeza a la cresta de una ola. Permanecí debajo del agua el mayor tiempo que pude, en el mar estuve hasta que la figura del fotógrafo se fue empequeñeciendo y desapareció detrás de un montículo lejano. Salí del agua cuando creí que ya no corría peligro. Temblaba erizada, me sequé con la toalla, recogí mis cosas, me vestí, miraba de reojo a todos lados, aciscada, la blandenguería se había apoderado de mis piernas, de mis brazos, de mi cerebro. «Lo enviaron para probarme, lo enviaron para que cayera en una trampa.» No sé por qué pensaba de esa manera. Ya tenía trabajo, podía de vez en cuando dar conferencias en el extranjero, volvía al país por mi madre, y porque me había vuelto a casar y habíamos tenido una niña. Es una historia que conoces de sobra, pero jamás te había contado el reencuentro con el fotógrafo, y ese miedo tan frío, que se te cuela entre los huesos y las arterias, te hiela por dentro. Todos lo hemos sentido, porque hemos vivido con ese miedo desde que nacimos. Y con ese miedo moriremos; por muy libres que seamos, el miedo nos perseguirá y nos atrapará en cualquier escondrijo en el que intentemos cobijarnos.

Remedios padeció ese miedo también, y murió con ese instinto de persecución, aunque su último marido la ayudó bastante a sanar, a aliviarse del horror que inundaba sus momentos oníricos. Walter Gruen fue un soporte esencial en su vida, después de que ella tuviera que trabajar para sobrevivir. Este hombre, desde que la conoció, no paró hasta que Remedios Varo fuese reconocida como la gran pintora que es. Nadie más que ella luchó a brazo partido por su obra, pero todos afirman que Walter Gruen le ofreció la comodidad que ella necesitaba para poder desarrollar su vocación, que terminaría siendo pasión surrealista, y desde entonces su pintura fue menos impulsiva, devino reflexiva sin dejar de ser onírica y automática.

¿Se amaron? Nadie lo duda. Remedios Varo amó a todos los hombres que ella decidió amar y a los que la amaron. Walter Gruen fue su amor más tranquilo, quien le pidió que dejara todo y se dedicara sólo a la pintura, quien entendió a la mujer y a la pintora. No se quiso casar con él, porque ya no creía en el matrimonio, porque nunca creyó en el matrimonio. No tuvo hijos porque todos sus amantes y sus maridos fueron de cierta manera sus hijos. No sólo desplegó su instinto maternal en Benjamin Péret, de quien mayormente se ocupó; también lo ayudó económicamente hasta su muerte, y estuvo junto a él en su lecho de enfermo en París. Con Benjamin existió ese tipo de amor en donde no sólo amas, sino que también aprendes a adaptarte a las diferentes mutaciones del amor, aprehendes sensaciones, éxtasis, orgasmos ajenos, vidas distintas. Con Walter Gruen pudo vivir su vida y su arte a fondo.

Walter Gruen comprendió eso y por eso se amaron, porque al fin ella encontraba a una persona que la recibía ya formada, ya hecha, como ella era, ese compendio de amores, de vidas, de múltiples «ellas»; y de eso Walter Gruen se había enamorado profundamente: de la mujer, de la artista, de todas esas mujeres que eran Remedios Varo, y de todos esos hombres con sus historias más o menos tragicómicas que la poseyeron.

Mimetismo.

Éste es un inquietante caso de mimetismo; esta señora quedó tanto rato pensativa e inmóvil que se está transformando en sillón, la carne se le ha puesto igual que la tela del sillón y las manos y pies ya son de madera torneada, los muebles se aburren y el sillón muerde a la mesa, la silla del fondo investiga lo que contiene el cajón, el gato que salió a cazar sufre susto y asombro al regreso cuando ve la transformación.

Así quisiera quedarme tiesa, querido Rami, morirme en un sillón, dentro de una casa abandonada, y que mi carne mute en ramas de helechos o de hierbas salvajes; y cerrar los ojos, y los ojos entonces mimeticen el ambiente y reproduzcan cada objeto, cada piedra, y que mis ojos estén integrados en todas partes para poder ver cómo se mueve la vida sin que yo esté presente.

Llegó la hora de despedirme en esta carta tan poco informativa de nada. Es sólo una carta para invitarte a abrir de nuevo el catálogo de la pintora y repasar sus cuadros, porque es una manera de estar juntos. Como cuando me envías una película y trato de adivinar con qué secuencia nos reiríamos a carcajadas, si estuviéramos sentados viéndola aquí, tú acostado en el sofá rojo, yo en el dorado, mientras devoramos unos boca-ditos de merguez y un chocolate caliente.

Cuánto me agradaría tener un cuadro tuyo donde una mujer desnuda se abrigara con una piel falsa de leopardo. Sé que tú la pintarías mejor que nadie. Tengo muchas ganas de pasear contigo por el Marais, y de fumar contigo esa cosa, porque a pesar de ser los mejores amigos del mundo, jamás hemos fumado juntos. La fumé antes, pero nunca contigo, al menos que yo recuerde. Hay cosas que quisiera recordar contigo, pero otras que me ayudarías a olvidar. La envidia y la decepción de los otros. Tú eres el antídoto contra esos maleficios. La envidia ha provocado tantas persecuciones políticas, dentro y fuera de Cuba, que algún día deberíamos ponernos seriamente a estudiar sus horrendas consecuencias.

Me preguntas por qué no he querido aclarar nunca esos tres meses en que estuve desaparecida. Mi amigo Hubert se había ido del país, precisamente a Francia. Dejó a Wanda, pero ella no sufrió tanto. Al poco tiempo ya tenía su programa estelar de televisión, una telenovela espantosa donde hacía de estudiante de secundaria básica, cuyo personaje curiosamente llevaba mi nombre. Hizo una película vomitiva junto a un salserito de esos que tienen éxito en Francia porque, claro, muy pocos franceses han oído antes al Trío Matamoros. Hubert se casó y tuvo una niña. Wanda ahora alardea de escritora; publicó una novela mediocre donde miente tanto como respira. Pero novela al fin, se salva. A ninguno de esos personajes les guardo rencor, me dedico a lo mío, y que el destino elija para ellos lo que sea.

En esos tres meses estuve recluida en el sanatorio Los Cocos, para enfermos de sida. Conocí a un muchacho que contrajo el sida. Eduardo murió muy pronto, y como nos vieron juntos, pues decidieron encerrar a todos sus amigos, por tres meses, para analizar el proceso de la enfermedad. Por suerte yo jamás me había acostado con él, era sólo un amigo, pero aunque lo juraba nadie me creyó. Entonces los dejé que hicieran los análisis que les saliera del culo. Fue una experiencia destructiva, pero la tomé del lado positivo: me daban comida, tenía cama limpia, y pastillas para empastillarme. Me había acostumbrado al miedo. En esos tres meses, perdona que te lo cuente tan tarde, conocí el infierno castrista de Los Cocos, la persecución de los enfermos de sida. Fin de la historia.

Ya cierro por hoy, que no desearía que estos cuentos de horror y misterio entorpecieran tu labor creativa. No ignoro que pintas mañana, tarde y noche, y que preparas una exposición para mediados de año. Eso es lo que vale, el trabajo diario. Lo que vale es sumirse en el amor al arte que haces a diario, y que tu vida se impregne de eso, y que ya no puedas discernir entre tu vida y el arte, porque ambos sean uno. Lo otro es agua pasada, podrida, nauseabunda.

Cito a Mae West: «Cuando soy buena, soy buena; pero cuando soy mala, soy mejor».

Te quiero, mi Rami (to) de rosas,

Tu amiga.

Estimada autora:

Acabo de leer su novela. Me parece que es la única novela que ha publicado por el momento. He leído con fruición la historia de la pintora Remedios Varo mezclada al parecer con la suya, o con una historia inventada de una escritora que puede que sea usted y puede que no. Decía un amigo que en la novela cabe todo, abarca todos los géneros. Según sus propias palabras, era un novelista frustrado. No comprendí nunca el origen de su frustración porque sencillamente es uno de los mejores novelistas que leí en mi vida, aunque publicó poco.

Le decía que he leído su novela y no he podido evitar tomar un papel y empezar esta carta. Le explico el origen de la misma: hace un cierto tiempo me dediqué a la pintura; no, no soy pintor, era propietario de tres galerías parisinas y trabajé la obra de un buen número de pintores, varios de los cuales en la actualidad poseen un prestigio inigualable y forman parte ya de la historia de la pintura contemporánea. La pintora de la que usted escribe, esa mujer irrepetible, formó parte de mí durante un período muy largo de mi existencia, la amé en silencio, adoré su obra. No la conocí, no tuve ese privilegio, yo era demasiado joven cuando ella murió, casi un adolescente. Pero la admiré y me enamoré de ella, de su fantasma. Siempre busqué a mujeres que se le parecieran. Pero eso es otra historia.

Quiero decirle que compré su novela únicamente por la foto de la contraportada, ¿cambió usted de nombre? Enseguida la reconocí. Porque usted y yo nos conocimos en París en los años ochenta. Leí, leí sin parar, desde la primera frase tuve el presentimiento de que yo aparecería en su texto. Y así ocurrió. Yo soy un personaje de su novela, yo soy ese Thierry que pasa como un relámpago por su escritura, enfermo, a punto de casarse, a punto de morir.

Da risa, ahora da risa. Porque nos encontramos y nuestro encuentro fue muy rápido y no menos hermoso. Yo la invité al cine, vimos en el Montparnasse *El amante*, la película basada en la novela de Marguerite Duras. Nevaba terriblemente, usted gritó como una niña, contenta, bajo la nieve. Cenamos, la llevé a un hotel, y ahí la abandoné, sin un adiós. Me sorprende que no haya olvidado usted nada, porque tal como ocurrió, en esa misma forma, sólo con mínimas variaciones, describió usted ese cruce de dos personas desesperadas, y mi fuga. Lo que le agradezco infinitamente; su fidelidad me ha conmovido.

Confieso que me da una inmensa alegría poder escribirle, contarle que pude curar mi enfermedad, que fue un milagro, o casi. Que una semana más tarde mi médico me cambió el tratamiento por uno nuevo, y vencí al cáncer. No me casé con aquella muchacha que trabajaba en la UNESCO, apenas nos entendíamos, mi enfermedad había minado el entendimiento, y no pude con la sombra que pesaba sobre ella. Me casé después, sí. Tengo dos hijas, con una mujer que me ama y a la que amo profundamente. Ella es española, de padres cubanos, qué casualidad. No hemos ido a Cuba, no pensamos hacerlo por el momento.

Decidí escribir a la editorial, primero porque era la única vía, y porque imaginé, siempre por la historia que usted cuenta, que no seguirá trabajando en la UNESCO. Segundo porque vivo relativamente cerca de Barcelona, donde se encuentra su editorial: en Anglès, casi al lado de la casa donde nació Remedios Varo, puro azar. Un día me gustaría enseñársela; a lo mejor ya la conoce, pero igual si pasa por Barcelona, podría llamarme, y me agradaría presentarle a mi familia, e ir juntos a ver, aunque sea por fuera, el lugar en donde nació nuestra pintora. Y si un día quiere que hagamos el periplo a México, si no lo ha hecho, y si lo desea, podemos prepararlo. Estoy a su disposición.

Yo trabajo en lo mismo, mi posición es muy buena. Y es la razón por la que dispongo de tiempo libre, no mucho, pero sé aprovechar el poco tiempo de descanso con el que cuento, eso lo aprendí en mi período malo. Saber manejar el tiempo es un lujo, vivimos una época abrupta, violenta, le seré sincero, no le veo la salida a este desorden. Me he refugiado en la lectura, leo mucho, huyo de internet. Aunque le veo posibilidades magníficas, también me doy cuenta de que este medio de comunicación ha tenido el éxito masivo que tiene porque le da la oportunidad a cualquiera de comunicar de cualquier manera, y ahí entra todo, ahí campea la mediocridad y buena parte de la maldad y el salvajismo del ser humano. Perdone la descarga, pero estoy muy molesto con esta amalgama, esta confusión de géneros, de sentimientos, esta locura en que estamos inmersos, que no creo que nos lleve a ninguna parte, como no sea al desastre; mire, no me escuche, tampoco se asuste, en verdad suelo ser un optimista irritado o irritante.

Lo único que quería era darle noticias mías y también mis datos, que colocaré dentro del sobre, en tarjeta aparte, y usted decidirá si se contactará conmigo o no. Me ha dado mucha alegría que haya escrito usted aquella novela que le vi empezar, en una mañana nevada, en La Coupole, ¿o ya estaba apenas empezada? Me alegra sinceramente haber vivido hasta ahora, y volverla a encontrar, y tener la ocasión de pedirle disculpas por aquellas rosas que le entregó otra persona de mi parte, el *maître* del hotel, mientras yo espiaba detrás de la cortina de otra habitación en el primer piso.

Usted se veía tan hermosa bajo la luz del hotel, el farol iluminaba su rostro, y pude ver sus lágrimas. Por cierto, no contó en la novela que esa noche lloró, que se marchó llorando. Yo también me quedé llorando, porque en aquel momento en lo único en que pensaba era en que usted me había regalado uno de los últimos momentos apacibles de mi vida, que en breve iría a morir. Alucinaba con la muerte. Aluciné aquella noche, porque me moría por besarla, y yo sabía que si la besaba, no podría soportar la idea de no verla nunca más. No tenga miedo, todo aquello ha pasado, soy muy feliz con mi esposa. Le encantará conocerla, le he hablado de usted.

Leo, ya le digo, cada vez más. En los libros encuentro la respuesta al misterio de que yo esté todavía aquí. Y mire, fíjese si el misterio de la literatura es prodigioso que gracias a ella, la volví a hallar. Era lo que menos esperaba.

Si me lo permite le reproduzco a continuación el fragmento de un cuento que en una ocasión leí en el libro *Remedios Varo: En el centro del microcosmos* que escribió Beatriz Varo sobre su tía. Fue mi padre quien me envió este libro, y de vez en cuando lo releo, casi me lo sé de memoria. Aquí está, en cierta medida, la procedencia de la presencia del huevo en su pintura:

> … le supliqué que me concediese todavía unos momentos más de vida para hacer algo que me permitiese morir tranquila, le expliqué que yo amaba a alguien y que necesitaba tejer su «destino» con los míos, pues una vez hecho este tejimiento quedaríamos unidos para la eternidad. El verdugo pareció encontrar muy razonable mi petición y me concedió unos diez

minutos más de vida; entonces yo procedí rápidamente y tejí a mi alrededor (a la manera como van tejidos los cestos y canastas) una especie de jaula de la forma de un huevo enorme (cuatro o cinco veces mayor que yo). El material con que lo tejí era como cintas que se materializaban en mis manos y que, sin ver de dónde venían, yo sabía que eran su substancia y la mía. Cuando acabé de tejer esa especie de huevo, me sentí tranquila; pero seguía llorando. Entonces, le dije al verdugo que ya podía matarme, porque el hombre que yo quería estaba tejido conmigo para toda la eternidad.

¿Sabía que a la muerte de Remedios Varo André Breton le rindió tributo y la aprobó oficialmente como una gran dama del surrealismo? Lo hizo con las siguientes palabras: «El surrealismo reclama toda la obra de la hechicera que se fue demasiado pronto». No la molestaré más, espero que podamos ser amigos.

Esperaré, desde luego, con ansiedad, que se comunique conmigo, pero si eso no ocurre, si esta carta no le llegase, espero que Remedios Varo se encargue de reunirnos, como ya lo hizo en dos ocasiones.

Con mis respetos,

THIERRY, uno de sus personajes

Un cuento inédito que pudo haber escrito Remedios Varo, si hubiera vivido esta época. Habría podido escribirlo inspirándose en cómo sería una mujer del siglo XXI, quien a su vez se pregunta cómo serán las mujeres del siglo XXII:

Me duele la cabeza, hace cuatro días que me duele la cabeza. Los senos me pesan, los pezones se han inflado demasiado y se han puesto rosados y grandes. Estoy parada delante del espejo, mi cuerpo ha cambiado, las caderas ya no son estrechas como antes, la piel es más blanca, y las manos empequeñecieron. Estoy detenida delante de mí, desnuda, apenas reconozco mis gestos, y mi voz es un susurro que cambió de timbre.

Recuerdo hace muchos años, frente al espejo de la coqueta, en casa de mi madre. Yo tendría unos quince años, no me gustaba mirarme desnuda, rehuía la desnudez. Mis senos eran diminutos entonces, los pezones oscuros y engurruñados, la cintura casi pareja con las caderas, los muslos largos, entre ellos cabía la mano abierta de Gnossis, las piernas finas, los pies inquietos, tenía la voz chillona, aun cuando intentaba hablar bajo. Puse mi dedo entre los labios de mi sexo, y enseguida lo quité, por miedo a hacerme daño.

Mi pelo siempre fue fino, largo, sedoso, lacio. Ahora es frágil, pajizo, más lacio que nunca, y menos largo. Hacía mucho tiempo que no me detenía ante mí misma, a apreciar mi pelo, a reconocerme en mi envoltura, que es este cuerpo dulce y trajinado. Siempre estoy apurada, corro de un sitio a otro, no tengo tiempo ni para observar mis manos. Su geografía me asombra, venas, montículos, pequeñas arrugas, dos manchas de aceite caliente que me salpicó y me quemó.

Amo mis manos, ahora las beso, como si fuera un hombre quien las besara. Hoy, en un día tan señalado, 8 de marzo, día de la mujer, nadie me ha felicitado. Mi marido lo ha olvidado. Mis amigas también. Yo apenas acabo de acordarme, cuando encendí la computadora y fui a leer los periódicos, que tampoco aportan mucho acerca de la conmemoración.

Cogí la bata para vestirme, reflexioné unos segundos, decidí no hacerlo. Salí del baño, caminé desnuda por el pasillo hacia el estudio donde tengo el caballete, los pinceles. Si entrara alguien de súbito… Nadie entrará.

Estoy sola, estaré sola durante el día, durante muchos días. Llegó la hora de estar sola. En el caballete había montado esta mañana un lienzo virgen. Primero me dibujé, de memoria, y me salió aquella chiquilla de quince años, fugada de su cuello; añadí unas líneas con el creyón oscuro y, siempre de memoria, me dibujé, tal como soy ahora. Una mujer de cuarenta y siete años, a la que hace cuatro días que le duele intensamente la cabeza y ningún calmante ha conseguido aliviar. Sería capaz de cortarme la cabeza de un tajo con tal de acabar con el dolor. Me reí sola del chiste, que por cierto es bastante malo.

Empecé a darme color; mientras el pincel recorría mi carne, o los trazos imaginarios de ella, pensé que podría volverme loca de una migraña. Mi tía materna se ponía a aullar como una loba siempre que había luna llena, padecía de unas atroces migrañas que la dejaban extenuada. Se pasó la mayor parte de su vida atacada por las migrañas y la otra parte tirada en una cama, convaleciente de las migrañas, como si esperara a que volviera el próximo aguijonazo en el cerebro.

Se casó joven, a los trece años, en contra de su voluntad, con un hombre mucho mayor que ella. Su marido no pudo soportar aquellos alaridos que lo acompañaban desde hacía treinta años: se colgó de la viga de un tabique. Mi tía, a partir de ese momento, no padeció nunca más ni un mínimo malestar en las sienes. Y como era todavía joven, se volvió a casar, y tuvo un par de jimaguas preciosas.

Hace unos días fui a la consulta de la ginecóloga. Me hizo el tacto, todo bien a primera vista, me envió a hacerme una ecografía de los ovarios y otra mamaria. Me apretó las tetas tan duro que me corrieron dos lágrimas y dijo que creía que todo iba bien. Esa misma tarde fui a la consulta del radiólogo, me cogió la teta, me la puso entre dos cristales, me la aplastó hasta que solté un grito; lo mismo hizo con la otra teta. Un horror esto de tener tetas para que un especialista te las comprima entre dos vidrios. Todo va perfectamente. No tengo cáncer. Llevo meses creyendo que tengo cáncer y en cinco segundos me quito esa idea de la cabeza, me olvido del cáncer, y vuelvo a encender un cigarrillo. Había dejado de fumar desde que empecé a creer que estaba minada, hace exactamente seis meses, con tres horas y veintisiete minutos. Llevo la cuenta porque lo anoté en la agenda, cada día me pongo más estricta con la precisión de las cosas, del tiempo.

Mi cuerpo está solamente cansado, lo demás va bien, que es lo principal. Pero a mí me sigue doliendo enormemente la cabeza, a tal punto que cuando me duermo, cuando consigo finalmente pegar un ojo, me despiertan los latidos en las sienes. Me molesta la luz, cualquier ruido se multiplica por mil, se me cae cualquier cosa de las manos. Decididamente, algo sucede en mi cuerpo. Me siento además ajena de mí, debo redoblar fuerzas, es como si todo lo que hago me costara el doble de tiempo y de esfuerzo. Hago el amor con mi marido, no es falta de rabo lo que tengo, pero debo confesar que me agradaría que fuese más tierno, más cariñoso. Antes no aguantaba sus manías de acariciarme y besuquearme a toda hora, pero con la edad, me he puesto ñoña, y me gustaría, para qué negarlo, que se currara más los preámbulos.

Delineé con el pincel un ojo, y hasta en el lienzo la mirada me pareció absorta a causa de la fatiga. Volví al baño, me contemplé en el espejo y entonces me vestí airada. Nunca he tenido la conciencia de que estoy envejeciendo, en mi mente sigo siendo una joven que corre de un lado para otro, que hace esto y aquello, y que resuelve lo imposible. Las arrugas no me las veo, decidí hace tiempo que interpondría un velo entre ellas, el espejo y yo. No tengo tiempo para regodearme en la paranoia de la decadencia.

Antes de ponerme el pantalón me dije que debería afeitarme todo el cuerpo de nuevo, quitarme todos los pelos, como había hecho antes, en distintas ocasiones. La primera vez, lo hice por amor, por una decepción amorosa. El tipo y yo nos peleamos, y en protesta llegué a casa cogí la tijera y la máquina de afeitar, me corté el pelo, luego me afeité las cejas, el cráneo, las axilas, las piernas, la pendejera del pubis. Me dejé sin un pelo. Cuando el tipo me vio empezó a caerme detrás de nuevo, le gusté calva, y sin cejas, y le hizo tremendo cerebro que le dijera que me había quitado también los pelos de la tota y del culo. Se babeaba; los tipos son así, una mierda de estúpidos. Por su culpa las cejas se me empobrecieron, porque quiero que sepan que los únicos pelos que no se recuperan son los de las cejas. Esto me lo confirmó Regina Ávila, la autora de *Bolero ma non troppo*, amiga mía.

Las otras veces fue por comodidad. Empecé a aborrecer mi cuerpo, y mis pelos, sobre todo mis pelos, y entonces me depilé toda. Aunque en estas ocasiones me dejé los pelos de la cabeza, sólo ésos. Y me iba a la playa a abrirle las piernas al mar, a esparrancarme en las olas, que es como me apasiona vivir a mí. Flotando en el mar, con la cara al sol, y las piernas abiertas, y el agua que juguetee con mis nalgas.

En mi primer embarazo necesité de nuevo la presencia de los vellos, y sólo me los recorté un poco a la hora del parto. Yo jamás me he sentido mejor que las veces en que he estado embarazada; ya sé que hay mujeres, la gran mayoría, que sienten lo contrario, y que detestan, argumentan que por feministas, que algunas mujeres confesemos que nos hemos sentido maravillosamente bien durante la preñez. Lo siento, soy feminista, pero no imbécil, y digo lo que pienso. No voy a mentir a nadie por ninguna causa de cualquier clase. Me he sentido divina en el tiempo que he llevado a mis hijas dentro.

Yo siempre quise tener tres o cuatro niños. Tuve tres hembras. Mis tres soles, mis tres lunas, mis tres universos. Somos cuatro mujeres en la casa. Y cada una vive una época diferente. Y con mi madre representamos las diferentes edades de la mujer. Podríamos salir retratadas en fila en un libro de antropología o de biología, nuestros cuerpos servirían para ser estudiados minuciosamente en el crecimiento del ser humano. Curioso, mi madre es más pequeña que yo, yo soy más pequeña que mi primera hija, mi primera hija es más pequeña que la segunda y la segunda todavía más que la tercera. O sea que la última de mis hijas es la más alta de todas nosotras, tiene más senos que cualquiera de nosotras, y es la que más asentada tiene la cabeza. Cumplirá en el mes de abril catorce años. Y no hay manera de que le digamos de joda, que qué buena está, que qué tetas y qué culo ha echado, que qué alta se ha puesto, que hasta cuándo piensa crecer. Todo eso la saca de quicio, y nos da unos desplantes que no acabo de entender. Porque en mi época yo hubiera dado lo que poseyera de mayor valor porque me tiraran semejantes piropos. A mí siempre me reprochaban que estuviese tan reflaca, mi madre no cesaba de aconsejarme que sacara nalgas y pecho porque ningún hombre repararía en mí si seguía caminando tan encorvada y tan metía p'a dentro de culo. Con esta niña es todo lo contrario.

Hasta hace sólo unos meses yo continuaba depilándome, hasta que de pronto tuve una necesidad imperiosa de volver a tener vellos, y me dejé crecer todos los pelos, menos los de las axilas, no soporto los pelos en los sobacos, ni en los hombres. Tenía razón Luisa cuando decía que pintar cabellos era lo más difícil en la pintura. Y ahora estoy con el pincel en la mano: reproduzco mi pubis, piloso, escondido el clítoris, camuflada la ranura, la herida. ¿Cómo serán las mujeres del siglo XXII? Vaya pregunta tonta.

¿Dónde andará la escritora argentina Luisa Futoransky? Fuimos muy buenas amigas, conservo un recuerdo muy nítido de su amistad. Nos sentábamos en el café al que le gustaba ir a Marguerite Duras, porque le quedaba debajo de su casa, y nos guarecíamos allí del frío, que entonces era realmente invierno, con poco dinero, a soñar con los libros que nos gustaría escribir. Ella acababa de terminar uno sobre el pelo, la importancia de las cabelleras en la historia del arte, más tarde escribió y publicó su hermosa novela titulada *Pelos*.

Yo le conté muchas anécdotas de mi experiencia con los pelos. Mi mayor asco es ver un pelo en la comida. Me gusta oler los cabellos de los bebés, y luego cuando van creciendo ese olor va impregnándose de personalidad, y ya cuando son adolescentes, el olor es realmente una persistencia, una reafirmación de esa personalidad forjada.

El pelo es una marca de identidad importante. Una señal de que el cuerpo cambia. Luisa Futoransky investigó mucho, y le salió un libro magnífico. Me preguntó, una de aquellas tardes en que mi temperatura siempre era gélida, que por qué no escribía yo un libro sobre otra parte del cuerpo. Le respondí que a mí lo que me llamaba realmente la atención del cuerpo eran los pies. Entonces eso la hizo reír a carcajadas, porque a ella precisamente los pies le daban una repulsión enorme. Y quedamos en escribir algún día de manera conjunta, un libro que se titulara *De la cabeza a los pies*, en el que ella se ocuparía del cabello y de las partes pilosas del cuerpo y yo de los pies y de las partes lisas de la piel, de los poros abiertos. A cada rato Luisa hablaba del tema de la vejez de la mujer, y su rostro sonreía tristemente, y se tornaba sombrío. Había sido una bellísima mujer, de cabellera rojiza, y con los años seguía siendo una bella mujer, con un carácter fuerte, pero con un humor extraordinario. ¿Dónde andará ahora Luisa Futoransky con sus historias de pelos? En aquella época mi primera hija aún era pequeña, después tuve a las otras, y nunca más volví a ver a Luisa. Ella se fue a un largo periplo por Oriente Próximo.

Uno los pies, las piernas se juntan, entre los muslos ya no cabe la mano abierta de Gnossis. Tengo la piel firme todavía, los músculos tensos; siempre hice mucho deporte, y el cuerpo tiene memoria, y es agradecido. Alguien introduce la llave en la cerradura. Es mi hija pequeña, que ya es tan alta que debo empinarme para besarla; corro al cuarto, me visto.

—Mamá, ¿qué has estado pintando?

Se ha parado delante del cuadro, todavía con la mochila a sus espaldas. Los *jeans* le arrastran, los brazos le cuelgan. Muerde una manzana roja.

—Me estuve pintando a mí misma. ¿No me reconoces?

—¿Eres tú? Nadie lo diría.

—No has comido nada.

No sé por qué he cogido la manía de adivinar cuándo la gente no come nada.

—Me puse a dieta.

—¿Y eso? ¿Tú sola? No estás gorda y eres menor de edad, no puedes ponerte a dieta sin decirnos nada a mí y a tu padre.

—Tú siempre dices que papá entra y sale, que no le diga nada, que es como si ya no viviera con nosotras.

Pensé que debería reflexionar más antes de decir en alta voz las verdades. Es cierto que cada vez con mayor frecuencia nos vamos convirtiendo en tres mujeres solas que desordenan y ordenan sus cuartos.

Mi madre vive en el cementerio. Es decir, se ha muerto hace seis años, pero a cada rato vuelve, se me sienta en la silla de la entrada, desnuda, y siempre tan joven y tan ligera se pasea por la casa, aferrada a mi mano. Hasta que me da un manotazo, se suelta de mi mano, y vocifera que está bueno ya de repetir las mismas anormalidades, que yo la aburro hasta morirse. Y regresa por donde mismo vino, por el hilo que ha cosido uno de mis sueños a una nube de peluche. Cuando mi madre reaparece, mi cuerpo recupera sus bríos y cuando se larga, caigo otra vez en el pesimismo, en la inseguridad, en la torpeza.

—Deberías comer normalmente.

Mi hija revira los ojos, muerde la manzana roja con sus dientes fuertes y blancos; sus encías son rosadas, sus labios como una fresa reventada.

—¿Hace frío?

—¿No has salido hoy?

—Me bañé y me puse a pintar.

—¿Sólo eso hiciste durante todo el día? —me reprocha con la boca abierta a punto de morder por no sé cuánta vez la manzana roja.

—¿Qué quieres? No entiendo por qué no me alcanza el tiempo.

—Deberías ver a un especialista.

—¿Un especialista de qué? Y tú y yo deberíamos consultar a un nutricionista. Primero porque no encuentro que estés gorda para que te me pongas a dieta… Espera, ¿por qué crees que debo ver a un especialista, y todavía no me has dicho de qué?

—Un especialista de mujeres maduras.

—Ah —e inmediatamente me parto de la risa o finjo que me parto de la risa—, porque seguro piensas que soy una mujer madura con problemas...

—Lo eres... Esa pintura que has hecho de ti, desnuda, con la boca tan rara.

—Es una boca deseosa.

—¿Una boca deseosa?

—Dejémoslo, las obras de arte no se explican...

—Mamá, ¿deseosa de qué? No de comer, desde luego... Es una cosa funesta, degradante, pintarte como te has pintado, me avergüenzas, me pone mala ver a mi madre así, tan impúdica, con la boca tan abierta, se te ve la lengua...

—Es un retrato de cómo fui yo y cómo soy ahora.

—Ya, ahora entiendo un poco más, pero de todos modos... En fin, te dejo, tengo que hacer los deberes. Antes tomaré una ducha.

Quiero besarla; se deja y luego, esquiva; ya no me enlaza con sus brazos como cuando hasta hace sólo unos años era una niñita, y se asía a mi cuello y me llamaba mamita linda. Le huelo la nuca, huele a pupitre, a lápiz, a goma de borrar, a escuela. Los olores de la adolescencia no han cambiado demasiado.

—Ve y lávate las manos. —Otra obsesión, mando a todo el mundo a lavarse las manos.

—Te dije que voy a ducharme. Mis hermanas no vienen a cenar esta noche, llegarán tarde.

—¿Por qué no me han llamado?

—Por ahorrar móvil. Y como nos hemos cruzado en la calle, pues me han pedido que te lo dijera.

—Tu padre llegará tarde también. ¿Qué quieres cenar?

—Una pizza en mi cuarto. Vendrá Elisa, una amiga mía, tenemos una película para esta noche.

—¿No dijiste que estás haciendo dieta?

—Bueno, será la última pizza que me coma, tengo que celebrar el comienzo del régimen alimentario...

—Les cocinaré algo rico... Unos frijoles negros...

—Frijoles ni hablar, y no pretenderás que cenemos contigo, velas, manteles, servilletas, y toda la parafernalia que armas en la mesa... Perderíamos tiempo, se nos pasaría la película.

No insisto. Hace tiempo que sé que no debo insistir si quiero lograr algo, hace tiempo que me quedé sola. No tengo amigas, mis amigas se mudaron a otros países, o siempre han vivido lejos. Y a los cuarenta años ya no creo que se puedan hacer nuevas amistades de verdad, como las que se inician en la juventud.

Recojo los pinceles; con uno de ellos me levanto el pelo y me lo recojo en un moño. Mi madre siempre detestó a las mujeres que se levantaban el pelo en un moño con gesto hastiado. Como también despreciaba a los hombres que seducían de manera obvia.

—Tu marido es demasiado obvio, todo en él es obviedad a pulso —me repetía poniendo una coma de extenso silencio, suspiro incluido, entre la primera y la segunda frase.

—Mami, pero yo lo quiero —que es como respondemos todas las esperanzadas del mundo, y seguía embobada con la idea de que ser obvio era el modo que tenía mi marido de querer.

Hasta que en cierta ocasión, en una fiesta, me di cuenta de que Emilio era obvio sólo conmigo; con los demás resultaba encantador, novedoso, pleno de ideas y de vida. Conmigo se aburría, con toda evidencia, pero no debido al paso del tiempo, a los años de convivencia: conmigo se había aburrido desde el primer día. Se lo pregunté, esa misma madrugada, en la cama. Con la almohada encima de los ojos musitó:

—No sé de qué me hablas... —Alargó su mano, me cogió una teta, me la exprimió, como me la había exprimido la ginecóloga; con la otra arrasó una de mis nalgas—. Todavía me gustas un montón, ¿no te basta con eso?

No, no me bastaba con eso. Se lo conté a una amiga mía que vivía en Tanzania, por carta, desde luego. Su respuesta demoró dos años. Cuando su carta llegó ella ya se había mudado a Boston. Conseguí su nueva dirección y teléfono a través de una tercera amiga, que se instaló en Río de Janeiro casada con un hombre podrido en plata, como dice ella misma de su propio esposo. La llamé.

—Hola, Nivia, me llegó tu carta.

—¿Qué carta?

—Tu respuesta de hace dos años, de aquella carta mía en la que te preguntaba qué creías de un marido que te singa como un mono…

—No me acuerdo de mi respuesta…

—Para decirte la verdad, desoladora. Me decías que desde tu ventana veías cómo singaban los monos, y que ya hubieras querido tú por un día de fiesta que Alfonso te templara de esa manera… Que no me quejara tanto, que tenía suerte de que Emilio conservara aún la emoción de la especie… Pero yo hablaba de sentimientos, me refería a una cosa muy especial en mi cuerpo, en el cuerpo de las mujeres…

—Sí, ya sé, olvida el tango y canta bolero… Es una batalla perdida, la de la edad, las arrugas, la vejez, el cuerpo que ya no es el mismo, que no te responde como tú quisieras… Mira, yo me hallaba en Tanzania, dando la batalla con una ONG, descubrí que mi marido se estaba templando a una negrita jovencísima en mi cama… Dejé todo, me largué sin decir ni una palabra, tomé un maletín de mano y vine a Boston, a casa de una amiga… Por correo le envié las firmas de renuncia de todo lo que poseíamos juntos, y los papeles del divorcio… Me hice unas cuantas cirugías estéticas, un tatuaje en la nuca, otro en el tobillo, una luna árabe preciosa. Trabajo como una perra por el día, y por la noche me voy a bailar con gente joven. No me quedo en la casa a esperar nada, ni siquiera necesito que me hagan el amor, o que me tiemplen como a una salvaje… Sólo desconecto, y sanseacabó… Es lo mejor, te lo aconsejo. Hasta que me toque el cáncer, o me destripe la bomba de un terrorista.

Colgué el teléfono, me puse a lloriquear. Pero odio lloriquear, me sequé los ojos con el trapo de la cocina embarrado en mango.

—¡Niña, te he dicho que no te limpies las manos sucias de comida en este trapo que uso para limpiar la mesa! —grité.

—¡No la cojas conmigo, mamá! —me respondió a grito pelado mi hija desde su cuarto.

Me vestí automáticamente, quise salir para ir a alguna parte, para «desconectar» un rato, pero no conocía ningún sitio, y el mero hecho de atravesar el umbral de la puerta me daba una inseguridad espantosa. No deseé gastar más dinero en telefonear a amigas lejanas, ocupadas en sus asuntos privados, no quería molestar a nadie más. Entré en el *atelier*, halé una silla; la luz de la luna llena daba en pleno centro del cuadro aún sin terminar. Me dolía intensamente la cabeza, me pesaban los senos, sentí el líquido caliente entre mis piernas, el de todos los meses, el sorpresivo fluido. Fui al baño, mi sangre era babosa, apenas rosada, el olor de mi sangre había cambiado, olía como a vino asentado, a vinagre, no sé… un olor a muerte. Me apreté el pulso con dos dedos, conté las pulsaciones, noventa por minuto. La nuca me latía desenfrenadamente, me dije que mañana, en ese mismo lugar me tatuaría una media luna.

La catadora de océanos

Llegué aquí porque ansiaba contemplar el mar, este mar y no otro, un mar distinto; me habían hablado tanto de él, pero este mar es demasiado azul para mi gusto, de una intensidad suprema, y por eso apabullante, hiere las pupilas de sólo mirarlo, atemoriza de sólo palparlo.

Sin embargo, la arena es fina y blanca, hundo mis dedos en la arena caliente, y presiento una sensación extraña, como si ya hubiera repetido esta acción mucho antes, en una época pasada, y que mi presencia aquí hubiese ocurrido hace bastantes años, cuando en realidad es la primera vez que visito este lugar.

Acostada en la arena me adormilo, sueño con otros mares, con el de Santo Domingo, color verde esmeralda, plateado en invierno, igual que el de Cuba, y con el de Saint-Malo, en la Costa Esmeralda —de ahí su nombre—, en Francia. Con la obsesión de recobrar el olor, el sabor, la presencia indescriptible del mar cubano, he varado mi cuerpo a orilla de otras playas, me he sumergido en las profundidades de otros océanos, con la ansiedad de hallar la temperatura del oleaje que meció mi infancia, mi adolescencia, en la vastedad azul de Cojímar.

Yo soy una buscadora de mares, sonrío para mis adentros;

soy, mejor dicho, una catadora de océanos. Éste es el mayor del mundo, el océano Pacífico, que no lo es tanto, tan pacífico, quiero decir, debido a sus continuas tempestades.

Es un mar hermoso, que cuenta algo, un mar narrativo, aunque espeso, hermético; de todas maneras valió la pena viajar desde París hasta Acapulco para sentarme en una esquina del salón y reírme con mi mejor amigo de toda la actualidad política de la isla.

Acababa de terminar un ensayo demasiado extenso y extenuante sobre La Risa, y en verdad, no lo terminé tan divertida como calculaba. Entonces tomé un billete con la intención de encontrarme con quien más me hace reír en la vida, mi amigo Ramón Unzueta. Y siempre empezamos hablando de arte, para terminar intentando arreglar el mundo, o mejor dicho, aquella parte del mundo, la ex Perla del Caribe, que la han convertido en algo parecido a la Cagarruta del Caribe, o el mojón, no el eslabón, perdido, en medio del oleaje.

Y aquí estoy, frente a este mar aparentemente en calma, adornado en la orilla con rizos espumosos, plateados. Intento pasar unas vacaciones tranquilas, necesito reírme, lo único que ambiciono es un estado de hilaridad absoluta.

Descubro que no muy lejos se halla otra persona. Es una mujer. En la playa estamos sólo ella y yo. Es normal, son las seis de la mañana, apenas amanece.

¿A quién se le ocurriría pasear a estas horas por la playa? Por lo visto a ella y a mí.

Yo no podía dormir, y he caminado durante horas con la intención de despejar mi mente, y así buscar el origen de mi desvelo, aquí, a orillas del rumor del oleaje, y nada… nada nuevo, me di cuenta de que no consigo pegar un ojo porque necesito regresar a París y ponerme de inmediato a escribir.

Ansío sumergirme de nuevo en un trabajo diferente, en la escritura de algo verdaderamente distinto de lo que hice hasta ahora. Convivir con las dudas no facilita las cosas en materia de evolución hacia los recuerdos.

La mujer, de súbito, se detiene, pues hasta hace un rato daba nerviosos paseítos, de un lado a otro pisaba caracoles diminutos, ahora agarra las puntas laterales de su vestido escotado, que le desnudan los hombros, y el pecho hasta el entreseno, también la espalda.

Es una mujer menuda, de senos pequeños.

Ahora baila suavemente, tararea una canción que apenas consigo oír, la brisa —que no es muy fuerte— sin embargo desvía y deslíe sus palabras, creo que es una canción en francés: «*et le vent du nord...*». Su pelo rojizo sirve de túnica a la piel translúcida, luminosa. Ella sonríe y observa la huella de sus pies descalzos en la arena. La resaca de una ola emborrona las huellas.

Pareciera que la mujer vuela, su rostro es afilado como el de un pájaro. Se aproxima hacia mí, consulto mi reloj de pulsera y cuando pienso que terminará por preguntarme la hora, sencillamente no sucede así.

Se agacha a mi vera, quedamos frente a frente, porque yo me inclino, coloca sus manos encima de las mías, entierra mis manos en la arena mojada.

—Eres una catadora de océanos. Yo soy una cazadora de astros —murmura.

Sus pupilas relampaguean vivaces.

«Ya me tropecé con otra loca.» Tengo sangre para los locos, me persiguen. Yo misma creo que soy uno de ellos, porque no puedo evitarlos, les atraigo, y me atraen, por supuesto.

—Soy una mujer sola, que necesita reírse un poco —repliqué.

—¿Reírte, de qué, si se puede saber? —La loca siguió bailoteando, levantaba arena, con los dedos de los pies me salpicaba en los ojos.

—De cualquier cosa… Ten cuidado, por favor, me lastimas los ojos con la arena.

Se detuvo.

—Yo también soy una mujer sola. ¿Y qué? Y me río sola cuando me da la gana.

Asentí mientras me restregaba los ojos.

—Me tratas como a una loca. No soy loca. Soy una gran artista.

Eso dicen todos los locos, incluida yo, pensé; cada loco con su tema.

—Soy una artista incomprendida. Surrealista.

—En eso nos entenderemos a la perfección. —Suspiré, hice ademán de recoger mis cosas y marcharme.

—No te vayas, por favor, quédate un rato. No te molestaré. ¿Te gusta mirar el mar?

—Es seguramente lo que más me agrada en la vida, contemplar las olas.

—Entonces somos iguales, artistas incomprendidas, surrealistas.

—No, sólo soy una mujer exiliada, que cada día busca el mar de su infancia. No cree en nada ni en nadie. Y espera a un hombre que la ame.

—Ah, eso… Yo también espero a un hombre, todas perdemos el tiempo esperando a ese hombre que nos ame… Y también soy exiliada, y tuve muchos maridos.

Tal parecía que yo le hablaba a un espejo, y que su intenso resplandor me respondía. Dejé mis bártulos en la arena y le dije que me disculpara, iría a nadar un poco.

—Yo te cuido las cosas, por aquí a veces hay ladrones… —Sonrió y volvió a bailotear.

Nadé, a contracorriente, había mucho oleaje, tragué agua salada hasta por la nariz, tosí. No tuve miedo, sé nadar bien, y hace tiempo le perdí el temor al mar. Desde la cresta de una ola divisé fugazmente a la mujer que aún bailaba ahora con un trapo cubriéndole la cabeza. Salí del agua bastante cansada, respiraba con dificultad. La frialdad de la brisa erizó mi piel.

—Tienes una piel fina —comentó la mujer.

No respondí.

—A los hombres les gusta acariciar la piel fina de las mujeres... Yo tengo la piel muy dura, curtida por el sol.

—Hace tiempo que no cojo sol. En Europa, en París, apenas sale el sol, llueve mucho, y el invierno es casi la estación predominante.

—Aquí hace mucho calor.

—Ya veo.

—Dicen que el planeta se está recalentando.

—Mira, por favor, no me hables del recalentamiento del planeta, en París no ha hecho primavera, y si sigue así tampoco hará verano. Al próximo que me hable del recalentamiento del planeta le parto la tráquea de una patada.

—¿Eres violenta?

—No suelo serlo, fue sólo una frase, perdón.

—A los hombres no les agradan las mujeres violentas. ¿Estás amargada?

—No lo sé. Puede que sí, que me hayan amargado.

—¿Quién te ha amargado? —Cesó de brincotear y agachada sobre un montículo de arena empezó a darle forma de castillo medieval.

—Los hombres, precisamente, con sus historias de guerras, y de recalentamientos del planeta.

—¿Te gustaría beber un jugo de mango?

—Pues sí.

—Voy por ellos.

Fui a sacar dinero de mi monedero, sujetó mi mano.

—No hace falta, yo te invito.

—Gracias. —Acepté porque después de haberle aguantado

su estrafalario comportamiento bien merecía que me invitara al menos a un jugo de mango.

No pasó demasiado tiempo, la vi aproximarse con dos pergas llenas de jugo casi congelado.

—Es un amigo mío que tiene una juguera ahí enfrente. Y es muy limpio. No le compro de comer a cualquiera, la gente es muy cochina. El otro día vi a un tipo que freía unas hamburguesas, fue a orinar y no se lavó las manos…

—¿Cómo lo sabes?

—No oí el chorro del agua. Descargó el baño, pero no abrió el grifo.

Entonces ocurrió algo muy raro, de súbito me entró una risita, y me fui embullando, y empecé a reírme a carcajadas, de semejante bobería, del cuento del tipo que no se había lavado las manos después de mear, y que freía hamburguesas. Ella también se reía.

—No sé por qué me río tanto —dije entre jipíos—, no tiene la menor gracia.

—Será porque tienes tantas ganas de reírte, que cualquier tontería te da risa, como si te hiciera cosquillas la mano de un ángel.

Y más risa me daba.

—Mira qué bonito se ha puesto el mar.

Y yo risa y más risa.

—¿Crees que moriremos como dos viejas solitarias?

Y me tenía que aguantar el estómago.

—¿Habrá un hombre que repare en nosotras? ¿Así con casi cincuenta años en las costillas?

Me revolqué en la arena de la risa.

—Pareces una croqueta, o un bistec empanizado.

Aún me carcajeé más.

—Sabes —le dije a la mujer—, ésta es la historia más tonta del mundo, la cosa más boba que me ha pasado en unas vacaciones… ¿Cómo dijiste que te llamabas?

—Me llamo Remedios, la cazadora de astros. ¿Y tú?

—¿Yo? Zamia, la catadora de océanos —respondí con los ojos anegados en lágrimas de tanto reírme—. Remedios, ya somos dos viejas solitarias, y ningún hombre aparecerá para amarnos.

—Eres sumamente negativa. —Me tomó de la mano.

Nos pusimos las dos a bailar, partidas de la risa.

Subí los peldaños de dos en dos, la puerta del apartamento se encontraba entreabierta, como de costumbre. Rami, mi amigo pintor, quien me había hospedado por dos semanas en su casa en Acapulco tomó distancia, de este modo admiraba su trabajo en un lienzo mientras mordisqueaba un trozo de pan con salchicha de Francfort untado en mayonesa. Al verme aparecer, enseguida hizo el gesto de brindarme el otro *hot dog*, que con toda evidencia me tenía preparado en un plato de espléndida cerámica de tintes ocres. Acepté. El hambre me revolvía el estómago, el cansancio me abatía, había caminado mucho por el borde de la playa, me ardían los hombros y las corvas de las piernas a causa de las quemaduras del salitre y del sol, decidí comer algo, cualquier cosa rápido, y tirarme en el piso de losetas frías, a que mi cuerpo absorbiera su fresca energía.

—¿Quieres que baje a comprar Coca-Cola? —pregunté.

—Hay en el refrigerador, ¿te sirvo un vaso, o prefieres té o limonada? Sé que a los franceses no les gusta la Coca-Cola.

—No es verdad, es pose, les encanta la Coca-Cola. Aunque yo prefiero la limonada. ¿Está fría? No soy afrancesada en todos mis gustos.

—Congelada, pero puedo ponerle más hielo.

Asentí. Un libro llamó mi atención. Leí, *Remedios Varo. Catálogo Razonado*, tercera edición.

—¿La conoces? —Se refería a la pintora.

—Oí hablar de ella, a Roberto García York, el pintor cubano —respondí. Rami sabía de quién hablaba, apreciaba la obra de York—. Pero jamás he visto uno de sus cuadros, en vivo.

—Su obra es fabulosa. Surrealista, aunque yo diría que es más que surrealista, si es que se puede ser más que surrealista. A mi juicio representa el auténtico misterio, el secreto máximo de la fusión entre el artista y la obra. De hecho, su vida está llena de secretos. Deberías leer esto —me alcanzó un volumen—, en este otro libro escrito sobre ella.

Abrí las primeras páginas, quedé asombrada ante las fotos. Fijé mi vista en una en particular, aquella en la que Remedios Varo pareciera que baila, a la orilla de una playa, aprisionando las puntas de su vestido escotado. Abierta en abanico la falda, los brazos abiertos como en alas de pájaro, los brazos delgados y fuertes, la sonrisa dirigida a las huellas de sus pies en la arena.

—Oye, Rami, no me querrás creer, pero a esta mujer la acabo de ver en la playa…

—Te advierto que murió en el año 1963. Así que no me vengas con tus historias de visiones. Ya sé que eres surrealista sin proponértelo, pero…

—Tú me conoces, no iría a mentirte a ti, no pudo ser de otra manera, era ella… Una mujer exaltada…

—O su fantasma. A ver, ya que eres especialista en fantasmas, ¿de qué color era el vestido?

Reflexioné, titubeé antes de contestar:

—No consigo recordarlo, es increíble, no tengo la menor idea.

—Claro, la foto es en blanco y negro. —Suspiró burlón—. No tienes referencias.

—Ah, no me crees.

—No, no te creo. —Vaciló—. O sí, tengo que creerte, porque por eso te quiero, por tu desbordante imaginación surrealista.— Bromeó acariciándome la cabeza.

—No exageres —susurré—. Te juro que la vi, hasta me tomó las manos, y me habló. Me dijo: «Tú eres la catadora de océanos. Yo soy la cazadora de astros». Me hizo reír muchísimo con una historia más bien ridícula de un hombre que no se lavaba las manos cuando orinaba…

Rami se volvió hacia mí extrañado, el pincel en la mano, en la punta chorreaba una gota de acrílico rojo.

—¿De veras nunca has visto ninguno de sus cuadros?

Negué con la cabeza. Rami abrió el catálogo razonado en una página marcada por él, mostraba un óleo donde una figura femenina, como una aparición, sostenía un jamo en la mano, y una jaula en la otra; enjaulada rutilaba la luna, el cuadro se titulaba *La cazadora de astros*. Y el rostro de la aparición se asemejaba al de Remedios Varo, o sea al de la mujer de la playa.

—Fíjate, ahora me doy cuenta de que, ¿qué día es hoy? Catorce de julio… —hurgué en mi mente—… Hace hoy justo diez años, una persona a la que amé mucho me mostró una reproducción de este otro cuadro, *La huida*.

—Esa persona supongo que será o tu ex marido o tu ex amante. Por la época a la que te refieres fue mucho antes del accidente.

Asentí.

—¿Por fin llegaste a recuperar tus libros, tus documentos, tus pertenencias después de aquel divorcio tan dramático?

—No recuperé nada, ni a mi gata Sibila. El muy cabrón se negó a que su madre me la devolviera. Lo demás, ah, bah. Sólo me interesaban mi gata y mis papeles, y al perder parcialmente la memoria en el accidente ni siquiera recuerdo qué había escrito en ellos. ¿Qué pude haber escrito? Nada valioso, seguramente impresiones personales de la época.

—¿Y le llamas a tus impresiones personales de la época, «nada valioso»? Eres raramente modesta.

—Quedé mucho tiempo con zonas de mi vida totalmente a oscuras… Sabía que había empezado a escribir una novela…

—Te he dejado hablar hasta ahora… No deseaba interrumpirte, para comprobar cómo va tu mente. En otras ocasiones me has hablado de esa novela. En otros momentos, salteados, de manera algo incoherente incluso, te has referido a Remedios Varo.

Los ojos se me aguaron, Rami se sentó a mi lado y presentí que se sentía incómodo, nervioso.

—No es nada —le dije.

—Es que cuando tú y mi hermana lloran, no sé lo que voy a hacer… ¿Por qué no escribes lo que acabas de contarme? Esto, todo esto, me parece que lo he vivido antes, que lo he leído antes.

Acapulco, 2007

Terminé de revisar el fajo de páginas. Bah, me dije, esto es un cuento sin más, nada del otro mundo. Hundí el rollo de papel en el fondo de la bolsa playera.

Extraje la estera de paja, guardé también los espejuelos y me puse las gafas de sol. Unté mi piel con una crema protectora contra los rayos ultravioletas. Antes de acostarme observé el mar, azulísimo.

Rami ahora vivía en Tenerife. Yo visitaba a una amiga que había conocido en París este invierno. Livia, una gran mujer, de esas personas que pasan raudas por la vida y nos la ilumina como un hada con su varita mágica. Sin embargo, la pobre Livia, que sabía hacer feliz a los demás no podía serlo ella misma... Vivía demasiados rollos juntos a la vez. Viajes y más viajes, peleas y más peleas.

No sé por qué pensaba en ese instante en la vida de Livia con tanta fuerza... Claro, sin darme cuenta había escrito el cuento de Nivia, la mujer que se hace el tatuaje de una luna en la nuca, como si Remedios Varo lo hubiera escrito, y me había inspirado, sin intención, en la vida de Livia, en sus problemas... Unos temas ajenos a los míos, unos asuntos comunes a todas las mujeres, amor, engaño, desamor, resignación.

De ese mismo modo había iniciado la novela que venía de editar, todo empezó por mis asuntos personales, y por una admiración profunda de la obra de la pintora catalana. Porque cuando indagué en sus cuadros descubrí la mitad de mi vida. Con aquel cuadro titulado *Ruptura*, en que unas mujeres encapuchadas escapan… Sí, siempre la fuga. La fuga de las identidades, la pérdida parcial de la memoria. Un manuscrito como resultado. Mientras escribía sobre la obra de Remedios Varo fui recuperando mi propio pasado, en el que ya no puedo excluir un intento de suicidio, y múltiples renuncias. Sí, obvio, me tomé un pomo entero de pastillas y me hice dos cortes en las venas de los brazos. Total para nada, para terminar haciendo el ridículo. No le aconsejo a nadie el suicidio, y menos a los escritores, que somos, al fin y al cabo, tan conscientes del drama.

El océano, azulísimo, lanzaba dulces bramidos.

Acostada, cerré los ojos, quedé embelesada por la brisa… Escuché el tarareo de una canción, unos niños gritaban a lo lejos…

—Llegué aquí porque ansiaba contemplar el mar, este mar y no otro, un mar distinto… —A mi lado una voz de mujer susurró estas frases que yo identifiqué de inmediato como el inicio de la novela que acababa de publicar.

Entreabrí los ojos. La mujer con rostro de pájaro danzaba a mi alrededor, las puntas del vestido agarradas, sus pies levantaron una arenisca que enceguecíó mis ojos. Me limpié las molestas partículas de arena con la toalla, restregué mis pupilas con fuerza.

La mujer se parecía bastante a ella, a Remedios.

Me llevé la mano a la nuca, el sol empezó a picarme en el tatuaje de la luna.

—Yo soy una cazadora de astros —me presenté.

La mujer detuvo el baile. Hizo una reverencia.

—Y yo una catadora de océanos. —Extrajo un sombrerito en forma de barco y bebió del líquido salado y tibio.

—Ahora eres tú la catadora de océanos, se invirtieron los papeles —protesté.

—En los sueños siempre se invierten los papeles, es natural que te no estés contenta conmigo, soy difícil. Siempre lo viro todo al revés. Como un guante.

—Peor soy yo, que no puedo dormir tranquila, cada noche la vida me pasa por la mente como fotos de un diaporama.

—¿Qué es un diaporama?

—Un programa de computadora, cargas las fotos, y puedes ponerlas de refrescador de pantalla, entonces las fotos van pasando, fragmentadas a veces en numerosos cuadritos diminutos, de ese modo veo mi vida, cada noche, antes de dormir… Nada, algo sin importancia.

—No veo mi vida así, en cuadritos fragmentados, como ves tú la tuya. Mi vida, por el contrario, la veo pintada, es como un gran mural mexicano. —La mujer parpadeó, para finalmente cerrar los ojos, y quedarse quieta con los párpados bañados por el sol.

—Normal que veas tu vida de esa manera, eres pintora.

—¡Mira, mira arriba! —Había abierto los ojos, y apuntaba asombrada al cielo.

—Nada, nubes, pájaros, y un avión que pasa demasiado bajo… —Sacudí la toalla.

—Las nubes han tomado la forma de un rostro femenino, y la bandada de pájaros pareciera que simulan la cabellera…

—¿Y el avión?

—El avión rompe con el dibujo. El avión es el que ha borrado la composición.

—Vuela demasiado bajo.

La marea creció y la espuma de las olas casi mojó mis bártulos. Arrastré mis pertenencias un poco más arriba de la playa.

—¿Cuándo te irás? —La mujer desenterró con el pie un inmenso caracol, un cobo, se lo pegó a la oreja—. Es gracioso escuchar el mar en otra dimensión.

—No sé si me iré. Si por mí fuera me quedaría toda una vida aquí en esta playa, medio desierta…

—Morirías.

—No. Viviría. Hasta ahora lo que hice es trabajar como una mula, apenas tomé vacaciones…

—Morirías de calor.

—Es verdad que soporto menos el calor. Pero el frío me castiga duro, paso todo el año envuelta en suéteres, abrigos, bufandas, guantes, sombreros de lana para protegerme la cabeza, mantas… No me salvo de dos o tres gripes anuales. Siempre enferma, dolores en la espalda, nada grave, por suerte.

Mientras decía esto, Remedios dibujó con su dedo un círculo en la arena. La brisa azotó cálida un poco más fuerte. El vaivén de las copas de los pinos y cocoteros creó como una especie de corredor musical entre el bramido del mar y la espesura de las ramas.

—Supongo que te gusta el campo. —Remedios volvió a redondear el círculo.

—Detesto el campo y la montaña, prefiero el mar.

—Sí, claro, ¿cómo no me di cuenta?

El círculo quedó casi perfecto. Dentro escribió: Ella y yo.

París, 8 de marzo de 2007

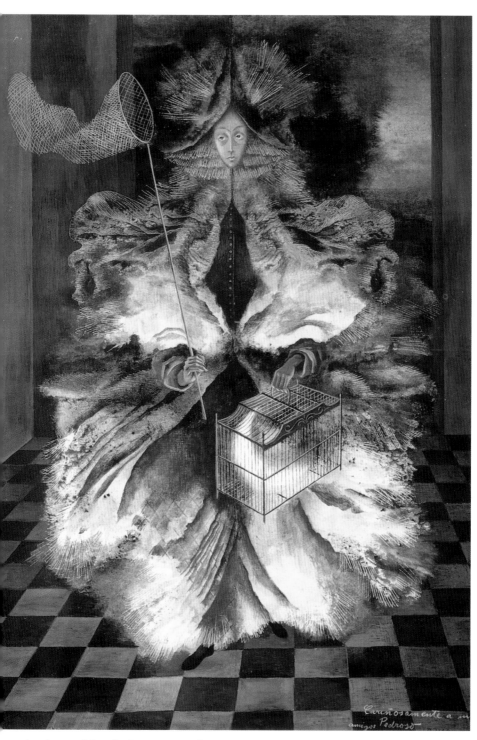

La cazadora de astros. © Remedios Varo/Vegap, Barcelona 2007

Bibliografía consultada

Me honra ser continuadora de las siguientes mujeres que antes que yo escribieron sobre Remedios Varo. Especialmente de su sobrina Beatriz Varo, que comprendió como ninguna la vida y la obra de la pintora.

Las citas escritas por Remedios Varo o a Remedios Varo, incluidas en esta novela, pertenecen al archivo personal de la pintora española.

Janet A. Kaplan, *Viajes inesperados. El arte y la vida de Remedios Varo*, Ediciones ERA, México, D.F., 1989.

Beatriz Varo, *Remedios Varo: En el centro del microcosmos*, Fondo de Cultura Económica, México, D.F., 1990.

Lourdes Andrade, *Remedios Varo. Las metamorfosis*, Círculo de Artes, Barcelona, 1996.

Remedios Varo, *Cartas, sueños y otros textos*, Ediciones ERA, México, D.F., 1997.

Marta Pessarrodona, *Donasses*, Editorial Destino, Barcelona, 2002.

Remedios Varo. Catálogo Razonado, Tercera Edición, Ediciones ERA, México, D.F., 2002.